RENDEZ-VOUS MANQUÉ

DANS LA MÊME COLLECTION

Georgia Bockoven, *Un mariage de convenance*
Catherine Cookson, *Le Château de chiffons*
Catherine Cookson, *Les Oiseaux rêvent aussi*
Catherine Coulter, *La Fiancée du vent*
Catherine Coulter, *La Fiancée de la Jamaïque*
Juliet Fitzgerald, *La Demoiselle de Belle Haven*
Rosamunde Pilcher, *La Dame au portrait*
Rosamunde Pilcher, *La Maison abandonnée*
Amanda Quick, *Au péril de l'amour*
Amanda Quick, *Le Chant de la sirène*
Katherine Stone, *Promesses*
Katherine Stone, *Le Collier de saphirs*
Philippa Taylor, *Jusqu'à la fin des temps*

Amanda Quick

RENDEZ-VOUS MANQUÉ

Roman

PRESSES DE LA CITÉ

Titre original : *Rendez-vous*
Traduit par Martine Bruce

ISBN 2-258-03934-7

Prologue

Enfin, la guerre était finie.

L'homme, plus connu sous le nom de Némésis, se tenait près de la fenêtre de son bureau, écoutant les clameurs qui montaient de la rue. Tout Londres célébrait l'ultime défaite de Napoléon à Waterloo, avec feux d'artifice et chansons. Des milliers de personnes laissaient éclater leur joie à travers la ville.

Oui, tout était fini. Sauf pour Némésis qui continuerait, envers et contre tous, à chercher la dernière pièce du puzzle, à chercher la véritable identité de Spider. Pour que les victimes de ce traître ne réclament plus la justice du fond de leurs tombes...

Mais Némésis savait aussi qu'il lui faudrait reprendre une vie normale. Il avait des devoirs, des responsabilités à assumer, mais surtout il devait trouver une épouse. Il s'y emploierait avec toute la logique et l'intelligence dont il était pourvu. D'abord en dressant une liste des candidates potentielles, puis enfin en arrêtant son choix sur l'une d'entre elles.

Il avait longuement réfléchi aux qualités qu'elle devrait posséder. Du fait de son nom et de son titre, son épouse se devrait d'être vertueuse, et loyale.

Némésis avait vécu trop longtemps dans l'ombre pour ne pas avoir appris le vrai sens des mots loyauté et confiance. Ils étaient sans prix.

De nouveau, il prêta l'oreille aux clameurs. La guerre était finie. Personne ne s'en réjouissait plus que Némésis, et pourtant une partie de lui-même regretterait éternellement ce rendez-vous manqué, cette rencontre tant espérée avec ce traître de Spider....

1

La porte de la bibliothèque s'ouvrit sans bruit et la flamme de la bougie vacilla. Tapie dans l'ombre, à l'autre bout de la pièce, Augusta Ballinger se figea. Il n'était plus question pour elle d'essayer de forcer le tiroir du bureau de son hôte avec une épingle à cheveux.

A genoux, cachée derrière le lourd meuble d'acajou, elle regardait la chandelle d'un air consterné. La flamme tremblota de nouveau lorsque le battant se referma. Effrayée, Augusta lança un bref coup d'œil par-dessus le bureau pour tenter d'apercevoir l'intrus.

Vêtu d'une robe de chambre de velours noir, l'homme qui venait d'entrer se tenait immobile. Dans la pénombre, Augusta ne pouvait le distinguer, mais à première vue il semblait grand. Elle retint son souffle, consciente du frisson qui courait le long de sa colonne vertébrale. Un seul homme lui faisait cet effet-là... Et cet homme se nommait Graystone.

Le nouveau venu paraissait tout à son aise et l'obscurité ne semblait guère le décourager. Augusta se prit à espérer qu'il n'était descendu que pour chercher un livre et qu'il penserait que l'on avait malencontreusement oublié de souffler la bougie. Elle espérait surtout qu'il ne l'avait pas vue et qu'elle pourrait sortir de ce guêpier sans peine.

Elle sursauta lorsque sa voix résonna à quelques mètres

d'elle. Elle ne l'avait pas entendu approcher à cause de l'épais tapis persan.

— Bonsoir, miss Ballinger. Je suppose que vous êtes plongée dans quelque édifiant ouvrage, accroupie ainsi derrière le bureau d'Enfield ? Êtes-vous suffisamment éclairée ?

Augusta reconnut sans peine le ton d'ironie glacée de Graystone. Et ses pires craintes se virent confirmées. Quelle malchance d'avoir été découverte, parmi tous les invités de lord Enfield réunis pour ce week-end à la campagne, par le meilleur ami de son oncle, Harry Fleming, comte de Graystone. Le seul homme qui ne croirait pas un traître mot des contes à dormir debout qu'elle avait soigneusement élaborés pour expliquer sa présence dans ce bureau à cette heure incongrue.

Graystone avait toujours rendu Augusta nerveuse, avec sa façon bien à lui de la regarder dans les yeux, comme s'il voulait sonder le fond de son âme. C'était l'homme le plus incroyablement intelligent qu'il lui ait été donné de rencontrer, et Augusta chercha avec fébrilité quelle raison invoquer pour se justifier.

Elle se força à sourire, son regard reflétant un étonnement parfaitement simulé.

— Oh ! bonsoir, milord. Quelle surprise de vous voir ici à pareille heure. J'essayais vainement de trouver une de mes épingles à cheveux et...

— Je crains qu'elle ne se soit tout simplement fichée dans la serrure du bureau, laissa tomber Graystone sèchement.

Mimant la stupeur, Augusta sauta sur ses pieds.

— Mais oui... Mon Dieu ! La voici. Comme c'est curieux ! s'exclama-t-elle tout en s'emparant de l'objet qu'elle fourra prestement dans la poche de son déshabillé de soie.

L'air grave, Graystone la contemplait à la lueur tremblotante de la chandelle.

— Je suis étonné, miss Ballinger, que vous ne puissiez trouver le sommeil après une journée aussi remplie : tir à l'arc, promenade dans les ruines romaines, pique-nique, puis bal en fin de soirée et enfin tournoi de whist !

— Euh ! Oui... Évidemment. Je suppose que, peut-être, le fait de dormir dans une chambre inconnue... Vous savez ce que c'est, milord.

Elle vit ses beaux yeux gris, dont la couleur n'était pas sans évoquer celle de la mer du Nord, se mettre à pétiller.

— Quelle intéressante observation... Dormez-vous souvent dans des lits inconnus, miss Ballinger ?

Augusta se demanda comment elle devait prendre sa remarque. Se pourrait-il qu'elle eût une quelconque connotation érotique ? Non, impossible. Il s'agissait de Graystone, après tout : un véritable gentleman qui se montrait toujours d'une parfaite correction envers les dames. Mais peut-être ne la considérait-il point comme une dame...

— Non, milord. Je ne voyage guère. Maintenant, je vous prierai de bien vouloir m'excuser, mais je dois regagner ma chambre avant que ma cousine ne s'inquiète.

— Ah ! La charmante Claudia. Nous ne voudrions pas que l'Ange se fasse du souci pour son garçon manqué de cousine, n'est-ce pas ?

Augusta tiqua. Cette dernière remarque semblait bien la preuve qu'elle venait de baisser dans l'estime du comte et que, à défaut de la considérer comme une voleuse, il ne voyait en elle qu'une petite personne sans intérêt.

— C'est exact, milord. Bonsoir.

La tête haute, elle se dirigea vers la porte, mais Graystone ne bougea pas, lui barrant le passage de sa haute stature. Augusta rassembla tout son courage :

— Je suppose qu'il n'est pas dans votre intention de m'empêcher de passer ?

Graystone fronça les sourcils.

— Je n'aimerais pas que vous remontiez sans ce que vous êtes venue chercher...

Augusta déglutit avec difficulté. Se pourrait-il qu'il connût l'existence du journal de Rosalind Morrissey ?

— Le sommeil me gagne, milord, et je n'ai plus envie de lire.

— Qu'espériez-vous trouver dans le bureau de lord Enfield ?

— Qu'entendez-vous par là ? Ce n'est pas parce que mon épingle à cheveux a...

— Permettez-moi, miss Ballinger... coupa Graystone en tirant de la poche de sa robe de chambre une lime qu'il introduisit dans la serrure.

Augusta le regardait, atterrée. Après avoir ouvert le tiroir avec une facilité quelque peu déconcertante, Graystone l'invita, d'un geste de la main, à prendre ce qu'elle désirait. Elle s'approcha, et trouva sans peine le petit carnet gainé de cuir qu'elle recherchait.

— Je ne sais quoi dire, murmura-t-elle en le regardant droit dans les yeux.

Graystone n'était pas à proprement parler un bel homme, et pourtant, lorsque son oncle le lui avait présenté au début de la saison, elle l'avait trouvé totalement irrésistible. Elle pressentait qu'il avait un jardin secret que sa curiosité toute féminine la poussait à découvrir. Il n'était pourtant pas son type d'homme, et bien que certains l'eussent jugé franchement ennuyeux, elle le trouvait, quant à elle, dangereusement excitant.

A trente-cinq ans, ses tempes argentées et son impressionnante maturité le faisaient paraître plus âgé qu'il n'était. Graystone possédait la grâce d'un prédateur et cela troublait la jeune femme. Elle avait acquis l'intime conviction qu'il avait vécu, tout comme elle, la perte d'êtres chers et qu'il n'aspirait qu'à l'amour. Il était connu que Graystone cherchait une épouse, et les ragots laissaient entendre qu'il avait dressé une liste d'éventuelles postulantes, aux qualités bien définies : vertu, éducation soignée, sérieux, réputation sans tache. En clair, Graystone voulait une femme qui fût au-dessus de tout soupçon.

Une femme à qui il ne serait jamais venu à l'idée de venir forcer un tiroir au milieu de la nuit, dans une maison amie.

— J'imagine, murmura le comte, que moins nous en dirons, mieux cela sera. Le propriétaire de ce carnet doit être un de vos proches.

Augusta battit des cils. Elle n'avait plus grand-chose à perdre maintenant. Elle releva le menton en un geste de défi.

— En effet, milord, une de mes amies a fait l'erreur de confier à son journal intime les errements de son cœur. Or, le regret succéda à l'amour lorsqu'elle comprit que l'objet de ses désirs n'en était pas digne.

— S'agirait-il d'Enfield ?

— Est-il possible de nier l'évidence ? Le carnet se trouvait dans son bureau... Lord Enfield a beau être accepté dans la haute société de par son titre et ses faits d'armes, il ne s'en conduit pas moins comme une sombre canaille avec les femmes. Ce carnet a été dérobé juste après que mon amie lui eut avoué qu'elle ne l'aimait plus. Nous pensons qu'il a dû soudoyer une domestique.

— Nous ? répéta doucement Graystone.

Augusta ignora l'interruption. Elle n'entendait pas lui révéler tous les détails, ni comment elle s'était arrangée pour se faire inviter.

— Enfield a prévenu mon amie qu'il la demanderait en mariage et qu'il n'hésiterait pas à faire usage de ce carnet en cas de refus.

— Un chantage au mariage ? Pour quelle raison ? Il est extrêmement populaire auprès de ces dames...

— Il se trouve que mon amie est une riche héritière, et l'on raconte qu'Enfield a perdu au jeu presque toute sa fortune depuis qu'il est revenu de la guerre. Sa mère lui aurait conseillé de faire un mariage d'intérêt.

— J'ignorais que les dettes d'Enfield étaient déjà connues du beau sexe. Il se croyait à l'abri des racontars et c'est pour cela qu'il a organisé cet extravagant week-end de festivités.

— Voyons, milord, vous savez ce qu'il en est lorsqu'un homme se met en chasse d'une certaine catégorie de femmes... Les rumeurs vont bon train et le gibier se tient sur ses gardes !

— Dois-je prendre cela comme une remarque personnelle, miss Ballinger ?

Augusta ne se laissa pas démonter par son air désapprobateur et s'obstina à garder la tête haute.

— Puisque vous en parlez, milord, reprit-elle d'un ton ferme, on dit, en effet, que vous êtes en quête d'une épouse et non des moindres... On dit même que vous avez dressé une liste à cette intention.

— Fascinant ! Et en connaît-on la teneur ?

— Non. Je sais seulement qu'elle ne comporte que peu de noms, ce qui semble normal étant donné vos exigences.

— Quelles exigences, miss Ballinger, je vous prie ?

Augusta se dit qu'elle aurait mieux fait de se taire, mais la prudence n'ayant jamais été un des principaux traits de caractère des Ballinger, côté Northumberland, elle continua sur sa lancée.

— D'après les rumeurs, votre future épouse devrait être, telle la femme de César, au-dessus de tout soupçon. Une femme d'esprit, de grande sensibilité... Avec le sens des convenances. En un mot, la perfection même. Toutes mes condoléances !

— A votre ton railleur, j'ai l'impression qu'une telle femme ne court pas les rues ?

— Tout dépend de ce que vous entendez par là. Peu de femmes sont des parangons de vertu. D'ailleurs, être un parangon est fort ennuyeux, vous savez. Si vous cherchiez une riche héritière, le problème serait différent.

— Oui, mais je n'ai nul besoin d'une héritière. Malgré tout, vous me semblez bien informée... Amusant ! Puis-je vous demander vos sources ?

Augusta n'avait aucunement l'intention de lui parler de *Pompeia*, son club, exclusivement réservé à la gent féminine, où les rumeurs allaient bon train.

— Londres n'est jamais à court de commérages, milord.

— C'est exact, admit Graystone. Les ragots y sont monnaie courante. Mais il est vrai que je cherche une épouse modèle.

— Il ne me reste qu'à vous souhaiter bonne chance ! lança Augusta, dépitée d'entendre que ces rumeurs étaient avérées. J'espère seulement que vous ne regretterez pas d'avoir placé la barre si haut... Excusez-moi, j'aimerais regagner ma chambre maintenant.

Graystone s'inclina pour lui souhaiter bonne nuit et lui céda le passage. Soulagée, la jeune femme s'empressa de s'éclipser, trop consciente de l'intimité de la situation. Mais à mi-chemin, elle se souvint de quelque chose d'important.

— Sir, puis-je vous demander une faveur ?

— Je vous en prie.

— Auriez-vous l'obligeance de ne rien dire de tout cela à lord Enfield ?

— Que feriez-vous à ma place ? rétorqua-t-il d'un ton sec.

— Je me conduirais en gentilhomme. Après tout, la réputation d'une femme est en jeu.

— C'est exact. Je dirais même plus, la réputation de deux femmes, n'est-ce pas miss Ballinger ? Car vous n'avez pas hésité à jouer avec la vôtre ce soir...

Satané bonhomme ! Arrogant et pompeux.

— Je suis consciente d'avoir pris d'énormes risques, milord, n'en doutez pas ! Mais je descends des Ballinger du Northumberland et non de ceux du Hampshire. Les femmes de ma famille n'ont que faire des règles sociales.

— Pourtant, elles ont été édictées pour votre protection.

— Je crains qu'elles ne soient surtout là pour le contentement des hommes.

— Pardonnez-moi de vous contredire, miss Ballinger, mais ces règles ne jouent pas toujours en notre faveur. J'en ai la preuve ce soir.

Augusta fronça les sourcils en essayant de comprendre le sens énigmatique de cette phrase, sans succès.

— Sir, je sais que vous êtes dans les meilleurs termes avec mon oncle, et je n'aimerais pas qu'il y ait l'ombre d'un malentendu entre nous, et que nous devenions ennemis.

— Il ne saurait en être question, miss Ballinger. Je n'ai nul désir d'être votre ennemi.

— Je vous en remercie. Néanmoins, il me faut vous avouer franchement que fort peu de choses nous rapprochent. Nos caractères, nos inclinations, tout nous sépare, je ne doute pas que vous l'ayez compris. Vous êtes un homme pour qui l'honneur, l'éducation et le qu'en-dira-t-on sont importants.

— Et pour vous, miss Ballinger, qu'est-ce qui est important ?

— Peu de choses à vrai dire, répondit-elle avec candeur. J'entends bien profiter pleinement de la vie. Je suis la dernière des Ballinger, côté Northumberland, et je n'ai nulle intention de m'enterrer vivante sous de vieilles règles poussiéreuses !

— Allons, miss Ballinger ! Vous me décevez quelque peu... N'avez-vous pas entendu dire qu'être vertueuse était déjà une récompense en soi ?

Augusta le dévisagea avec insistance, et se demanda s'il ne se moquait pas d'elle. Mais c'était peu probable.

— Je l'ai entendu dire, en effet, mais je ne l'ai jamais constaté. Puis-je vous poser une question ? Êtes-vous obligé de raconter à lord Enfield que je me trouvais dans la bibliothèque cette nuit ?

Graystone la fixa, les mains dans les poches.

— Qu'en pensez-vous ?

Augusta passa le bout de sa langue sur ses lèvres, puis sourit lentement.

— Je pense que vous voilà bel et bien pris au piège par vos satanées règles... Si vous parlez, vous violez votre fichu code de l'honneur, n'est-ce pas ?

— Absolument. Donc je ne dirai mot. Mais j'ai mes raisons pour agir ainsi, miss Ballinger, et sachez que vous n'y êtes pas étrangère.

Elle le contemplait, la tête légèrement penchée, perdue dans ses suppositions.

— Vous le faites pour mon oncle ? Vous ne voulez pas l'embarrasser.

— C'est possible.

— Bon. Quelle qu'en soit la raison, je vous en sais gré, riposta-t-elle, infiniment soulagée pour elle et son amie. Mais comment avez-vous su ce que je venais faire ici ?

Ce fut au tour de Graystone de sourire, de ce sourire qui plaisait tant à Augusta.

— Cette question devrait vous faire réfléchir, miss Ballinger. Sachez que les secrets d'une jeune femme ne sont pas à l'abri, eux non plus, des ragots, et qu'une personne avisée comme vous l'êtes ne devrait pas courir le genre de risques que vous avez pris ce soir.

— J'aurais mieux fait de me taire ! s'exclama-t-elle en fronçant le nez de dépit. L'occasion était trop belle de me faire la morale. Mais peu m'importe puisque j'ai votre parole de ne rien dire.

— J'espère que vous m'en serez éternellement reconnaissante !

— Soyez-en assuré, dit-elle en revenant vers lui et en déposant un léger baiser sur sa joue avec spontanéité. Bonne nuit, milord.

Ravie d'avoir obtenu ce qu'elle voulait, elle fit volte-face et se dirigea vers la sortie.

— Miss Ballinger !

— Oui, milord ?

— Vous oubliez votre chandelle.

Augusta hésita un instant, puis revint sur ses pas pour prendre le chandelier des mains de Graystone. Enfin elle quitta la pièce, sans ajouter un mot.

Tandis qu'elle gravissait l'escalier, elle s'estima heureuse de ne pas être sur la liste de ses postulantes. Une Ballinger du Northumberland ne pouvait décemment pas se lier à un homme aussi rigide et aussi vieux jeu. Ils n'avaient vraiment rien en commun.

Graystone était un éminent linguiste, amateur des classiques, tout comme son oncle sir Thomas Ballinger. Il avait même écrit à ce sujet des essais qui avaient été fort bien accueillis.

Ah ! Si Graystone avait été un de ces nouveaux poètes, déclamant ses vers sous de sombres cieux annonciateurs d'orage, Augusta aurait pu comprendre l'attirance qu'elle éprouvait pour lui. Au lieu de cela, ses ouvrages portaient d'ennuyeux titres. Comme par exemple : *De l'importance de certains éléments chez Tacite* ou *Études et discours sur la vie et l'œuvre de Plutarque* pour ne citer que ces deux-là, très appréciés des intellectuels londoniens, et qu'Augusta s'était empressée de lire de la première à la dernière ligne.

La jeune femme éteignit sa bougie avant de pénétrer dans la chambre qu'elle partageait avec sa cousine Claudia. En se faufilant entre les draps, elle la regarda dormir, éclairée par un pâle rayon de lune.

Claudia avait les cheveux de ce blond typique aux Ballinger du Hampshire, un joli petit visage au nez bien dessiné, et de beaux yeux bleus qu'ombraient de longs cils soyeux, ce qui lui avait valu le surnom de « l'Ange » de la part de la gent masculine.

Augusta se sentait l'auteur, pour une bonne part, du succès que sa cousine remportait. Du haut de ses vingt-quatre ans, elle avait su lui apprendre à se mettre en valeur, et elle l'avait fait avec d'autant plus de cœur qu'elle ne savait comment remercier son oncle de l'avoir prise chez lui, à la mort de son frère, deux ans auparavant.

Sir Thomas, avec la générosité qui caractérisait les Ballinger du Hampshire, n'avait pas lésiné sur la dépense pour lancer sa fille dans le monde, gâtant par la même occasion sa nièce. Étant veuf, il comptait sur cette dernière pour chaperonner Claudia pendant toute la saison, car si les Ballinger du Hampshire avaient de la fortune, ceux du Northumberland possédaient du style, de la classe.

Augusta adorait sa petite cousine, bien qu'elles fussent

très différentes l'une de l'autre. Claudia n'aurait pas fracturé un bureau, Claudia n'aurait pas été membre de *Pompeia*, Claudia n'aurait pas bavardé en déshabillé en pleine nuit avec un érudit comme lord Graystone. En un mot, Claudia avait le sens des convenances.

Claudia devait certainement être sur la liste de Graystone...

Dans la bibliothèque, Harry contemplait par la porte-fenêtre les jardins baignés de lune. Bien que n'appréciant guère les mondanités, il avait accepté l'invitation de lord Enfield, car la quête d'une épouse nécessitait sa présence à tous les événements de la saison... Surtout quand l'objet de ses désirs avait une fâcheuse tendance à se retrouver dans d'inextricables situations.

Cette femme le rendait tout bonnement fou.

A n'en pas douter, il lui fallait un mari avec de la poigne, et qui l'empêche de faire des bêtises. Il se prit à espérer qu'il ne soit pas trop tard, car Augusta Ballinger, à vingt-quatre ans bien sonnés, n'était toujours pas mariée.

Sir Thomas lui avait expliqué qu'elle avait perdu ses parents l'année de ses dix-huit ans dans un tragique accident et que son frère Richard et elle n'avaient hérité que de fort peu d'argent : l'imprévoyance étant aussi un des traits de caractère de la branche Northumberland. De surcroît Richard avait décidé de vendre tous leurs biens, hormis un petit cottage, pour s'acheter un brevet d'officier. Or, peu de temps après, on l'avait découvert assassiné sur un chemin de campagne, non loin de l'endroit où il demeurait.

Toujours d'après sir Thomas, Augusta avait été désespérée de la mort de son frère. Elle était seule au monde, et il l'avait aussitôt accueillie chez lui. Mais les mois avaient passé sans que sa mélancolie s'envole. Tout le feu qui coulait dans les veines des Ballinger du Northumberland semblait s'être éteint.

Après son attaque cérébrale, sir Thomas avait insisté pour qu'Augusta organise les débuts dans le monde de sa fille Claudia qui, à vingt ans, avait tendance à devenir un charmant bas-bleu, ne se souciant guère de la mode et du monde. Augusta, forte de son amitié avec Sally, lady Arbuthnott, avait les accointances nécessaires pour lancer sa cousine dans la haute société. Elle s'était donc mise à la tâche avec toute la vaillance qui caractérisait la branche Northumberland.

Et le succès était total.

Sir Thomas avait confié à Graystone sa satisfaction et l'espoir qu'il avait que les deux jeunes femmes puissent trouver un bon parti. Mais Harry s'était demandé si Augusta entendait vraiment se marier. Rien n'était moins sûr... Pourtant, jolie comme elle était, avec sa superbe chevelure fauve et ses yeux turquoise, la jeune femme ne manquait pas de prétendants.

Lui-même lui portait un intérêt qui ne manquait pas de l'étonner, car elle n'avait aucune des qualités qu'il souhaitait trouver chez une épouse. Mais dès l'instant où sa vieille amie lady Arbuthnott lui avait suggéré d'ajouter Augusta à sa liste, il n'avait pu s'empêcher d'être fasciné par elle.

Harry s'était donc décidé à tisser des liens d'amitié avec sir Thomas Ballinger dans le but de se rapprocher de sa future femme. Et il avait eu la satisfaction d'apprendre que si casse-cou que fût Augusta, elle n'en était pas moins d'une loyauté sans faille envers ses proches. Et pour Harry, Dieu sait si le mot loyauté était synonyme de vertu.

Même l'escapade de ce soir pouvait être pardonnée puisqu'elle avait été dictée par la loyauté. Bien sûr, Harry veillerait à ce qu'une fois mariés ce genre d'incident n'ait plus lieu ! Ce mariage risquait bien de lui donner quelques cheveux blancs, mais du moins ne s'ennuierait-il jamais. Augusta était loyale, imprévisible et aussi difficile à cerner que ces puzzles qu'il affectionnait tant.

Mais surtout, elle l'attirait de façon totalement irraisonnée. Sa présence le rendait fou. Son image le hantait la nuit. Il ne pouvait détacher son regard de la rondeur de sa gorge, de la finesse de sa taille, soulignées par ses délicates toilettes.

Pour la énième fois, il se dit qu'elle n'était pas à proprement parler jolie, mais qu'elle était la grâce et la distinction même, qu'elle respirait le charme et la vivacité... Et qu'il mourait d'envie de connaître le goût de ses baisers.

Il se souvint de ce que Plutarque disait de Cléopâtre, qu'elle ne séduisait pas par sa seule beauté, mais par son élégance et son charisme absolument ensorcelants.

Il fallait être fou pour vouloir épouser Augusta Ballinger qui ne correspondait en rien à ses critères personnels. Lui qui souhaitait une femme sérieuse, sereine, raffinée, capable d'élever sa seule et unique enfant, Meredith, dans un foyer plein d'amour, à l'abri des commérages. Car depuis des générations, les Graystone n'avaient fait que des mariages scandaleux et désastreux, qui avaient entaché leur titre.

Harry ne voulait pas perpétuer cette triste tradition. La prochaine comtesse Graystone serait au-dessus de tout soupçon.

Comme la femme de César.

Pourtant, il devait bien s'avouer que lui qui s'était mis en quête d'une femme vertueuse n'avait trouvé qu'une casse-cou, forte tête et versatile de surcroît.

Augusta avait tout ce qu'il fallait pour transformer sa vie en enfer.

L'ennui était que les autres jeunes femmes de la liste avaient perdu tout intérêt à ses yeux...

2

Le lendemain vers trois heures, Augusta, de retour à Londres, se présenta devant l'hôtel particulier de lady Arbuthnott. Le journal intime de Rosalind Morrissey était bien à l'abri dans son sac à main, et elle avait hâte de lui apprendre la bonne nouvelle.

— Je ne serai pas longue, Betsy, dit-elle à la domestique tout en gravissant les marches du perron. Nous devons aller aider Claudia à se préparer pour la soirée Burnett. C'est une soirée importante où les plus beaux partis d'Angleterre seront présents. Il faut qu'elle soit divine.

— Oui, miss. Mais miss Claudia ressemble déjà à un ange ! Peut pas être mieux.

— C'est exact, admit Augusta amusée.

La porte d'entrée s'ouvrit sur Scruggs, le vieux majordome de lady Arbuthnott, perclus de rhumatismes, qui raccompagnait deux invitées, Belinda Renfrew et Felicity Oatley. Ces deux jeunes femmes, comme beaucoup d'autres de la bonne société, venaient régulièrement rendre visite à leur amie souffrante, lady Arbuthnott.

— Bonjour, Augusta, lança Felicity joyeusement. Tu as l'air très en forme aujourd'hui !

— Absolument, approuva Belinda en détaillant le joli costume de velours bleu nuit que portait l'arrivante. Je suis ravie que tu sois là. Lady Arbuthnott commençait à s'impatienter.

— J'ai tenu ma parole et miss Norgrove pourra dormir sur ses deux oreilles ! gloussa Augusta qui savait pertinemment que Belinda avait parié avec Daphné Norgrove dix livres sterling qu'elle ne rapporterait pas le journal intime à temps.

— Tout s'est bien passé chez Enfield ? demanda Belinda d'un ton inquisiteur.

— Bien sûr. Nous nous verrons ce soir je suppose.

— J'en serai enchantée et miss Norgrove aussi... Bon après-midi, laissa-t-elle tomber sèchement.

— Bon après-midi. Bonjour, Scruggs ! dit Augusta au majordome qui refermait la porte derrière elle.

— Miss Ballinger, lady Arbuthnott vous attend.

— Je sais, répliqua Augusta qui n'entendait pas se laisser intimider par l'irascible vieil homme.

Scruggs était le seul élément mâle de la résidence Arbuthnott. Il venait d'être engagé au grand dam de l'entourage de lady Arbuthnott qui ne comprenait pas la raison de sa soudaine présence. On subodorait un geste de pure charité étant donné l'âge et l'état physique du pauvre homme. Scruggs pouvait demeurer invisible des journées entières, gémissant sur ses rhumatismes. Il adorait gémir et ne perdait jamais une occasion de se plaindre du temps, de ses douleurs, du trop-plein de travail, du manque d'assistance du reste du personnel et du peu d'importance de ses gages. Pourtant les jeunes femmes qui venaient en visite avaient fini par s'habituer à sa présence. Scruggs était tout compte fait assez excentrique, original et passablement amusant. En un mot, il faisait maintenant partie de la famille.

— Comment vont vos rhumatismes aujourd'hui, Scruggs ? demanda Augusta en retirant son nouveau chapeau orné de plumes de faisan.

— Qu'est-ce que vous dites ? Parlez plus fort si vous voulez que j'entende... Je ne comprendrai jamais pourquoi les femmes marmonnent ainsi ! Elles pourraient articuler, bon sang !

— Je m'inquiétais de vos rhumatismes ! cria Augusta.

— Particulièrement douloureux, je vous remercie, miss Ballinger, dit le majordome de sa voix rocailleuse. Et ça n'aide pas d'aller ouvrir la porte une bonne quinzaine de fois dans l'heure, j'vous le dis ! Toutes ces allées et venues rendraient n'importe quel homme cinglé, bon pour l'asile de Bedlam. J'arriverai jamais à comprendre pourquoi les femmes ne peuvent rester plus de cinq minutes à la même place !

Augusta hocha la tête, compréhensive, et retira de son sac une petite fiole.

— Je me suis permis de vous apporter un remède que vous devriez essayer. Je le tiens de ma mère qui le faisait prendre à mon grand-père, lequel le trouvait très efficace.

— Et qu'est-il advenu de monsieur votre grand-père ? s'enquit Scruggs en prenant le flacon d'un air soupçonneux.

— Il est mort il y a quelques années.

— Des effets de ce remède, je suppose ?

— Scruggs ! Il avait quatre-vingt-cinq ans et on raconte qu'il a trouvé la mort dans les bras d'une de ses servantes, au fond de son lit...

— Vraiment ? répondit-il en examinant de plus près la fiole. Je sens que je vais essayer alors...

— Vous devriez. J'aimerais avoir quelque chose d'aussi efficace pour lady Arbuthnott. Comment va-t-elle aujourd'hui ?

Scruggs haussa les sourcils. Il y avait une lueur de tristesse dans le fond de ses magnifiques yeux bleus.

— Elle se portera comme un charme dès qu'elle vous aura vue.

— Alors, je ne vais pas la faire attendre plus longtemps, déclara Augusta qui intima aussitôt à sa petite bonne : allez prendre un thé à la cuisine, Betsy, Scruggs ira vous chercher lorsque je repartirai.

— Oui, miss.

Betsy, ravie, se dépêcha de rejoindre les autres domestiques.

Scruggs se dirigea péniblement vers la porte du grand salon qu'il ouvrit avec difficulté.

Augusta fit un pas en avant et se retrouva dans un autre monde. Un monde qui lui donnait, quelques heures par jour, l'impression d'exister. Surtout depuis que son frère avait été tué.

Évidemment, elle ne pouvait nier que sir Thomas et Claudia aient fait l'impossible pour lui redonner une vraie famille, mais elle s'était toujours sentie comme une étrangère à leurs côtés. Sans doute était-ce dû à leur façon d'être, si sérieuse, si intellectuelle, et à leur air grave et pensif, qui lui faisaient craindre d'être incomprise.

Ici, dans le salon de lady Arbuthnott, elle se sentait enfin chez elle.

Pompeia était le club le plus étrange, le plus exclusif et le plus « nouvelle vague » de Londres. Les gens pensaient que *Pompeia* n'était qu'un amusement pour lady Arbuthnott, or *Pompeia* était bien plus que cela. C'était un vrai club, copié sur ceux réservés à la gent masculine, mais exclusivement réservé aux femmes dans le ton, à celles qui se targuaient d'être « non conventionnelles ».

A la demande d'Augusta, le club avait pris pour nom celui de la femme de César, celle dont il s'était séparé car il avait des doutes sur sa loyauté. Ce nom seyait à ses membres, car ces jeunes femmes bien nées, de la haute société, n'avaient pas toujours le sens des convenances tant elles étaient originales.

Les règles du club étaient fort strictes, mais n'empêchaient nullement la féminité d'y exercer pleinement ses droits en matière de décor. Aux murs tendus de jaune étaient accrochés de fort beaux tableaux représentant des femmes célèbres, Panthia, Eurydice, Sappho composant des poèmes sur sa lyre. Cléopâtre sur le trône d'Égypte. Des statues d'Artémise, de Démétère et d'Iris étaient disposées çà et là. Des colonnes, des vasques et des meubles résolument néo-classiques donnaient à ce salon un air de temple grec.

Pompeia offrait les mêmes avantages que les grands clubs londoniens tels *White's, Brooks's* et *Watier's*. Il y avait une salle à manger et une salle de jeu où les femmes se réunissaient pour jouer au whist ou au macao, en tenue de soirée. Bien entendu, les mises élevées étaient totalement interdites, lady Arbuthnott ne pouvant imaginer avoir affaire à des maris furieux tambourinant à sa porte. On y trouvait aussi la presse anglaise, le *Times* et le *Morning Post*, que ces dames pouvaient consulter tout en dégustant un thé ou un sherry.

Augusta s'avança dans la pièce à l'atmosphère si plaisante et salua au passage une femme blonde qui se tenait près d'une écritoire.

— Toujours en train de composer tes poèmes, Lucinda ? s'enquit-elle en pensant que tous les membres du club semblaient gagnés par le virus de l'écriture à l'exception d'elle-même qui se contentait de lire les derniers ouvrages à la mode.

— Évidemment. Tu me parais très en forme aujourd'hui... Cela laisserait-il présager de bonnes nouvelles ? riposta Lucinda avec un sourire entendu.

— Tout à fait. C'est fou ce qu'un week-end à la campagne peut faire pour l'esprit !

— Ou pour notre réputation !

— Absolument.

Augusta se dirigea vers les deux femmes qui prenaient leur thé au coin du feu. La plus proche de l'âtre était lady Arbuthnott, plus connue sous le nom de Sally. Elle portait un grand châle indien par-dessus une élégante robe longue aux coloris chatoyants. Ses cheveux étaient artistement coiffés et toute sa personne dégageait une incroyable grâce. Le charme de lady Arbuthnott avait brisé plus d'un cœur. Veuve depuis une trentaine d'années, après un court mariage avec un célèbre vicomte, Sally s'était retrouvée à la tête d'une fortune considérable qu'elle dépensait allègrement. Mais les plus fines soieries, les dentelles les plus arachnéennes ne pouvaient plus cacher les dégâts causés par la terrible maladie qui la rongeait.

Augusta ne pouvait se faire à l'idée de perdre un jour sa grande amie. Ce serait comme perdre une seconde fois sa mère. Après s'être rencontrées chez un libraire, tout à fait par hasard, les deux femmes s'étaient prises d'une immédiate amitié jamais démentie depuis. En dépit de leur différence d'âge, elles partageaient les mêmes centres d'intérêts, se passionnaient toutes deux pour l'aventure et étaient tout aussi excentriques.

Sally trouvait en Augusta la fille qu'elle n'avait pas eue. Elle appréciait son rôle de mentor et lui avait ouvert les portes des plus prestigieux salons de Londres. Elle tenait une place importante dans la société et voulait qu'il en fût de même pour sa jeune amie. Par bonheur, Augusta appréciait les mondanités.

Durant quelques mois, les deux femmes étaient beaucoup sorties, puis Sally s'était mise à ressentir de plus en plus fréquemment les effets de la fatigue, due aux progrès de sa maladie. Elle s'était donc retirée chez elle et Augusta, aussitôt, avait eu l'idée de créer un club pour la divertir.

Ainsi était né *Pompeia*.

En dépit de ses souffrances, lady Arbuthnott avait conservé tout son humour et son intelligence. A la vue d'Augusta, cet après-midi-là, ses yeux pétillèrent d'une joie contenue. La jeune femme qui lui tenait compagnie ne put cacher, elle aussi, son bonheur. Rosalind Morrissey, non contente d'être une riche héritière, possédait un fort agréable physique.

— Ah ! ma chère Augusta, s'écria Sally tandis que la jeune femme se penchait pour l'embrasser, quelque chose me dit que vos efforts ont été couronnés de succès, non ? Rosalind se mourait d'impatience. Dites vite, ma chère !

— Voici ton journal, Rosalind. Bien sûr, sans les compliments de lord Enfield, mais nous nous en moquons, n'est-ce pas ?

— *Tu l'as trouvé !* s'écria la jeune fille en sautant sur ses pieds. Je n'arrive pas à le croire. Quel soulagement ! Comment pourrai-je jamais te remercier ? Tu n'as pas eu de problèmes ? Est-ce que Enfield l'a su ?

— Eh bien... Tout ne s'est pas exactement passé comme prévu, admit Augusta en s'asseyant. D'ailleurs, nous ferions mieux d'en parler maintenant.

— Vraiment ? demanda Sally sans masquer son intérêt. Auriez-vous été découverte ?

Augusta plissa son charmant petit nez.

— En effet. Par lord Graystone. Qui aurait pu imaginer qu'il puisse se promener à pareille heure ? On aurait pu penser qu'atteint d'insomnie, cet homme se mette à écrire un nouveau traité sur quelque vieux philosophe grec. Mais non, il a fallu qu'il vienne dans la bibliothèque juste au moment où j'étais, à genoux, en train de forcer le bureau d'Enfield !

— *Graystone !* articula Rosalind en se renversant dans son fauteuil. Ce rabat-joie ! Il t'a vue ? Il a vu mon journal ?

— N'aie crainte, Rosalind, il ne sait pas qu'il s'agit du tien, répliqua Augusta en se voulant rassurante. Mais je dois avouer que tout ceci me paraît assez mystérieux... Il semblait être au courant de ma présence et de mes recherches. Il a même poussé l'obligeance jusqu'à forcer le bureau à ma place !

Rosalind ne put cacher son étonnement.

— Mon Dieu ! Nous devons avoir un espion dans notre entourage.

Sally claqua la langue plusieurs fois.

— Il n'y a pas de quoi s'inquiéter, voyons ! Je connais l'homme depuis des années. Sa maison est à deux pas d'ici. C'est quelqu'un à qui rien n'échappe.

— Il m'a donné sa parole d'honneur de ne rien dire. Je suis tentée de le croire. C'est un ami de mon oncle et sans doute a-t-il cru bon de garder un œil sur moi.

— Absolument. Et Graystone sait garder un secret, approuva Sally.

— En êtes-vous certaine ? demanda Rosalind, anxieuse.

— J'en jurerais, répondit Sally en portant sa tasse de thé à ses lèvres pâles. Maintenant, mes douces amies, que nous sommes tirées de cette vilaine affaire, réjouissons-nous d'avoir su déployer tant de talents ! Bravo à Augusta ! Quant à moi, je n'ai fait qu'obtenir une invitation, lady Enfield me devait quelques faveurs. D'ailleurs, j'aimerais profiter de cette occasion pour vous dire...

— Oh ! Je me doute de ce que vous allez dire, s'exclama Augusta. Mais n'ayez crainte, aucune de nous ne recommencera à écrire quoi que ce soit dans son carnet. La leçon n'aura pas été vaine.

— C'est certain, reprit Rosalind en serrant son journal contre son cœur. Quel diable d'homme !

— Qui ? Enfield ? sourit Sally. C'est un bâtard, à n'en point douter ! Enfin, il s'est bien conduit pendant la guerre...

— Je ne comprends pas ce que j'ai pu lui trouver, murmura Rosalind. Je préfère de beaucoup la compagnie de lord Lovejoy. Que savez-vous de lui, Sally, vous qui êtes au courant de tout sans quitter votre fauteuil ?

— En effet, je suis toujours au fait des derniers cancans. *Pompeia* les attire immanquablement, n'est-ce pas Augusta ? Quant à Lovejoy, il a, paraît-il, de nombreux charmes...

— J'ai dansé avec lui au bal des Lofenbury, la semaine dernière, dit Augusta en se souvenant de ce baronnet roux et rieur. Il a une façon de valser... assez excitante, ma foi. C'est un homme plutôt mystérieux, sur qui on ne sait pas grand-chose, ce me semble.

— Il est le dernier du nom, je crois, et possède quelques terres dans le Norfolk, confia Sally. Mais j'ignore tout de l'état de ses finances et Rosalind ferait bien de se méfier... Elle est une proie idéale.

— Pourquoi les hommes les plus intéressants s'avèrent-ils pleins de défauts lorsqu'on y regarde de plus près ? grommela Rosalind.

— Les femmes ne sont pas toutes des parangons non plus ! plaisanta Augusta.

— Parlerions-nous à nouveau de Graystone ? demanda Sally d'un ton rieur.

— J'en ai peur, admit Augusta. Savez-vous qu'il a reconnu avoir fait une liste des candidates possibles au titre de comtesse de Graystone ?

— Cela ne m'étonne guère, répondit Rosalind. J'en avais entendu parler, mais il va avoir du mal... Sa première femme Catherine, qui est morte en couches au bout d'un an de mariage, lui a laissé un souvenir impérissable.

— C'était l'image même de la vertu, je suppose ? ironisa Augusta.

— Un modèle de femme ! s'exclama Rosalind. Elle faisait l'unanimité. Ma mère la connaissait et me la citait sans cesse en exemple. J'ai eu l'occasion de la rencontrer une ou deux fois, mais, quant à moi, je la trouvais poseuse. Fort belle, par contre, une véritable madone de la Renaissance italienne.

— On dit qu'une femme vertueuse vaut tous les diamants du monde, murmura Sally. Mais les hommes finissent par comprendre que la vertu, comme la beauté, est quelque chose de très subjectif. Il est donc possible que notre Graystone n'aspire plus à trouver ce genre de femme...

— Vous plaisantez, il n'aspire qu'à cela ! assura Augusta. Par moments, il m'arrive de penser qu'il ferait un mari parfaitement odieux et intolérable pour une jeune femme ayant ma spontanéité.

— Et le reste du temps ? s'enquit gentiment Sally.

Augusta fit la grimace.

— Parfois, dans un accès de dépression totale, je me dis que je ferais bien de me remettre à l'étude d'Hérodote et de

Tacite, de jeter au feu mes tracts sur les droits de la femme et d'investir dans une nouvelle garde-robe d'un style plus conventionnel. Mais une bonne tasse de thé me remet vite les idées en place !

— Dieu merci ! s'exclama Sally en éclatant de rire. J'ai du mal à vous imaginer en femme parfaite.

En l'entendant aussi joyeuse, plusieurs personnes échangèrent un sourire de complicité : qu'il était bon de sentir lady Arbuthnott s'amuser !

Ce ne fut qu'un peu plus tard, lorsqu'elle eut quitté le club, qu'Augusta se souvint de ce qu'elle avait vu dans le livre d'or, ouvert sur un guéridon dans l'entrée. Une certaine L.C. avait parié contre une certaine D.P. la somme de dix livres sterling que lord Graystone épouserait l'Ange avant la fin du mois.

L'humeur d'Augusta en fut brusquement affectée.

— Je vous assure, Harry, avoir vu un pari là-dessus dans le livre d'or de *Pompeia*. Très amusant... dit Peter Sheldrake, confortablement installé dans un fauteuil recouvert de cuir noir, chez son ami Graystone, un verre de porto à la main.

— Content que vous trouviez cela drôle ! marmonna Harry.

— Vous pas ? C'est curieux, car il y a peu, vous trouviez du plus haut comique cette traque à la femme parfaite ! Tous les clubs de Londres parient sur la gagnante. *Pompeia* ne pouvait être en reste, n'est-ce pas ?

— Hum ! grommela Harry étonné de voir que son ami se délectait des rumeurs qui couraient la capitale, comme beaucoup de ces jeunes gens désœuvrés, de retour de la guerre.

— Ne me racontez pas d'histoire, Graystone... Dites-moi plutôt quand vous allez vous décider à demander à sir Thomas la permission de faire votre cour à sa fille ? Allez !

Donnez-moi un indice que je puisse parier à mon tour, en toute certitude.

Harry sembla réfléchir.

— Pensez-vous qu'Augusta ferait une comtesse convenable ? demanda-t-il soudain.

— Certes non ! Revenons à l'Ange. C'est un modèle de vertu. Un parangon. Évidemment, vous vous ressemblez beaucoup et j'ai peur que cela n'accuse vos traits de caractère respectifs... Je ne vous donne pas un mois de mariage pour vous ennuyer à mourir ! Demandez à Sally si elle n'est pas de cet avis !

— Je ne suis pas comme vous, Peter, je n'ai nullement besoin d'aventures. Je veux une épouse calme, répliqua Harry en fronçant les sourcils.

— Vous faites fausse route, mon ami. Il vous faut au contraire une femme aventureuse et pleine de vie ! s'esclaffa Peter en sautant sur ses pieds et en se dirigeant vers la fenêtre.

Les derniers rayons du soleil couchant jouaient dans les boucles blondes du jeune homme. Il possédait un profil remarquable, une élégance naturelle que rehaussaient des vêtements admirablement coupés.

— C'est vous qui avez un besoin urgent d'action, déclara Harry calmement. Depuis que la guerre est finie, vous ne savez que faire de votre temps. Courir les boutiques, boire plus qu'il n'est nécessaire et jouer votre chemise ne sert qu'à tromper votre ennui !

— Tandis que vous, au contraire, trompez le temps en vous plongeant dans vos satanés Grecs. Allons, Harry, soyez honnête, la guerre nous manque...

— Non, pas du tout. J'aime vraiment l'Antiquité et maintenant que Napoléon est hors de combat, il est temps que j'assume mes responsabilités.

— Oui, je vois... Vos terres, vos titres, une femme et bien sûr un héritier...

Peter but une longue gorgée de porto.

— Vous devriez prendre exemple, ironisa Harry.

— Par tous les Saints ! Vous étiez un des meilleurs officiers de renseignements de Wellington. Vous aviez sous vos ordres des douzaines d'agents, dont moi... Vous êtes parvenu à déchiffrer les codes secrets des Français. Vous avez risqué votre vie, et la mienne d'ailleurs, pour vous procurer les plans de bataille de Napoléon. Et vous osez me dire que tout cela ne vous manque pas !

— L'encre sympathique et les codes chiffrés ne me manquent pas, en effet. Je préfère de beaucoup décrypter les textes gréco-romains.

— Songez à l'excitation que vous éprouviez à vivre si dangereusement, jour après jour, pendant tant d'années... Pensez au jeu mortel que vous aviez engagé avec votre adversaire, ce Spider comme vous l'appeliez... Comment pouvez-vous ne rien regretter ?

— Mon seul regret est de n'avoir pu le démasquer et le traîner en justice... En fait, j'avais trop de responsabilités pour apprécier l'excitation du danger.

— Des responsabilités que vous avez assumées brillamment !

— Sans doute, mais la guerre est finie maintenant, et je ne m'en plains guère, si vous voulez mon avis. Vous êtes le seul à vouloir ainsi continuer à vivre des situations extraordinaires ! Au fait, appréciez-vous ce rôle de majordome ?

Peter fit la grimace.

— Être dans la peau de Scruggs était bien plus drôle lorsqu'il s'agissait de séduire la femme d'un officier français ou de voler des documents de première importance. Mais voir Sally se... Elle ne sera plus avec nous très longtemps, Harry.

— Je sais. C'est une femme admirable, qui a pris des risques énormes durant la guerre pour obtenir des renseignements vitaux pour son pays.

Peter hocha la tête, l'air pensif.

— Sally a toujours adoré les intrigues, comme moi.

C'est un plaisir de garder sa porte... *Pompeia* est devenu son seul centre d'intérêt maintenant.

— Sally affirme que cette idée d'un club féminin modelé sur ceux des hommes lui a été donnée par Augusta Ballinger... Cela ne me surprendrait pas.

— Quand on connaît Augusta Ballinger... Tout peut arriver avec elle. Enfin, vous voyez ce que je veux dire !

— Malheureusement, oui.

— Je suis certain que miss Ballinger a eu cette idée uniquement dans l'espoir d'amuser Sally, dit Peter après réflexion. C'est une personne d'une extrême gentillesse. Un cœur d'or. Elle m'a apporté un remède aujourd'hui pour mes rhumatismes. Quelle femme du monde y aurait pensé ?

— J'ignorais que vous souffriez de rhumatismes.

— Moi pas, mais Scruggs, oui.

— Contentez-vous de surveiller *Pompeia*, Sheldrake. Je n'aimerais pas que miss Ballinger se fourre dans d'impossibles situations...

— Pourquoi ? A cause de l'amitié qui vous lie à son oncle ? demanda Peter étonné.

— Pas uniquement, répondit Harry d'un air absent. J'ai mes raisons de vouloir éviter qu'un scandale ne l'éclabousse.

— *Ah ! Ah !* Je le savais... s'écria Peter en reposant son verre vide sur le bureau. Vous allez suivre les conseils de Sally et les miens... Vous allez enfin regarder cette jeune femme sous un autre angle. Avouez-le, Graystone ! Augusta Ballinger figure enfin sur votre infâme liste !

— Je n'arrive pas à comprendre pourquoi tout Londres se sent aussi concerné par mes projets de mariage.

— Parce que votre façon de procéder est absolument invraisemblable ! Une liste ! Il y a de quoi parier.

— Vous vous répétez... Au fait, à combien se montait le pari au *Pompeia* ?

— Dix livres que vous demanderiez l'Ange en mariage avant la fin du mois.

— En fait, je compte demander la main de miss Ballinger pas plus tard que cet après-midi.

— Damnation ! s'exclama Peter, abasourdi. Pas Claudia ! Je n'ignore pas qu'elle ferait une comtesse parfaite, selon vos désirs, mais je doute que la réputation de sainteté qui l'entoure vous convienne. Ne faites pas l'imbécile, Harry !

— Ai-je jamais fait l'imbécile ? répondit Harry calmement.

Les yeux mi-clos, Peter le dévisagea puis brusquement sourit, amusé.

— Non, en effet. Ah ! J'ai compris... Parfait. *Parfait.* Tout est parfait.

— Je n'en suis pas si sûr, répliqua Harry sèchement.

— Mais si. Et là, vous ne risquez pas de vous ennuyer ! Ainsi c'est pour cet après-midi ? Augusta risque d'être surprise.

— Mon Dieu, je n'ai nulle intention de la voir ! Je ferai d'abord ma demande à son oncle, comme le requiert l'usage.

Peter parut atterré.

— Mais qu'en est-il d'Augusta ? Elle a vingt-quatre ans et est en âge de décider seule. Ce n'est plus une enfant, Graystone.

— Si vous admettez que je n'ai rien d'un imbécile, vous admettrez aussi qu'il ne serait guère sage de laisser une décision aussi importante entre les mains d'une Ballinger du Northumberland !

Peter mit un moment à comprendre, puis il éclata de rire.

— En effet... Bonne chance, mon vieux ! Maintenant, si vous voulez bien m'excuser, je dois visiter un ou deux de mes clubs favoris pour voir où en sont les paris... Rien de tel que d'avoir une longueur d'avance, n'est-ce pas ?

— Absolument, admit Harry qui se souvint combien de fois la connaissance anticipée des choses l'avait sauvé.

Mais contrairement à son meilleur ami, il était content que ces temps-là aient pris fin.

A trois heures tapantes, Harry fut introduit dans la bibliothèque de sir Thomas Ballinger.

Sir Thomas était resté bel homme. Bien qu'il ait voué sa vie à l'étude, le fait de rester penché des heures durant sur des volumes n'avait guère altéré son port majestueux. Ses seules concessions à l'âge consistaient en une chevelure maintenant grise et une paire de lunettes.

— Graystone ! Quel plaisir de vous revoir ! Prenez donc un siège. J'avais dans l'idée de vous rendre visite, car je me suis attaqué à un ouvrage français sur César, que vous apprécierez sans nul doute.

Harry sourit et s'assit au coin du feu.

— Ce ne peut être que fascinant, mais j'ai d'abord quelque chose à vous demander, sir Thomas.

— Vraiment ? s'inquiéta ce dernier en remplissant deux verres de cognac. Et de quoi s'agit-il ?

Harry accepta le verre et, se calant dans son fauteuil, regarda son hôte avec attention.

— Il se trouve, sir, que nous sommes tous deux très attachés aux traditions. Du moins, c'est ce que l'on dit...

— Et l'on a raison, répliqua sir Thomas en levant son verre. A ces satanés vieux Grecs et à ces foutus Romains pleins de turpitude !

— Aux Grecs et aux Romains ! répéta Harry, portant un toast à son tour. Je suis venu vous demander la main de miss Ballinger, sir.

Sir Thomas leva un sourcil, interloqué. Puis son regard devint songeur.

— Je vois... Est-elle au courant ?

— Non, sir. J'ai préféré respecter les usages et quêter votre approbation d'abord.

— Vous l'avez, mon cher. Sans réserve. Claudia est si

intelligente, si sérieuse ! Elle tient de sa mère, vous savez. Elle écrit un livre en ce moment, tout comme elle. Ma femme écrivait des ouvrages éducatifs à l'intention des jeunes femmes. Et elle a eu un certain succès, je dois l'avouer.

— Je connais l'œuvre de lady Ballinger, qui a trouvé la place qui lui revenait dans la salle d'étude de ma fille, cependant...

— Je suis certain que Claudia fera une excellente comtesse, et je suis très honoré de vous avoir dans notre famille.

— Merci, sir Thomas. Mais ce n'est pas Claudia que j'entends épouser, si délicieuse soit votre fille.

— Pas Claudia ? Mais alors... Vous ne voulez pas dire qu'il s'agit...

— Si. J'entends bien épouser Augusta, si toutefois elle y consent.

— *Augusta ?* s'esclaffa sir Thomas, ébahi.

Il but son cognac d'un trait et son visage prit une teinte violacée, tandis qu'il s'étouffait en agitant vainement la main. Puis tout son corps fut secoué d'un grand rire.

Calmement, Harry se leva et vint tapoter le dos de son hôte.

— J'imagine ce que vous ressentez. J'ai eu la même réaction la première fois que cette idée m'a traversé l'esprit. Mais vous verrez, on s'y fait très bien !

— *Augusta !*

— En effet, sir Thomas. Acceptez-vous ?

— Bien sûr ! s'écria ce dernier. Dieu sait, qu'elle n'aura pas de meilleure offre à son âge !

— Précisément, acquiesça Harry. Et cependant, s'agissant d'Augusta, nous pouvons nous attendre à une réponse, ma foi, fort imprévisible, cela va sans dire...

— Sacrément imprévisible... admit sir Thomas d'un air sombre. L'imprévisibilité est un des traits de caractère des Ballinger du Northumberland. Malheureusement.

— Je comprends... Tenant compte de cette lamentable caractéristique, je propose de mettre Augusta devant le fait accompli. Qu'en pensez-vous ?

Sir Thomas lança un regard de connivence à Harry.

— Seriez-vous en train de me suggérer de passer l'annonce de vos fiançailles dans les journaux de demain, *avant* de lui en parler ?

Harry hocha la tête d'un air entendu.

— Absolument, sir Thomas. Il est inutile, je crois, de laisser Augusta prendre une quelconque décision.

— Drôlement bien vu ! s'exclama ce dernier. Drôlement intelligent, Graystone... Brillantissime !

— Merci. Mais j'ai le pressentiment que ce n'est que le début. La vie avec Augusta va me demander beaucoup de savoir-faire et une bonne dose de force morale, j'en ai peur !

3

— Et l'annonce a été envoyée aux journaux ? Oncle Thomas, je ne peux pas le croire ! Quelle terrible erreur !

Encore sous le coup de la surprise, Augusta marchait de long en large dans la bibliothèque, animée par une noble fureur, essayant de rassembler ses idées pour arriver à comprendre ce qui avait poussé son oncle à accepter ce mariage sans son consentement.

A peine revenue de sa promenade au parc, encore vêtue de sa tenue d'amazone rouge à parements dorés, coiffée d'un tricorne à plumes et bottée de cuir gris, elle avait été avertie par une servante que son oncle l'attendait dans la bibliothèque.

Pour lui faire part de la nouvelle la plus incroyable qu'il lui ait été donné d'entendre.

— Comment avez-vous pu faire une chose pareille, oncle Thomas ? Commettre une telle erreur ?

— Je ne crois pas avoir commis d'erreur, marmonna sir Thomas qui, aussitôt l'annonce des fiançailles faite, s'était replongé dans sa lecture. Graystone a l'air de savoir ce qu'il veut...

— Mais il y a sûrement un malentendu ! Graystone ne peut avoir pensé à moi, tempêta Augusta en continuant d'arpenter la pièce. Il est évident qu'il a demandé la main de Claudia et que vous n'avez pas compris !

— J'ai fort bien compris, grommela sir Thomas sans lever les yeux de l'ouvrage qu'il lisait.

— Allons, mon oncle ! Vous êtes sujet à des absences parfois, ne le niez pas ! Il est dans votre habitude de nous confondre l'une l'autre, surtout lorsque vous êtes absorbé par vos recherches, comme maintenant...

— Évidemment, avec vos noms d'impératrices romaines ! s'emporta-t-il.

Augusta poussa un soupir. Elle connaissait bien son oncle, et quand il était perdu dans ses grimoires, il était quasiment impossible de retenir son attention. C'est ce qui avait dû se passer lors de la visite de Graystone... Il n'avait écouté que d'une oreille, confondant leurs noms.

— De toute façon, je ne comprends pas comment vous avez pu prendre une telle décision sans me consulter au préalable !

— Il fera un mari tout à fait fiable, Augusta.

— Je ne veux pas d'un mari *fiable* ! D'ailleurs, je ne veux pas de mari, d'aucune sorte, et encore moins d'un mari *fiable* ! Qu'est-ce que cela veut dire *fiable* ? Un cheval peut être *fiable* !

— Enfin, mon enfant, tu n'auras pas de meilleure proposition...

— Probablement. Mais la question n'est pas là, puisqu'elle ne m'était pas destinée, déclara Augusta en pivotant sur elle-même avec un ample mouvement de jupe. Oh ! oncle Thomas, je ne voudrais pas être désagréable avec vous... Dieu sait combien votre gentillesse m'a touchée. Je vous en serai éternellement reconnaissante.

— Pas autant que moi, ma chérie, pour ce que tu as fait pour Claudia, cette saison. Tu as réussi à transformer une pauvre petite souris en une jeune femme sensationnelle ! Sa mère aurait été fière...

— Je n'ai guère de mérite, mon oncle. Claudia est belle. C'est une jeune fille accomplie. Elle n'avait besoin que de conseils vestimentaires et d'apprendre à se conduire en société. C'est tout.

— Merci.

— Je tenais cela de ma mère, et lady Arbuthnott nous a aidées... Le mérite est partagé. Et puis, cela a chassé ma mélancolie. C'est moi qui devrais vous remercier. Vraiment.

— Oui, mais tu as pris cela à cœur.

— Vous êtes trop gentil, oncle Thomas. Mais pour l'affaire Graystone, j'insiste...

— Cesse de te tracasser avec Graystone. Je le répète : il fera un mari fort valable. Cet homme est solide comme un roc. Intelligent et fortuné. Qu'est-ce qu'une femme peut désirer d'autre ?

— Oncle Thomas, vous ne comprenez pas !

— Tu es un peu trop nerveuse, ma chère, en ce moment. C'est ton côté Northumberland, je suppose.

Augusta fixa son oncle avec un sentiment de totale frustration. Puis elle quitta la pièce avant d'éclater en sanglots.

Un peu plus tard dans la soirée, alors qu'elle s'apprêtait à sortir, Augusta se dit, non sans fierté, qu'elle avait su surmonter sa crise. En fait, cette histoire demandait de l'action plus que de l'émotion.

Quant à Claudia, elle observait sa cousine qui semblait préoccupée. D'un geste gracieux, elle lui servit une tasse de thé.

— Calme-toi, Augusta. Tout est pour le mieux, tu sais.

— Comment ça, pour le mieux ? Mais Seigneur, Claudia, essaye de comprendre ! C'est un désastre... Oncle Thomas, dans son excitation, a envoyé les faire-part aux journaux ! Demain matin, dès leur parution, Graystone et moi serons fiancés ! Et il ne pourra plus faire machine arrière...

— Hum ! Hum !

— Comment peux-tu rester là, à servir le thé, comme si rien ne s'était passé ? s'écria Augusta en reposant brutalement sa tasse.

Pour la première fois, Augusta s'était trouvée à court d'idées quant à sa tenue. Le tumulte de son esprit avait été tel qu'elle n'avait pu se concentrer sur le choix d'une robe de bal. Heureusement Betsy, sa petite servante, en avait sélectionné une, en mousseline abricot au décolleté bordé de délicieuses roses du même ton. Elle avait aussi pris soin de sortir les longs gants de satin crème et les escarpins assortis. C'est elle aussi qui avait décidé de coiffer sa maîtresse à la grecque, en une torsade de petites nattes qui dansaient dangereusement tandis qu'Augusta faisait les cent pas dans la chambre.

— Je crois deviner où est le problème, murmura Claudia. Tu es tout bonnement tombée amoureuse de Graystone, n'est-ce pas ?

— Mais c'est faux !

— Allons, Augusta ! Même papa me l'a fait remarquer l'autre jour.

— Parce que j'ai osé lui demander la copie d'un traité que Graystone avait écrit ! Et tout de suite, vous y voyez le signe d'un grand amour !

— En effet. Et je ne suis guère surprise que papa ait accepté. Il a cru que tu serais ravie. Tu n'es pas ravie ? C'est un beau parti, tu ne peux le nier.

Augusta s'arrêta net et fixa sa cousine d'un regard qui en disait long.

— Mais Claudia, c'est une *erreur* ! Graystone n'a pu demander ma main. Il pense pis que pendre de moi... de là à me faire comtesse !

— Balivernes ! Tu feras une charmante comtesse, affirma Claudia.

— Merci, grommela Augusta, dépitée. Mais c'est inutile, Graystone a déjà été marié à une femme d'exception, et je ne pourrai jamais être à la hauteur.

— Oh, si ! Il avait épousé Catherine Montrose, si je ne m'abuse... Je me souviens de ce que maman disait d'elle, qu'elle était le parfait exemple d'une enfant élevée selon les principes qu'elle promulguait dans ses livres...

— Parfait, tu vois bien ! soupira Augusta en regardant par la fenêtre les jardins à l'arrière de la maison. Graystone et moi n'avons rien en commun. Il déteste les femmes modernes, ne veut pas entendre parler de leurs idées subversives. Il aurait une crise cardiaque s'il apprenait la moitié des choses que j'ai faites !

— Graystone sait bien trop se tenir pour cela, s'exclama Claudia. Et je doute que tu te sois aussi mal conduite !

— Tu es trop gentille, répliqua Augusta. De toute façon, Graystone ne peut me vouloir pour épouse, c'est clair !

— Alors pourquoi avoir demandé ta main ?

— Il n'a pas demandé ma main, mais la tienne, lâcha Augusta.

— La mienne ? s'écria Claudia en manquant laisser choir sa tasse. Mon Dieu, mais c'est impossible !

— Pourquoi ? répliqua Augusta, contrariée. J'ai beaucoup réfléchi et j'ai fini par comprendre ce qui s'était passé... Graystone a dû demander la main de *miss Ballinger*, cet après-midi, et oncle Thomas a pensé qu'il s'agissait de moi car je suis la plus vieille !

— Vraiment, Augusta, je doute que papa puisse faire une erreur de cette gravité.

— Pas du tout. Il nous confond toujours, perdu comme il est dans ses recherches.

— Tu exagères un peu.

— Si peu ! s'esclaffa Augusta. Je sais que j'ai raison... Pauvre Graystone !

— Pauvre Graystone ? ironisa Claudia. Avec toutes ses terres dans le Dorset !

— Ce que tu es matérialiste ! s'impatienta Augusta. Demain, lorsque les journaux paraîtront, Graystone sera totalement désarçonné... Pris au piège... Il faut que je fasse quelque chose.

— Il n'y a plus rien à faire, il est déjà neuf heures. Et nous partons au bal des Bentley dans quelques minutes.

— Je vais rendre une brève visite à lady Arbuthnott.

— Tu retournes à *Pompeia* ce soir ? s'étonna Claudia.

— Oui. Voudrais-tu venir avec moi ? proposa Augusta pour la énième fois tout en sachant pertinemment quelle serait la réponse.

— Mon Dieu, non ! Déjà ce seul nom m'arrête : *Pompeia*. Cela laisse subodorer on ne sait quelles conduites scandaleuses... Vraiment Augusta, je crains que tu ne passes trop de temps dans ce club.

— S'il te plaît, Claudia... pas ce soir !

— Je connais ton amour pour cet endroit et ce que tu éprouves pour lady Arbuthnott. Néanmoins, je trouve que *Pompeia* ne fait que révéler certains des traits de caractère propres à la branche Northumberland que tu ferais mieux d'oublier. Surtout maintenant que tu es en passe de devenir comtesse.

Augusta regarda sa jolie cousine. Par moment, cette dernière ressemblait furieusement à sa mère, la célèbre lady Prudence Ballinger qui avait écrit de nombreux livres pédagogiques, aux titres évocateurs de morale et de respect des conventions. Et Claudia, qui entendait bien marcher sur les traces de son illustre mère, avait entrepris d'écrire un fascicule intitulé : *Guide des principaux préceptes utiles aux jeunes filles*.

— Dis-moi, Claudia, demanda doucement Augusta, si j'arrive à démêler ce sac de nœuds à temps, seras-tu heureuse d'épouser Graystone ?

— Mais la question ne se pose pas, riposta Claudia en se levant pour se diriger vers la porte.

Elle portait la toilette que sa cousine lui avait choisie et qui accentuait son côté angélique. Sa robe n'était qu'une cascade de soie bleue, et ses cheveux blonds avaient été coiffés *à la madone* et ornés d'un peigne de diamants.

— Mais si elle venait à se poser ?

— J'obéirais à papa, bien sûr. J'ai toujours été une fille obéissante. Mais je parierais qu'il n'y a pas eu d'erreur.

Durant cette saison, Augusta, tu m'as donné de bons conseils, alors laisse-moi t'en donner un à mon tour : efforce-toi de toujours plaire à Graystone, essaye d'agir comme une véritable comtesse et fais l'effort de relire les livres de mère avant le jour de tes noces.

Augusta réprima un juron, tandis que sa cousine refermait la porte de la chambre derrière elle. Vivre sous le même toit que les membres de la branche Hampshire pouvait se révéler extrêmement éprouvant parfois.

Mais Claudia, cela ne faisait aucun doute, serait une parfaite comtesse Graystone. Augusta l'imaginait, assise à la table du petit déjeuner, face à son seigneur et maître, susurrant : « Je ferai comme il vous plaira, milord. » Il ne faudrait pas quinze jours à ces deux-là pour s'ennuyer à mourir...

Mais c'était leur problème après tout. Augusta jeta un rapide coup d'œil au miroir pour s'assurer de sa toilette et s'aperçut qu'elle avait oublié de mettre ses bijoux. Elle ouvrit un coffret en or, posé sur sa coiffeuse, et qui recélait les deux choses qui comptaient le plus à ses yeux : une lettre et un collier. La lettre avait été écrite par son frère quelque temps avant sa mort et contenait un drôle de petit poème. Le collier avait appartenu à trois générations d'épouses Ballinger du Northumberland. Augusta le tenait de sa mère. Il se composait d'un entrelacs de rubis et de diamants, avec en son centre un énorme rubis de la plus pure eau.

Avec mille précautions, Augusta se saisit du collier. Elle le portait souvent, c'était l'unique souvenir qui lui restait de sa mère depuis que son frère Richard avait tout vendu pour s'offrir sa charge. Lorsqu'elle eut fixé le fermoir du collier, le gros rubis central se trouva niché dans le creux de ses seins. Augusta s'approcha de la croisée et, fiévreusement, réfléchit à un plan d'action.

Harry rentra chez lui vers minuit, après avoir fait un tour à son club. Il congédia son personnel et alla s'enfermer dans son sacro-saint sanctuaire : sa bibliothèque. Sur son bureau traînait la dernière lettre de sa fille relatant ses progrès scolaires et les vicissitudes du temps dans le Dorset.

Harry se servit un cognac avant de s'asseoir pour relire cette lettre écrite d'une main malhabile et se prit à sourire. Meredith n'avait que neuf ans et il était extrêmement fier d'elle. Cette enfant promettait d'être sérieuse et appliquée dans ses études tant elle avait à cœur de faire de son mieux et de plaire à son père.

Il avait personnellement veillé à son programme éducatif. Toute frivolité en était exclue, aquarelles et lectures enfantines comprises, Harry étant persuadé que cela ne pouvait que développer ces absurdes penchants romantiques dont étaient affublées la majorité des femmes, et dont il ne saurait être question pour sa fille. L'éducation de Meredith était assurée par Clarissa Fleming, une vague parente, dont Harry ne pouvait que louer le sérieux et l'efficacité.

Il déposa enfin la missive et but une gorgée de cognac en se demandant ce qui arriverait lorsque Augusta serait devenue la maîtresse de céans.

Fallait-il qu'il eût perdu l'esprit !

Brusquement, il vit une ombre se dessiner derrière la croisée et se leva pour scruter l'obscurité, en vain. Puis un craquement se fit entendre. Aussitôt il s'empara de sa canne au manche d'ivoire. Londres ne ressemblait en rien à l'Europe des champs de bataille, mais on ne savait jamais. Son expérience personnelle lui dictait la plus extrême prudence. Il éteignit la lampe et se tapit contre le mur à côté de la fenêtre. Dans la nuit, les craquements se firent plus précis, et Harry sut alors que quelqu'un marchait dans les fourrés.

Quelques minutes s'écoulèrent avant qu'on ne tape à la croisée. Il baissa les yeux et vit une forme encapuchonnée qui tentait d'attirer l'attention en agitant une main, une main très fine. Une main qui lui était familière.

— Par tous les Saints ! jura-t-il entre ses dents.

De fort méchante humeur, Harry posa sa canne sur le bureau, s'empressa d'ouvrir la fenêtre et sauta par-dessus le rebord pour atterrir dans le jardin.

— Dieu merci, vous êtes chez vous, milord !

Augusta se débarrassa de sa vaste capuche, laissant la lune dessiner les contours de son beau visage.

— En voyant la lumière s'éteindre, reprit-elle, j'ai eu peur que vous n'ayez quitté la pièce. Quel désastre cela aurait été si je n'avais pu vous rencontrer ce soir ! Je vous ai attendu plus d'une heure chez lady Arbuthnott...

— Si j'avais su cela, j'aurais mis un point d'honneur à m'y rendre ! ironisa-t-il.

— Vous semblez contrarié ?

— Quelle idée ! grommela Harry en l'aidant à passer par la fenêtre. Mais... Qui va là ? s'inquiéta-t-il, à peine revenu dans sa bibliothèque.

— C'est Scruggs, milord, le majordome de lady Arbuthnott. Elle a insisté pour qu'il m'accompagne, expliqua la jeune femme.

— Scruggs ? Je vois. Attendez ici, Augusta, dit Harry en enjambant une nouvelle fois l'appui de fenêtre.

— Par ici, mon brave !

— Oui, Votre Seigneurie ? Qu'y a-t-il pour votre service ?

— Rien. Je pense que vous en avez assez fait pour ce soir, Scruggs ! répliqua Harry entre ses dents pour que Augusta ne puisse l'entendre admonester Peter Sheldrake. Et si l'idée vous venait de recommencer pareille aventure, je veillerais personnellement à vous en faire passer l'envie... A jamais ! Compris ?

— Oui, monsieur. Absolument, monsieur. C'est très clair, monsieur, répondit Peter avec une feinte servilité. J'attendrai miss Ballinger, ici, dans le froid de la nuit. Je n'ai cure de l'humidité nocturne... ni de mes rhumatismes ! Que Votre Seigneurie ne s'inquiète pas de mes vieux os, surtout...

— Il ne saurait être question que je m'inquiète de vos os, sauf pour vous les briser un par un ! Bien, retournez chez Sally, je m'occupe de miss Ballinger.

— Sally comptait la faire reconduire chez elle avec deux autres amies, dans sa voiture, expliqua Peter à voix basse. Ne vous inquiétez pas, Harry, personne à part nous ne sait qu'elle est chez vous. J'attendrai Augusta dans le jardin de Sally, vous n'aurez qu'à la conduire jusque-là.

— Vous ne savez pas à quel point vous me soulagez, Sheldrake ! ironisa Harry.

— Mais je n'y suis pour rien, protesta Peter. Miss Ballinger tenait absolument à venir vous voir.

— Ça, je peux le concevoir ! Malheureusement...

— Il n'y a pas eu moyen de l'en empêcher. Sally a préféré que je l'accompagne dans son entreprise. Elle voulait être certaine qu'il ne lui arriverait rien de fâcheux.

— Fichez le camp, Sheldrake. Vos excuses ne m'intéressent pas.

Peter grimaça sans rien ajouter, puis il se fondit dans l'obscurité. Harry revint près de la croisée où se tenait la jeune femme, pleine d'inquiétude.

— Scruggs est parti ?

— Rentré chez sa patronne, marmonna-t-il en sautant dans la bibliothèque dont il s'empressa de refermer la fenêtre.

— Bien. C'est très gentil à vous de l'avoir renvoyé. Il fait si froid dehors, l'air est si humide... Il souffre de rhumatismes, vous savez.

— Il souffrira bientôt d'autre chose s'il s'avise de recommencer pareille escapade ! s'exclama Harry en rallumant la lampe.

— S'il vous plaît, ne blâmez pas Scruggs. Tout est ma faute.

— C'est ce que j'ai cru comprendre. Mais laissez-moi vous dire que c'était une idée particulièrement idiote, miss Ballinger, et dangereuse. Une idée d'enfant gâtée. Mais maintenant que vous êtes là, peut-être pourriez-vous me dire ce qui vous a fait risquer votre vie et votre réputation ?

Augusta poussa un profond soupir.

— Je crains que ce ne soit extrêmement difficile à expliquer...

— Je n'en doute pas.

Augusta se rapprocha du feu et laissa tomber sa cape de velours, exposant ses rubis au chatoiement des flammes et livrant la douce courbe de sa poitrine aux regards de son hôte. Harry frémit.

Mon Dieu ! Il pouvait deviner ses seins nichés au creux des bouquets de roses artistement placés !

Harry vacilla, conscient qu'il avait perdu tout contrôle.

— Je vous suggère de vous expliquer sans plus attendre. Il se fait tard, intima-t-il les bras croisés sur la poitrine, pour ne pas céder à la tentation de la prendre dans ses bras.

Il la toisait d'un air sévère alors qu'il n'avait qu'une envie, celle de la renverser sur le tapis et de lui faire sauvagement l'amour. Cette femme était tout simplement envoûtante.

— Je suis venue vous avertir qu'un désastre était imminent...

— Un désastre ? De quelle nature ?

Elle eut un long regard triste.

— Il y a eu une terrible méprise, milord. Vous avez bien rendu visite à mon oncle, cet après-midi ?

— En effet, répondit Harry, brusquement inquiet qu'elle ne soit venue repousser sa demande en mariage.

— Oncle Thomas ne vous a point compris. Il a pensé que vous demandiez ma main et non celle de ma cousine. Erreur compréhensible si l'on tient compte des préséances de l'âge. Il a hâte de me voir mariée... Mais ce qui est terrible, c'est qu'il a déjà envoyé le faire-part à tous les journaux ! Demain matin, tout Londres sera au courant.

Harry eut beaucoup de mal à garder son sérieux.

— Je vois...

— S'il vous plaît, milord, n'en tenez pas rigueur à mon oncle. Il était si sûr de lui. Il vit dans un autre monde, les Grecs et les Romains n'ont point de secret pour lui, mais quant à se souvenir des noms de ceux qui l'entourent... J'espère que vous comprenez.

— Hum !

— Bien. Il est vrai que vous lui ressemblez... Alors rien n'est perdu, dit Augusta en remettant sa cape. Demain sera une journée difficile pour nous, mais n'ayez crainte, j'ai un plan !

— Dieu nous en préserve ! persifla Harry entre ses dents.

— Je vous demande pardon ? s'offusqua-t-elle.

— Rien, miss Ballinger. Un plan, disiez-vous ?

— Oui. Écoutez-moi attentivement, car je sais que vous n'entendez goutte à ces sortes de stratégies...

— Alors que vous oui ?

— Certes je ne romps pas des fiançailles tous les jours, mais j'ai un certain talent pour développer les intrigues... Il s'agit d'avoir de l'audace, d'agir comme à l'ordinaire, de rester calme... Vous me suivez, milord ?

— Je le crains. J'aimerais cependant que vous alliez droit au but.

— Bien, dit-elle en fixant une carte de l'Europe accrochée au mur. La difficulté réside dans le fait que lorsque des fiançailles sont annoncées, il est difficile de les rompre en s'en tirant avec les honneurs...

— Exact. Mais je n'envisageais pas de le faire.

— Évidemment, vous êtes coincé ! Mais moi, je peux me dédire puisque c'est un privilège réservé aux dames. Et c'est ce que je vais faire !

— Miss Ballinger...

— Je sais que les commérages iront bon train, qu'on dira que je suis une briseuse de cœur, mais je me retirerai quelque temps à la campagne et les choses s'apaiseront d'elles-mêmes. Vous, vous aurez la sympathie des gens et lorsque l'affaire se sera calmée, vous demanderez la main de ma cousine.

Augusta reprit son souffle et regarda Harry avec espoir.

— Est-ce là tout votre plan ? demanda-t-il après un petit moment de réflexion.

— Oui. Vous le trouvez un peu simpliste ? On peut peut-être l'améliorer... Mais souvent le plan le plus simple s'avère le plus efficace.

— Votre sentiment est sans doute justifié... murmura Harry. Vous semblez bien nerveuse à l'idée d'être fiancée ?

Augusta rougit et détourna son regard.

— Là n'est point la question, monsieur. C'est vous qui n'entendez point vous fiancer à moi, mais à Claudia. Qui vous en blâmerait, d'ailleurs ? Pas moi, bien que je croie que ce ne soit pas une si bonne idée. Vous êtes trop semblables.

Harry leva la main pour arrêter ce flot de paroles.

— Sans doute devrais-je clarifier quelque chose avant que vous n'alliez plus loin.

— Oui ?

Il eut un curieux petit sourire, amusé par la tournure que prenaient les événements.

— Votre oncle n'a pas commis d'erreur, miss Ballinger. C'était bien votre main que j'étais venu demander.

— *Ma main ?*

— Absolument.

— Ma main, milord ? Vous souhaitez m'épouser, moi ? bredouilla-t-elle, le regard chaviré.

Harry n'y tint plus. Il s'approcha d'elle, s'empara de son poignet et, le portant à ses lèvres, y déposa un tendre baiser.

— Oui, Augusta, ma chérie.

La jeune femme semblait glacée et tremblait des pieds à la tête. Sans un mot, il la prit dans ses bras, avec douceur. Il fut surpris de la trouver si délicate. Il pouvait sentir sous l'élégante robe de satin rose ses courbes si gracieuses.

— Milord, je n'y comprends rien, balbutia-t-elle.

— Pourtant c'est évident... Est-ce que ceci vous rendrait les choses plus claires ? murmura-t-il avant de l'embrasser.

C'était le baiser dont il rêvait depuis des nuits, lorsque, étendu sur son lit, il tentait vainement de trouver le sommeil. Ce fut un long baiser, d'une tendresse empreinte d'émotion. Il la sentait tendue, inexpérimentée, ce qui fit naître en lui le désir ardent de la protéger.

Elle mit les bras autour de son cou et il affirma son baiser, plus profondément, le savourant de tout son être. Il enlaça sa taille si mince et l'attira fermement contre lui, sentant à travers sa fine toilette ses seins durcis par le désir.

La jeune femme gémit et Harry prit brusquement conscience de son parfum. Un parfum pour le moins ensorcelant. N'y tenant plus, il dégagea doucement un sein menu et le caressa lentement, avec délice.

— Oh ! Mon Dieu... *Harry !* Pardon, milord.

— Non, ma chérie, appelez-moi Harry.

Augusta était magnifique, ainsi exposée aux flammes de la cheminée, illuminée par le scintillement des rubis. Elle faisait penser à ces déesses antiques pleines de passion.

— Ma Cléopâtre, murmura-t-il, bouleversé en l'embrassant dans le cou.

— Harry ! protesta la jeune femme en frissonnant. Harry, je m'étais si souvent demandé comment cela se passerait...

Harry comprit soudain qu'il avait toujours espéré qu'elle répondrait de cette manière à ses avances. Mais jamais il n'avait imaginé la violence de ses propres sentiments.

Lentement, il la coucha sur le tapis d'Orient. Elle s'agrippait à lui, son beau regard topaze empli d'une attente mêlée de peur. Il s'allongea à ses côtés en gémissant de désir contenu.

— Milord... bredouilla-t-elle.

— Harry, corrigea-t-il tout en continuant à la caresser du bout des doigts.

— Harry ! S'il vous plaît ! Je ne voudrais point que vous soyez déçu un jour de m'avoir épousée...

Harry devint de glace.

— Qu'essayez-vous de me dire ? Avez-vous eu un homme dans votre vie ?

La jeune femme parut, un instant, interloquée. Puis, comprenant soudain le sens de sa phrase, elle rougit violemment.

— Par tous les Saints, milord ! Ce n'était pas ce que j'entendais.

— Parfait ! s'exclama Harry, profondément soulagé.

Il sourit en se traitant d'idiot. Il s'était toujours dit qu'elle devait être vierge, et il ne s'était pas trompé : la jeune femme lui appartiendrait corps et âme.

— Mais Harry, continua Augusta, j'ai peur d'être une fort mauvaise épouse ! J'ai tenté, l'autre nuit, chez Enfield, de vous expliquer que je ne me souciais guère des convenances. Je suis une Ballinger du Northumberland, et je n'ai aucune des douces manières de ma cousine. J'ai du mal à me plier aux règles de la bonne société, or c'est ce que vous demandez à votre future femme, n'est-ce pas ?

Harry faisait lentement glisser la robe de satin rose sur les jambes admirables de la jeune femme, éprouvant sous ses mains la douceur de sa peau.

— Je pense qu'il ne vous manque que très peu de choses pour faire une épouse parfaite. Et je m'y appliquerai...

— Je crains le pire, monsieur. On ne change pas les êtres comme cela.

— Je ne vous demande rien de tel.

— Vraiment ? s'enquit-elle avec ferveur. Vous m'aimez telle que je suis ?

— Beaucoup... dit-il en déposant un baiser au creux de son épaule. Il y a bien un détail ou deux... Mais rien d'important. Vous ferez une superbe comtesse.

— Je vois, fit-elle en se mordant les lèvres. Harry, m'aimez-vous ?

Harry cilla.

— Augusta, je sais que les jeunes femmes modernes, dont vous faites partie, estiment que l'amour est quelque chose de mystique, qui s'apparente à la magie, sans explication rationnelle. Pour ma part, il ne saurait être question de cela.

— Évidemment, murmura-t-elle d'un ton désappointé. Je suppose d'ailleurs que vous ne croyez pas en l'amour du tout, n'est-ce pas milord ? Vous n'êtes qu'un pur esprit, un adepte d'Aristote et de Platon. La logique avant tout... Mais je dois vous prévenir, monsieur, que trop de rationalité, trop de logique, gâte l'esprit !

— Je tâcherai de m'en souvenir, fit Harry, enivré par son parfum et troublé de la désirer autant.

Il s'impatientait, le corps tendu par le désir, persuadé qu'*elle le désirait aussi.* Il glissa sa main plus haut, vers le doux creux de ses cuisses. Augusta laissa échapper un cri.

— Voyons, ma chère... Qu'y a-t-il ? fit-il en essayant de l'embrasser à nouveau.

— Je ne suis pas sûre de... C'est si étrange... Je ne sais pas si...

L'horloge se mit soudain à carillonner, ramenant Harry à la réalité.

— Mon Dieu ! Que suis-je en train de faire ? pesta-t-il en tirant sur la soie rose pour cacher promptement les chevilles de la jeune femme. Regardez l'heure ! Lady Arbuthnott et Scruggs doivent s'impatienter. Que doivent-ils penser !

Augusta eut un pâle sourire tandis qu'il l'aidait à se remettre sur pied et à rajuster sa toilette.

— Il n'y a pas lieu de s'alarmer, milord. Lady Arbuthnott est une femme moderne, et Scruggs, en bon majordome, saura se taire.

— C'est dans son intérêt ! marmonna Harry en déposant la cape de velours sur les épaules de la jeune femme. Damnation ! Ces vêtements à remettre ne sont pas une mince affaire ! Permettez-moi de vous dire qu'une fois mariée, la première chose que vous ferez sera d'aller vous acheter une nouvelle garde-robe.

— Harry...

— Dépêchez-vous, ma chère ! intima-t-il en la prenant dans ses bras pour lui faire franchir la fenêtre. Nous devrions déjà être chez lady Arbuthnott. Je ne supporterai aucun ragot !

— Vraiment, milord ! se rebiffa Augusta.

Mais Harry sembla ignorer son irritation, tout à la sensation qu'il éprouvait à la tenir ainsi serrée contre lui avant de la reposer à terre. Elle était souple et chaude et son désir renaissait. Un instant, l'envie de l'emporter dans sa chambre à l'étage le saisit, mais il était trop tard. *Bientôt*, se promit-il. Ce mariage devait se conclure au plus vite, sinon il ne survivrait pas à cette torture.

Mon Dieu, que lui avait donc fait cette femme ?

— Harry, puisque vous craignez tant les commérages et puisque vous n'êtes pas sûr de m'aimer... Pourquoi vouloir m'épouser ? demanda Augusta d'un ton dépité.

La question étonna et ennuya Harry bien qu'elle ne le surprît point. Augusta n'était pas femme à abandonner un sujet.

— Eh bien... Il y a maintes raisons... logiques, répliqua-t-il en examinant l'allée pour être sûr qu'elle soit déserte. Mais ce n'est guère le moment d'en discuter. Remettez votre capuche, il faut dissimuler votre visage, Augusta.

Le jardin se découpait distinctement sous la froide clarté de la lune et les fenêtres de la maison de Sally brillaient dans la nuit.

— Certes, nous ne voudrions pas être aperçue en votre compagnie, persifla-t-elle.

Il sentit qu'il l'avait blessée et qu'elle cherchait à l'offenser à son tour, aussi répliqua-t-il :

— Désolé de n'être pas aussi romantique que vous le souhaiteriez, mais le temps presse !

— A l'évidence.

— Vous semblez ne pas faire grand cas de votre réputation, miss Ballinger, mais moi oui ! riposta-t-il en lui faisant passer le portail de derrière de chez lady Arbuthnott et en voyant que Scruggs venait à leur rencontre.

Il observa un instant sa fiancée, essayant de voir son expression, mais son visage était par trop dissimulé par la large capuche de velours. Il était conscient de l'avoir déçue, de n'être en rien conforme à l'idée qu'elle se faisait d'un amoureux.

— Augusta ?

— Oui, milord ?

— Je crains qu'il n'y ait eu un malentendu entre nous... J'espère que vous ne comptez pas briser notre engagement demain, sinon je vous préviens...

— Mon Dieu, non, milord ! protesta-t-elle d'un ton amer. Si vous pouvez concevoir d'épouser une de ces jeunes femmes frivoles qui portent leurs robes un peu plus courtes que la décence ne l'autorise, pourquoi ne pourrais-je pas épouser, moi aussi, un de ces ennuyeux intellectuels si dépourvus de romantisme ! Je suppose qu'à mon âge, je devrais louer le Seigneur de pareille occasion... Mais toutefois, milord, j'y mets une condition.

— Que le diable vous emporte.

— J'exige de longues fiançailles.

— Longues ? s'exclama-t-il.

— Au moins un an, insista-t-elle en lui lançant un regard scrutateur.

— Par tous les Saints ! Je n'ai nulle intention de perdre un an dans d'inutiles fiançailles, miss Ballinger. Trois mois devraient vous suffire pour préparer ce mariage.

— Six !

— Que le diable vous emporte ! Quatre, et c'est ma dernière offre.

Augusta releva fièrement son petit menton.

— Très généreux de votre part, milord, lança-t-elle avec humeur.

— Certes. Beaucoup trop généreux. Courez jusque chez Sally avant que je ne change d'avis et que je n'emploie un moyen plus drastique, que nous ne pourrions que regretter.

Sur ces mots, Harry s'en fut et remonta l'allée en ruminant le fait qu'il avait dû marchander ses fiançailles comme un vulgaire poissonnier. Est-ce là ce qu'avait ressenti Antoine après avoir traité avec Cléopâtre ? Antoine lui devenait brusquement plus sympathique. En fait, cet homme avait tout simplement été victime de ses sens... Harry commençait enfin à comprendre ce qu'une femme pouvait faire d'un homme.

C'était une idée fort déplaisante, et il se tiendrait dorénavant sur ses gardes. Augusta lui faisait bien trop facilement perdre ses moyens.

Quelques heures plus tard, bien au chaud dans son lit, Augusta reposait, regardant fixement le plafond. Elle gardait encore la chaude sensation des lèvres de Harry sur les siennes. Elle s'étira avec bonheur, envahie par une douce langueur.

Elle pensa combien elle aurait aimé l'avoir à ses côtés, et finir ainsi ce qu'ils avaient commencé, là-bas, dans sa bibliothèque...

Elle songea qu'il s'agissait bel et bien de passion, comme on en lisait le récit dans ces longs poèmes épiques ou ces romans à l'eau de rose.

Mais elle s'avoua aussi qu'elle n'avait jamais imaginé que cela puisse être si dangereux, qu'une femme puisse se perdre aussi facilement dans le feu de l'instant.

Et Harry qui était si résolu à l'épouser...

Augusta sentit de nouveau un vent de panique l'envahir. Se marier ? Avec Harry ? C'était impossible. Cela ne marcherait jamais. Ce serait une grossière erreur. Elle devait trouver un moyen de rompre cet engagement. Pour leur bonheur à tous deux.

La jeune femme observa les ombres qui se dessinaient au plafond durant un long moment, puis elle se dit qu'à l'avenir elle devrait faire montre de beaucoup d'intelligence et de prudence.

4

Harry s'appuya nonchalamment contre le mur, dans la salle de bal, sirotant d'un air absent son champagne, alors que sa fiancée dansait dans les bras d'un autre homme.

Augusta, resplendissante dans une vaporeuse robe de tulle corail, souriait à son danseur, un grand et bel homme aux cheveux roux, qui la faisait valser. Il était indéniable que le couple faisait sensation.

— Que savez-vous de ce Lovejoy ? demanda Harry à Peter qui se tenait légèrement en retrait, dissimulant avec peine son ennui.

— Vous feriez mieux de poser cette question aux jeunes femmes ici présentes, répondit-il en survolant la foule du regard. J'ai cru comprendre qu'il était fort apprécié du sexe faible.

— A l'évidence. Il a dansé avec toutes les plus jolies femmes, ce soir. Pas une ne l'a éconduit.

Peter fit la grimace.

— Je sais. Pas même l'Ange, dit-il en observant la blonde cousine d'Augusta si réservée et qui dansait avec un vieux baron.

— Que Claudia Ballinger ne l'ait pas évincé m'indiffère. Par contre, qu'Augusta...

— Vous croyez pouvoir empêcher Augusta Ballinger de faire quelque chose ? Bon courage, répliqua-t-il d'une voix moqueuse.

— Étant ma fiancée, elle se doit d'observer les convenances.

— Évidemment, maintenant que votre choix est fait, vous entendez transformer cette jeune femme selon votre désir... Cela pourrait s'avérer intéressant. Mais gardez bien à l'esprit qu'elle descend de l'indomptable branche des Northumberland, qui n'a jamais eu que faire des convenances ! Sally m'a raconté que les parents d'Augusta avaient scandalisé la bonne société en se mariant en cachette.

— C'est une vieille histoire qui ne me concerne pas.

— Alors que diriez-vous de quelques ragots plus récents ? proposa Peter en s'animant brusquement. Par exemple concernant l'étrange mort du frère de miss Ballinger, il y a deux ans ?

— Mais il a été tué par un bandit de grand chemin sur la route de Londres.

— Ça, c'est la version officielle. On a étouffé l'affaire à l'époque... Sally prétend que ce jeune homme était mêlé à de drôles de trafics.

— C'est toujours ce qu'on raconte quand un jeune libertin est tué. Richard Ballinger était connu pour être une forte tête, un risque-tout, en tout point semblable à son père.

— C'est ça, parlons plutôt du père, concéda Peter. Vous ne pouvez nier qu'il avait la fâcheuse réputation de poursuivre en duel quiconque approchait sa femme. Ne craignez-vous point qu'il en aille de même pour vous ? Augusta est le portrait craché de sa mère.

Harry serra les dents, parfaitement conscient que son ami le poussait à bout pour voir ses réactions.

— Ballinger était un sombre idiot. D'après ce que m'a dit sir Thomas, il n'avait aucun pouvoir sur sa femme. Je ne laisserai pas Augusta se mettre dans une position qui m'obligerait à me battre en duel ! Il n'y a que les imbéciles qui se battent pour une femme.

— Dommage ! Vous auriez été excellent... Je parle de duels, bien sûr. Un homme de sang-froid est toujours le meilleur sur un champ d'honneur.

— Je n'entends pas vérifier cette théorie, répliqua sèchement Harry, énervé de voir Augusta valser encore avec Lovejoy. Excusez-moi, je dois aller demander cette danse à ma future femme.

— Très bonne idée. Cela la distraira d'entendre parler du bon usage des convenances ! s'esclaffa Peter. Pendant ce temps-là, j'irai gâcher la soirée de l'Ange en lui réclamant une valse ! Cinq contre un qu'elle me la refuse...

— Essayez de lui parler du livre qu'elle est en train d'écrire, ironisa Harry en déposant sa coupe sur un plateau.

— Un livre ? Quel livre ?

— Je crois que sir Thomas m'en a confié le titre... Attendez... *Guide des principaux préceptes utiles aux jeunes filles*. Oui, c'est cela.

— Seigneur ! laissa tomber Peter, atterré. Est-ce que toutes les femmes de Londres se sont donné le mot pour écrire ?

— J'en ai l'impression. Allez, haut les cœurs ! Vous apprendrez peut-être quelque chose d'utile.

Sur ces mots, Harry se fondit dans la foule, s'arrêtant de temps à autre pour accepter les félicitations de ses amis.

Depuis deux jours, en fait depuis que l'annonce de leurs fiançailles était parue dans la presse, Harry avait pu noter l'intérêt que portait la bonne société à cette alliance pour le moins inattendue.

Lady Willoughby, énorme matrone toute de rose vêtue, agrippa Harry par la manche de son habit de soirée.

— Ainsi c'était Augusta Ballinger qui se trouvait en tête de liste, milord ? Personne n'aurait parié sur elle. Mais vous nous étonnerez toujours, n'est-ce pas Graystone ?

— Je suppose que c'est votre façon de me féliciter, madame ? répliqua sèchement Harry.

— Absolument. Toute la bonne société se réjouit de ces fiançailles, mon cher. Vous voyez, vous allez nous apporter l'amusement qui nous manquait durant cette saison.

— Non. Je ne vois pas, rétorqua sèchement Harry les yeux mi-clos.

— Allons, milord, admettez que tout ceci est merveilleusement amusant. Vous et Augusta... Si dissemblables. Cela promet d'être excitant de voir comment vous vous y prendrez pour la conduire à l'autel sans vous battre une seule fois en duel, ou sans être obligé de demander à son oncle de l'envoyer au-delà des mers, loin des rumeurs... Vous n'ignorez point qu'elle est une Ballinger du côté Northumberland. Une branche bien tumultueuse, il va sans dire.

— Ma fiancée est une lady, madame, répondit calmement Harry en soutenant son regard sans ciller. Et j'espère que lorsqu'on parle d'elle, on ne l'oublie pas. Vous-même le garderez en mémoire, n'est-ce pas ?

Lady Willoughby sembla un instant perdre pied, rougit et répondit :

— Certes, milord. Il n'était nullement dans mes intentions de vous offenser. Je me permettais seulement une taquinerie. Notre charmante Augusta est une si délicieuse jeune femme. Nous l'adorons et lui souhaitons tout le bonheur du monde !

— Merci, je le lui transmettrai, assura Harry en prenant congé d'un signe de tête.

Il ne faisait aucun doute que cette façon qu'avait Augusta de croquer la vie lui valait une réputation douteuse. Il était grand temps de remédier à cela.

Enfin, il la trouva à l'autre bout de la salle de bal, riant et plaisantant avec Lovejoy. Comme si elle avait pressenti sa présence, elle s'arrêta au beau milieu d'une phrase et tourna la tête vers lui. Avec une grâce étudiée, elle lui demanda :

— Je m'inquiétais de savoir si vous alliez nous rejoindre, milord. Connaissez-vous lord Lovejoy ?

— Nous nous sommes déjà rencontrés, admit Harry en notant l'expression légèrement amusée de Lovejoy qui se tenait bien trop près d'Augusta.

— Certes. Ne fréquentons-nous pas les mêmes clubs ? railla Lovejoy en baisant la main de la jeune femme. Ma chère, je vous abandonne à votre seigneur et maître. Tout espoir étant devenu vain pour moi, je vous demande seulement d'avoir pitié d'un pauvre homme au cœur brisé par l'annonce de vos fiançailles.

— Je suis certaine que vous guérirez vite, monsieur, répondit Augusta en récupérant sa main au plus vite.

Dès que le baron eut disparu, elle fit face à Harry. Son regard semblait le défier et il nota que son teint paraissait s'être animé depuis l'annonce de leurs fiançailles, comme si la jeune femme se souvenait de la scène de la bibliothèque, lorsqu'elle reposait dans ses bras, sur le tapis d'Orient. Northumberland ou pas, ce souvenir la faisait rougir. Sans doute avait-elle quand même le sens des convenances.

— Auriez-vous chaud, Augusta ? s'enquit-il avec politesse.

— Non, protesta-t-elle. Je vais bien. Seriez-vous venu m'inviter à danser, monsieur ? Ou me parler de ma conduite ?

— Il s'agirait plutôt de votre conduite, en effet, confirma Harry qui lui prit le poignet pour la conduire dans le parc.

— Je m'en doutais... fit Augusta en agitant négligemment son éventail tandis qu'elle traversait la terrasse. Vous savez, j'ai beaucoup réfléchi, milord.

— Moi aussi, répliqua Harry en lui désignant un banc de pierre. Asseyez-vous ma chère, et discutons.

— Je savais que cela finirait ainsi.... *Je le savais*. Milord, nous ne pouvons continuer comme cela.

— De quoi parlez-vous ? Pas de nos fiançailles, j'espère ?

— Mais si. Vous êtes en train de commettre une terrible erreur. Non que je ne sois honorée de votre demande... Mais il serait préférable pour nous deux que je rompe.

— Je souhaiterais que vous n'en fassiez rien, Augusta.

— Mais, milord, notre union est inconcevable !

— Nous nous emploierons à la rendre agréable.

Augusta sauta sur ses pieds.

— Agréable ? En m'obligeant à respecter vos satanées règles ?

— Je n'ai jamais dit cela, Augusta, protesta Harry en la prenant dans ses bras. Je ne pensais qu'à quelques concessions... Notre mariage sera un mariage très réussi.

— Et qui de nous deux sera censé faire ces concessions, milord ?

Harry cilla et se mit à fixer un massif de rhododendrons heureusement placé derrière Augusta.

— Chacun de nous, je suppose.

— Je vois. Essayons d'être un peu plus précis. Que devrai-je faire pour ma part ?

— Pour commencer, ne plus danser avec ce Lovejoy ! Il y a quelque chose qui me déplaît chez lui. Il tourne trop autour de vous...

— Comment osez-vous, monsieur ? s'écria Augusta en se relevant avec vivacité. J'entends danser avec qui bon me semble et personne ne me dictera ma conduite ! Désolée que cela ne vous convienne guère, mais ce n'est qu'un aperçu de ce dont je suis capable.

— Ah ? Vraiment alarmant, en effet.

— Vous moquez-vous, Graystone ? explosa Augusta.

— Non, ma chère. Absolument pas. Asseyez-vous, je vous en prie.

— Je n'en ai nulle envie. Je retourne dans la salle de bal retrouver ma cousine, et nous rentrerons. Je dirai à mon oncle que j'entends rompre notre engagement.

— Vous n'en ferez rien !

— Et pourquoi, s'il vous plaît ?

Harry prit son bras et de nouveau l'obligea à s'asseoir.

— Parce que je suis certain que vous êtes une femme digne de ce nom, qui n'irait pas accorder ses faveurs à un homme pour le renvoyer ensuite...

— Ses faveurs ? s'écria Augusta, atterrée. Mais de quoi parlez-vous ?

Harry décida qu'il était temps d'user de moyens, qui sans être foncièrement malhonnêtes n'en étaient pas moins un soupçon pervers. Mais c'était la seule solution pour la mener à accepter ce mariage.

— *Le tapis de ma bibliothèque*... susurra-t-il. Rappelez-vous !

La jeune femme écarquilla les yeux, pleine de stupeur.

— Milord ! Seriez-vous en train de me dire que le fait de vous avoir donné un baiser m'engage à vous pour la vie ?

— Il s'agissait de bien plus. Vous devriez en être consciente, Augusta.

— Certes. J'admets que les choses sont allées un peu loin... bredouilla-t-elle, soudain désespérée.

— Un peu ? Vous étiez à moitié nue, insista Harry avec une hypocrisie calculée. Et si l'horloge ne s'était pas mise à sonner... Je n'ose songer à ce qui serait arrivé ! Je sais que vous êtes une femme moderne, mais qui, néanmoins, ne saurait se montrer cruelle. Me trompé-je ?

— Cruelle ? Elle est bien bonne ! C'est vous qui avez abusé de la situation...

— Je nous croyais fiancés ! clama Harry. Votre oncle avait accepté ma demande et vous étiez venue me voir, en pleine nuit de surcroît ! Que pouvais-je penser ? Certains diraient que c'est vous qui avez abusé de la situation.

— Vous êtes proprement incroyable, Graystone ! Vous vous plaisez à tout mélanger... A vous entendre, on croirait que j'ai tenté de vous séduire !

— Absolument, ma chère, acquiesça-t-il en souriant. Et c'était fort agréable... Ah ! la douceur de vos seins... si tendres et si fermes à la fois... Et ce petit téton durci par le désir !

Augusta semblait totalement consternée.

— Milord !

— Me croyez-vous capable d'oublier tout cela ? continuait Harry avec calcul. Ce corps semblable à une statue grecque, le souvenir de vos cuisses... Ma douce !

— Mais je ne vous ai jamais permis !

— Vous n'avez pas levé le petit doigt pour m'en empêcher. Au contraire, vous m'embrassiez avec une telle passion...

— Non ! protesta-t-elle avec la dernière énergie.

Harry leva un sourcil.

— Vous ne ressentiez rien ? Vraiment ? Vous m'en voyez profondément blessé. Quelle tristesse...M'avoir tant donné, sans rien ressentir en échange ! Pour moi, il s'agissait d'un moment de pure passion... Jamais je n'oublierai.

— Ai-je dit n'avoir rien ressenti ? Non. Mais de là à parler de passion... Vous ne devriez pas attacher trop d'importance à ce qui s'est passé.

— Seriez-vous de ces femmes qui accordent tant de rendez-vous galants, qu'elles n'en ont que faire ?

— Mais je n'ai pas non plus dit cela ! explosa Augusta, déroutée. Vous tentez vraiment par tous les moyens de m'obliger à vous épouser pour une petite incartade sur le tapis de votre bibliothèque !

— J'avais l'impression que certaines promesses avaient été échangées ce soir-là, murmura Harry.

— Ah non !

— Alors pourquoi m'avoir autorisé à agir comme un mari ?

— Je n'ai rien fait de tel.

— Pardonnez-moi, miss Ballinger, mais je ne peux croire que vous vous soyez ri de moi, ce soir-là. Je ne peux croire que vous soyez une femme cruelle et sans honneur.

— En effet. Nous autres, Ballinger du Northumberland, avons le sens de l'honneur ! Nous allons jusqu'à mourir pour lui.

— Bien ! Alors il ne saurait être question d'annuler notre mariage... Nous sommes allés trop loin pour ça.

Il y eut un léger craquement. Augusta venait de broyer son éventail. Elle se prit à jurer.

Harry se leva et lui prit le menton. Elle semblait toute bouleversée, le regard perdu. Il se pencha et déposa un baiser sur ses lèvres.

— Faites-moi confiance, Augusta. Nous formerons un couple magnifique.

— Je n'en suis pas si certaine, milord. Je pense plutôt que nous faisons la plus belle bêtise de notre vie.

— Ce ne sera pas une bêtise. Accordez-moi cette valse, ma chérie.

— Je crains de n'avoir pas d'alternative !

— Vous commencez à me connaître, murmura Harry en la prenant dans ses bras.

Augusta ne put s'empêcher de grincer des dents.

Plus tard dans la soirée, après être descendu de son tilbury dans St. James Street, Harry gravit les marches d'un des plus respectables établissements londoniens. La porte lui fut ouverte avec promptitude, et il pénétra dans un club au charme typiquement masculin.

Rien n'équivalait ce genre d'endroit, pensa-t-il en tirant un fauteuil près du feu et en se servant un verre de cognac. Même pas cette parodie de club qu'Augusta avait créé pour divertir Sally et ses amies. Un club de gentlemen était à lui seul un véritable bastion contre le monde extérieur, un autre chez-soi où l'on pouvait demeurer seul ou trouver de la compagnie suivant son humeur. Dans ce genre de club, un homme pouvait se détendre avec des amis, gagner ou perdre une fortune aux tables de baccara, traiter les affaires les plus complexes.

Même pendant la guerre, Harry s'était toujours arrangé, lorsqu'il revenait à Londres, pour retrouver au plus vite ses clubs préférés. Il avait, bien sûr, réussi à y faire admettre quelques-uns de ses agents, car nombre d'hommes à l'esprit aiguisé et à l'intelligence subtile s'y retrouvaient.

Ainsi avait-il pu apprendre le nom de l'homme responsable de la mort de son meilleur agent. Et cet homme avait bien sûr été victime, quelque temps plus tard, d'un fâcheux accident.

Dans un autre de ces clubs, également dans St. James Street, il avait pu se procurer le journal intime d'une courtisane très en vue. Cette femme avait la réputation d'entretenir des espions français sous couvert d'aider les émigrés à fuir la guerre. C'est en déchiffrant le code plutôt enfantin dans lequel avait été écrit ce journal que Harry, pour la première fois, était tombé sur le nom de *Spider*. Mais cette femme avait été tuée avant qu'il ait pu en tirer le moindre renseignement. Sa camériste, en pleurs, avait expliqué qu'un de ses amants, dans une crise de jalousie, l'avait assassinée. Quant à savoir lequel !

Ce nom de code, *Spider*, n'avait pas cessé alors de hanter Harry. Des hommes étaient morts, dans des ruelles obscures, avec ce nom sur les lèvres. Des lettres d'espions français qui le mentionnaient avaient été interceptées. Des cartes de mouvements de troupes certainement dessinées par ce Spider, avaient été dérobées...

Mais l'identité de l'homme qui se cachait derrière ce pseudonyme n'avait jamais pu être découverte. Et Harry qui ne supportait pas les énigmes aurait payé très cher pour connaître la vérité. Son instinct, pourtant, lui disait que l'individu était anglais, et cela l'ennuyait d'autant plus de l'avoir laissé échapper. Trop d'agents remarquables, trop d'honnêtes soldats étaient morts à cause de ce Spider.

— Vous ne lirez pas votre avenir dans ces flammes, Graystone !

Harry leva les yeux vers Lovejoy qui venait interrompre ses méditations.

— J'espérais votre venue. J'ai deux mots à vous dire.

— Vraiment ? rétorqua Lovejoy en s'adossant à la cheminée. Laissez-moi d'abord vous féliciter.

— Merci.

— Miss Ballinger ne me paraît pourtant pas être votre

type de femme. J'ai peur qu'elle n'ait hérité d'un côté casse-cou qui... Enfin, cela promet d'être amusant.

— Ce qui m'amuse moins, c'est que vous dansiez avec ma fiancée, laissa tomber froidement Harry.

L'expression de Lovejoy était pleine de malice.

— Miss Ballinger adore valser, et valser avec moi. Je suis un cavalier hors pair.

Harry parut s'abîmer dans la contemplation des flammes.

— Je vous conseille d'aller exercer vos talents ailleurs !

— Et si je refuse ? s'enquit Lovejoy, d'un ton doucereux.

— Je me verrai dans l'obligation de prendre des mesures énergiques pour protéger ma fiancée de vos avances...

— Oh ! Croyez-vous ?

— Certes. Je le crois et je le ferai, affirma-t-il avant de finir d'un trait son verre de cognac et de quitter son interlocuteur, sans plus de civilité.

Pour quelqu'un qui n'entendait pas se battre pour une femme, pensa-t-il, je ne suis pas passé loin d'un duel ! Lovejoy pourrait fort bien ne pas apprécier ces manières et toute l'histoire se terminerait par un échange de balles à l'aube.

Harry secoua la tête. Il n'était fiancé que depuis deux jours et déjà Augusta mettait sens dessus dessous sa petite vie bien tranquille. Leur mariage s'annonçait mouvementé...

Augusta était lovée dans un fauteuil de la bibliothèque, près de la fenêtre, et regardait d'un air songeur le roman qui reposait ouvert sur ses genoux. Cela faisait cinq bonnes minutes qu'elle tentait vainement d'en lire une page.

Il lui était impossible de songer à autre chose qu'à Harry. Impossible de comprendre par quel enchaînement d'événements, elle s'était retrouvée dans ce pétrin. Et par-dessus tout, elle ne comprenait pas ses propres réactions.

Elle se revoyait sans cesse dans les bras de Harry, allongée sur le tapis de la bibliothèque... goûtant la douceur de ses baisers, la chaleur de ses lèvres.

Et Harry qui voulait toujours l'épouser.

La porte s'ouvrit, ce qui la tira de sa rêverie.

— Ah ! Tu es là, Augusta. Je te cherchais, dit Claudia tout sourire. Que lis-tu ? Un roman, je suppose ?

— *L'Antiquaire*, répondit Augusta en refermant son livre. Très amusant, plein d'action, avec l'éternelle jeune héritière prise dans des situations sans issue.

— Oh ! Oui. Le dernier Waverley. J'aurais dû m'en douter. Toujours en train d'essayer de trouver la véritable identité de l'auteur ?

— Je parierais pour Walter Scott !

— Et quelques autres assurément. Cette mystification permet surtout à l'auteur d'encaisser de sérieuses royalties.

— Je ne pense pas. Ce sont des romans fort excitants, comme les poèmes épiques de Byron. Personne ne résiste à ces romantiques aventures !

Claudia lui lança un regard légèrement réprobateur.

— Maintenant que tu es fiancée, ne crois-tu pas que tu devrais lire quelque chose de plus instructif ? Un livre de mère, par exemple ? Tu ne voudrais pas embarrasser le comte par tes conversations insipides ?

— Pouh ! Il ne s'en aperçoit même pas ! Il ne pense qu'à m'empêcher de danser avec Lovejoy.

— Vraiment ? s'étonna Claudia qui, poussée par la curiosité, prit un siège et se servit une tasse de thé.

— C'était un ordre !

— Il doit avoir ses raisons, réfléchit Claudia. Lovejoy est un homme impétueux, du genre à profiter d'une femme s'il croit qu'elle lui a fait la moindre avance.

Augusta leva les yeux au ciel en une prière silencieuse.

— Lovejoy est avant tout un gentleman, répliqua-t-elle. Claudia, m'en voudrais-tu si je te posais une question délicate ? J'aimerais ton avis sur un principe de bienséance...

Claudia, très droite, la fixa avec attention.

— Je ferai de mon mieux. De quoi s'agit-il ?

— Estimes-tu qu'il est vrai qu'un homme puisse croire que certaines promesses lui aient été faites, uniquement parce qu'il a obtenu un baiser ?

Claudia fronça les sourcils en réfléchissant.

— Aucune femme n'embrasserait un homme qui ne soit pas son fiancé ou son mari... Mère l'a fort bien expliqué dans son ouvrage : *Instructions pour...*

— Oui, oui, d'accord, l'interrompit Augusta qui perdait patience. Mais prenons ce cas. C'est arrivé... Alors ? Puisque personne ne le sait...

— C'est une hypothèse, je présume ? s'enquit Claudia alarmée.

— Absolument, renchérit Augusta avec un vague geste de la main. C'est une hypothèse que nous avons émise à *Pompeia* avec quelques amies, et personne n'était du même avis.

— Vous avez de ces discussions !

Augusta ne put s'empêcher de grincer des dents.

— Désolée. Mais as-tu une idée là-dessus ?

— Bien... laisser un homme vous embrasser est fort déplorable en soi, mais ce n'est quand même pas une catastrophe ! Il n'y a pas lieu de lui jeter la pierre.

— C'était mon sentiment, répliqua vivement Augusta. Et ce monsieur ne peut donc prétendre à épouser cette jeune femme ?

— Eh bien...

— Écoute ! A chaque bal, on trouve des couples enlacés dans le parc, et ils ne courent pas pour autant annoncer leurs fiançailles !

Claudia hocha doucement la tête.

— Évidemment.

Augusta sourit, visiblement soulagée.

— Mais, continua Claudia tout en réfléchissant, s'il y a eu plus qu'un baiser échangé... Tout serait à reconsidérer.

— Vraiment ? souffla Augusta sur le point de se sentir mal.

— Certainement, assura sa cousine en buvant une gorgée de thé. Certainement, si cette femme lui a permis certaines privautés, l'a encouragé à...

— A...

— Ce monsieur ne pouvant supposer que cette jeune femme se joue de lui est amené à lui offrir le mariage.

— Je vois, fit Augusta d'un ton morne, bouleversée par ce qu'elle venait d'entendre.

Elle se revoyait totalement abandonnée, entre les bras de Graystone, sur ce fichu tapis... Elle sentit le rouge lui monter aux joues et pria pour que sa cousine ne s'aperçoive de rien.

— Et si c'est le monsieur en question qui a montré une... une certaine... passion, alors que la jeune femme était, quant à elle, totalement dépourvue d'expérience ?

— Une femme digne de ce nom veille à sa réputation ! s'exclama Claudia d'un ton qui n'était pas sans rappeler celui de tante Prudence. Elle se doit d'éviter certaines situations qui ne pourraient que la déshonorer.

Augusta jugea bon de se taire.

— Et bien sûr, continua Claudia sévèrement, si cet homme est un gentilhomme, le cas est clair...

— Ah oui !

— Oui. Il ne peut que répondre aux promesses implicites qui lui ont été faites. Il y va de son honneur.

— C'est une des choses que j'ai toujours admirées chez toi, Claudia : tu as quatre ans de moins que moi et tu es capable de juger n'importe quelle situation ! s'extasia Augusta en rouvrant son roman. Dis-moi, est-ce que d'être si parfaite n'est pas un peu ennuyeux parfois ?

— La vie a cessé d'être ennuyeuse à partir du moment où tu es venue vivre sous notre toit. Tu as apporté avec toi la joie de vivre. Mais j'ai une question à te poser.

— Oui ?

— Je voudrais ton opinion sur Peter Sheldrake.

Augusta fut pour le moins surprise.

— Mais tu la connais. C'est moi qui te l'ai présenté. Je l'apprécie, il me rappelle mon frère Richard.

— C'est bien ce qui me contrarie, admit Claudia. Il me semble bien insouciant... Or, je parais l'intéresser ces derniers temps. Je ne sais pas si je dois l'encourager...

— Sheldrake est un type bien. Fils de vicomte, jolie fortune, et mieux un grand sens de l'humour. C'est plus que je ne peux en dire de Graystone !

5

— Je crains d'avoir oublié, miss Ballinger, de vous dire que j'avais rencontré votre frère quelques mois avant sa mort, avoua Lovejoy en souriant à Augusta de l'autre côté de la table de jeu.

— Richard ? Vous avez connu mon frère ?

Augusta, qui songeait un instant auparavant à quitter les lieux pour rejoindre la foule des danseurs qui se pressaient dans la salle de bal de lady Leebrook, en resta sans voix, comme assommée. Son estomac se serra d'appréhension car, comme toujours quand le nom de son frère était prononcé, elle se mettait immédiatement sur la défensive, prête à soutenir l'honneur de Richard.

Cela faisait une bonne demi-heure qu'elle jouait aux cartes avec Lovejoy, non parce qu'elle était une joueuse assidue, mais parce qu'elle espérait bien que Graystone en prendrait ombrage.

Qu'une femme joue aux cartes n'était pas à proprement parler interdit, et plusieurs tables étaient déjà occupées. Les épouses ici présentes n'avaient guère perdu plus que ne le faisaient leurs maris, dans leurs clubs favoris. Mais les gens *bien*, dont faisait partie Graystone, n'admettaient pas ce genre de pratique. A l'évidence, le comte serait contrarié de la trouver là.

Augusta estimait que ce n'était qu'une petite vengeance

pour ce qui s'était passé l'autre soir dans le parc, pour l'avoir obligée à tenir ses engagements par un ignoble chantage. Depuis, elle s'était forgé des arguments plus solides, et attendait avec impatience de pouvoir lui en faire part. Et si Graystone trouvait à redire sur cette partie de cartes, elle objecterait qu'il ne lui avait défendu que de danser avec Lovejoy... Cette remarque, pleine de logique, ne pourrait que lui clore le bec. Sinon, il pourrait lui rendre sa parole... Enfin !

Mais Graystone s'était fait trop attendre ce soir, et Augusta était fatiguée de jouer, même si elle gagnait. Bien que Lovejoy fût un compagnon charmant, elle ne pensait qu'à son fiancé. Enfin, jusqu'à ce que le nom de son frère soit prononcé...

— Je ne le connaissais pas très bien, continua Lovejoy en distribuant les cartes. Mais il semblait charmant. Je l'avais rencontré aux courses. Il avait parié sur un tocard qui, à la surprise générale, avait rapporté gros.

— Richard adorait le jeu, dit Augusta en prenant ses cartes distraitement, l'esprit uniquement occupé par la pensée que *son frère était innocent.*

— Il tenait cela de son père, je suppose ?

— Oui. Ma mère disait que les chiens ne font pas des chats. De purs produits Northumberland ! L'aventure, l'excitation, telle était leur devise.

Avec un peu de chance, Lovejoy n'aurait pas entendu parler des circonstances mystérieuses de la mort de son frère. Le baron, après tout, avait passé ces dernières années avec son régiment sur le continent.

— J'ai été désolé d'apprendre la mort prématurée de votre frère, il y a deux ans, fit Lovejoy tout en fixant d'un air préoccupé ses cartes. Toutes mes condoléances, miss Ballinger.

— Merci.

Augusta fit semblant d'étudier son jeu en attendant que Lovejoy continue. Son esprit était plein du rire de Richard.

Mon Dieu, que ces sinistres rumeurs lui avaient fait mal ! Elle ne pouvait concevoir qu'il ait pu trahir sa patrie.

Le silence était retombé sur la table de jeu, et Augusta plongée dans ses souvenirs ne put se concentrer. Pour la première fois de la soirée, elle perdit une manche.

— J'ai l'impression que ma chance a tourné, dit-elle en se levant et en s'apercevant que Lovejoy avait récupéré en un seul coup les dix livres qu'elle lui avait péniblement gagnées.

— Mais non, riposta-t-il en battant les cartes.

— Je suggère, milord, que nous en restions là, et que nous regagnions la salle de bal.

— Il y a eu de tristes rumeurs au sujet du décès de votre frère, n'est-ce pas ?

— *Mensonges !* Ce ne furent que des mensonges, s'écria Augusta atterrée en se laissant retomber sur sa chaise.

Elle saisit son collier de ses doigts tremblants et se mit à le tripoter.

— Bien sûr. Je n'en ai jamais douté, répondit Lovejoy en lui adressant un regard compatissant.

— Merci.

Augusta sentit sa tension retomber. Après tout, Lovejoy était un chic type. Tous deux se remirent à jouer en silence quand Lovejoy reprit, tout en étudiant son jeu :

— J'ai entendu raconter que certains papiers compromettants avaient été trouvés sur son corps. Des documents sur notre stratégie militaire, je crois...

— J'ai toujours pensé qu'ils avaient été placés là délibérément ! s'emporta la jeune femme. Et je le prouverai... Tôt ou tard.

— Ah ! Ma chère... Ne vous a-t-on jamais dit qu'il n'y avait guère de justice en ce bas monde ?

— Je me refuse à le croire, monsieur.

— Quelle innocence ! Peut-être pourriez-vous m'en dire plus ? J'ai quelque expérience en la matière.

— Est-il possible ? s'enquit Augusta étonnée.

— Pendant la guerre, répondit-il avec un sourire indulgent, j'enquêtais sur les actes criminels qui ne manquaient pas de se produire dans nos régiments. Les coups de poignard donnés dans quelque sombre ruelle, les délits d'intelligence avec l'ennemi... Très déplaisant. Il fallait s'acquitter de cette tâche avec la plus extrême discrétion, bien sûr. Il y allait de l'honneur d'un régiment.

— Je vois, fit Augusta qui se sentit brusquement soulagée. Vos investigations ont-elles été couronnées de succès ?

— Sans exception.

— Oserais-je vous demander de m'aider à prouver l'innocence de mon frère ? demanda-t-elle, le souffle court.

Lovejoy fit semblant d'étudier son jeu pendant quelques instants.

— Je crains de n'être d'aucune utilité, miss Ballinger... Votre frère n'a-t-il point été tué juste avant l'abdication de Napoléon ?

— Exact. En 1814.

— Il serait extrêmement difficile de retrouver les personnes qu'il fréquentait alors, expliqua Lovejoy en hésitant. A moins que vous ne sachiez par où commencer.

— Hélas non... Je suppose que c'est sans espoir.

Augusta retomba dans sa tristesse. Elle pensait à cet étrange poème qui reposait dans son coffret à bijoux, et qui avait été écrit par son frère. Ces quelques vers, encore tachés de son sang... Contiendraient-ils la clé de l'énigme ? Non, ils n'avaient aucun sens. Inutile de les mentionner. Ce n'était qu'un ultime souvenir de son frère.

Lovejoy sourit d'un air rassurant.

— Vous devriez me dire tout ce que vous savez et peut-être trouverais-je un début de piste.

Augusta se mit à parler tandis que la partie continuait. Elle faisait de son mieux pour répondre aux nombreuses questions de son partenaire. Elle essaya de se souvenir des noms des relations de son frère et des endroits où ce dernier s'était rendu avant de mourir.

Mais apparemment, Lovejoy trouvait tout cela sans intérêt et posait d'autres questions tout en jouant comme si de rien n'était. Augusta suivait, un peu comme un automate, soucieuse de fournir des réponses adéquates.

Lorsqu'elle n'eut plus rien à dire, Augusta jeta un coup d'œil sur les marques que comptabilisait Lovejoy et, à sa grande stupeur, vit qu'elle devait mille livres.

Mille livres !

— Mon Dieu ! s'exclama-t-elle avec horreur. Milord, je crains de n'avoir pareille somme sur moi !

Ni ailleurs, pensa-t-elle effarée. Comment trouver autant d'argent ? Inutile de penser à son oncle qui avait été plus que généreux avec elle depuis son arrivée. Sir Thomas serait consterné d'apprendre que sa nièce avait des dettes. Son honneur en prendrait un coup.

— Ne vous inquiétez pas, miss Ballinger, répliqua Lovejoy en ramassant les cartes. Ce n'est pas pressé, je peux attendre. Je suis certain que nous trouverons un arrangement. Vous n'avez qu'à me donner votre parole d'honneur.

Augusta, le cœur serré d'appréhension, signa une reconnaissance de dette en bonne et due forme. Puis elle se leva, tremblante, au bord de l'évanouissement.

— Si vous voulez bien m'excuser, monsieur, parvint-elle à articuler avec un calme étonnant. Il me faut retourner dans la salle de bal. Ma cousine doit s'inquiéter.

— Bien sûr. Faites-moi savoir lorsque vous serez prête à me rembourser. Nous trouverons forcément un terrain d'entente, dit-il avec un sourire perfide.

Augusta s'inquiéta de n'avoir jamais remarqué cette lueur sournoise au fond de son regard. Elle préféra tout à coup assurer ses arrières.

— Pourriez-vous me donner votre parole d'honneur, monsieur, de ne conter à quiconque ce déplorable incident ? Je ne voudrais pas que mon oncle... ou d'autres personnes en entendent parler.

— Quelles autres personnes ? Votre fiancé par exemple ?

Je vous comprends. Graystone ne saurait être indulgent vis-à-vis d'une femme ayant des dettes de jeu... Il n'apprécie déjà pas qu'une femme joue aux cartes...

Augusta se sentit défaillir. Quelle histoire ! Et par sa faute.

— Certes non.

— Ne craignez rien, je garderai cela pour moi, assura Lovejoy avec une expression moqueuse dans les yeux. Je vous en donne ma parole.

— Merci.

Augusta se dirigea vers la salle de bal brillamment éclairée en pensant qu'elle s'était conduite comme une parfaite idiote.

Évidemment, la première personne qu'elle vit fut Harry. Il venait à sa rencontre, fendant la foule, et Augusta n'eut plus qu'une envie, celle de se jeter dans ses bras, de tout lui avouer et de lui demander son avis.

Sanglé dans son impeccable habit de soirée, une somptueuse cravate nouée autour du cou, il paraissait assez impressionnant pour pouvoir venir à bout de deux ou trois Lovejoy. Son fiancé était décidément quelqu'un de solide, sur qui on pouvait compter. Quelqu'un capable de réparer les plus énormes sottises.

Malheureusement, Graystone ne supportait pas les sots.

Augusta se redressa. Cette histoire ne concernait qu'elle, après tout. Harry ne devait pas être mêlé à ce fiasco, et une Ballinger du Northumberland était tout à fait capable de défendre son honneur, seule.

Harry s'approchait, l'air soucieux, jetant un bref coup d'œil vers la salle de jeu avant de poser son regard sur elle.

— Tout va bien, Augusta ? s'enquit-il sèchement.

— Oui, absolument. Il fait plutôt chaud ici, n'est-ce pas ? répondit-elle en agitant son éventail et en cherchant désespérément un sujet de conversation qui le distrairait de cette maudite salle de jeu. Je me demandais si vous viendriez ce soir... Êtes-vous là depuis longtemps ?

— Quelques minutes seulement, dit-il en la fixant d'un air soupçonneux. Je suppose que les portes sont ouvertes pour le grand souper ? Avez-vous faim ?

— Oui. Et j'aimerais pouvoir enfin m'asseoir, ajouta-t-elle, sur le point de défaillir.

Elle s'empara du bras qu'Harry lui tendait et s'y accrocha comme à une bouée de sauvetage.

Ce ne fut qu'au bout de son second homard et d'un bon punch qu'Augusta retrouva tout son calme et sa clarté d'esprit. Il lui parut alors évident qu'il ne pouvait y avoir qu'une solution à son problème : le collier de rubis de sa mère... A cette pensée, les larmes lui montèrent aux yeux, mais elle se gourmanda. Elle avait fait l'idiote, il lui restait à payer.

— Augusta, êtes-vous certaine que tout va bien ? reprit Harry.

— Absolument, milord.

— Puis-je espérer que vous me confieriez vos problèmes, si vous en aviez ? demanda-t-il le sourcil levé.

— Cela dépendrait, milord.

— De quoi ? répliqua-t-il sèchement.

— De la façon que vous auriez de me répondre...

— Je vois. Et si vous supposiez le pire...

— Je ne soufflerais mot, monsieur.

— Dois-je vous rappeler notre engagement ? insista-t-il.

— Inutile, milord. Depuis quelques jours, cette pensée tient la toute première place dans mon esprit, soyez-en assuré !

Il n'y avait qu'un endroit possible où se renseigner sur la manière de se débarrasser d'un objet de valeur, et le lendemain de cette soirée désastreuse, Augusta se rendit donc à *Pompeia*.

La porte d'entrée s'ouvrit sur un Scruggs bougon qui l'observait sous ses épais sourcils broussailleux.

— Est-ce vous, miss Ballinger ? Je suppose que vous savez que nos membres sont terriblement affairés à distribuer les sommes pariées sur vos fiançailles ?

— Je suis heureuse d'apprendre que cela profitera au moins à quelques personnes ! marmonna Augusta en passant devant lui. Au fait, Scruggs, ajouta-t-elle en marquant une pause. Est-ce que ma médecine vous a réussi ?

— Votre tonique a fait des miracles, surtout pris avec le cognac de lady Arbuthnott. Malheureusement, je n'ai pu convaincre aucune des femmes de chambre de m'aider à suivre la seconde partie du traitement de feu votre grand-père...

Augusta ne put s'empêcher de sourire.

— Vous m'en voyez réjouie.

— Par ici, miss Ballinger. Madame sera si heureuse de vous voir, comme d'habitude, dit Scruggs en ouvrant la double porte du club.

Il y avait affluence. Certains membres lisaient les nouvelles fraîches du jour, d'autres discutaient du dernier scandale en date, Byron et Shelley, dont la vie tumultueuse éveillait en elles des aspirations littéraires.

Augusta traversa la pièce, se dirigeant vers la cheminée où se tenait lady Arbuthnott qui semblait souffrir de plus en plus du froid. Cette dernière se tenait seule, un livre ouvert sur les genoux.

— Bonjour, Augusta. Comment allez-vous ?

— Parfaitement mal, Sally. Je me suis fourrée dans une situation épouvantable et j'ai besoin de votre avis, répondit Augusta en approchant un fauteuil de lady Arbuthnott pour lui confier son problème à mi-voix. Comment fait-on pour mettre en gage un collier ?

— Oh ! En effet, l'affaire semble sérieuse... dit Sally en refermant son livre. Vous feriez mieux de me raconter l'histoire depuis le commencement.

— Je me suis conduite comme une parfaite idiote.

— Cela arrive à tout le monde. Mais encore... Allez, je m'ennuie tellement.

Augusta prit une profonde inspiration et se lança dans le récit détaillé de cette soirée malheureuse. Sally écoutait attentivement en hochant la tête de temps en temps.

— Il ne fait aucun doute que vous devez honorer cette dette, ma chère.

— Je n'ai pas le choix.

— Et le collier de madame votre mère est la seule chose de valeur que vous ayez ?

— J'en ai peur. Mes autres bijoux sont en possession d'oncle Thomas et je n'ai pas le cœur de les lui réclamer.

— Vous pensez qu'il est inutile de demander l'aide de votre oncle ?

— Il en serait on ne peut plus troublé, et je ne peux l'en blâmer. Et il serait extrêmement désappointé. Mille livres représentent une sacrée somme. Il a déjà été plus que généreux avec moi.

— Votre mariage avec Graystone va lui rapporter une petite fortune, rétorqua sèchement lady Arbuthnott.

Augusta la regarda, sidérée.

— Vraiment ?

— J'en suis certaine.

— Je l'ignorais. Pourquoi les hommes ne jugent-ils pas utile de parler de ces choses-là avec les intéressées ? Ils nous traitent vraiment comme si nous n'avions pas de cervelle ! Il est normal qu'ils se sentent si supérieurs.

Ce petit discours fit sourire Sally.

— Ce n'est qu'une facette du problème... Dans le cas de Graystone et de votre oncle, il s'agirait plutôt de protectionnisme.

— Incroyable ! Mais quels qu'aient été les arrangements, ils ne seront valables que dans quatre mois. Je ne peux attendre cette date. J'ai la nette impression que Lovejoy va bientôt réclamer le paiement de sa dette...

— Je vois. Et vous ne pensez pas pouvoir en parler à Graystone ?

Augusta, saisie, resta bouche bée quelques instants.

— Expliquer à Graystone que je dois mille livres à Lovejoy ? Avez-vous perdu l'esprit ? Avez-vous la moindre idée de sa réaction ? De l'explosion que va susciter ma confession ?

— Vous avez sans doute raison. Il risque d'être fort mécontent, n'est-ce pas ?

— S'il n'était que mécontent, je m'estimerais heureuse, répliqua Augusta. Je pourrais en profiter pour reprendre ma parole... Mais je ne pourrais tolérer l'humiliation d'avoir à lui avouer que je me suis laissé entraîner dans cette histoire uniquement dans le but de lui donner une leçon !

— J'imagine ! Toute femme a son orgueil... Laissez-moi réfléchir... dit Sally en tapotant son livre du bout des doigts. Je pense que la solution est de m'apporter votre collier.

— Vous l'apporter ? Pourquoi ? Je dois absolument le mettre en gage, Sally !

— Certes. Mais il est extrêmement difficile pour une femme du monde de traiter avec un prêteur sur gages. Scruggs s'en chargera pour moi. Et il saura se taire.

— Oh ! Je comprends, répondit Augusta soulagée en se laissant aller dans son fauteuil. Oui, cela devrait marcher... C'est si gentil à vous, Sally, de bien vouloir m'aider. Comment pourrai-je jamais vous remercier ?

Sally sourit et, pendant un court instant, son visage retrouva l'éclat qui lui avait valu d'être la coqueluche du tout Londres.

— C'est moi qui suis heureuse de pouvoir vous rendre un peu de tout ce que vous avez fait pour moi ! Allons ! Courez vite me chercher ce collier. Vous aurez vos mille livres avant la nuit tombée.

— Merci, dit Augusta de tout son cœur. Dites-moi, Sally, croyez-vous Lovejoy capable d'avoir utilisé notre conversation sur la mort de mon frère pour m'obliger à perdre ? Je ne cherche pas d'excuses, mais je ne peux m'empêcher de penser...

— C'est possible. Certains hommes peuvent se montrer peu scrupuleux. Il aura probablement senti que là était votre point faible et s'en sera servi.

— Sa promesse de m'aider à prouver l'innocence de Richard n'était que du vent alors ?

— Je le crains. Que pourrait-il faire ? Il faut être réaliste. Rien ne ramènera Richard, et il ne saurait être blanchi que dans votre cœur. Seule cette pensée peut vous soulager.

Augusta se tordit les mains de désespoir.

— Il doit pourtant y avoir un moyen, insista-t-elle d'une voix brisée.

— J'ai un peu d'expérience en la matière : rien ne vaut le silence.

— Mais c'est injuste ! protesta Augusta.

— Mais la vie est injuste, ma chère... En me quittant, Augusta, pourriez-vous dire à Scruggs de m'envoyer une soubrette avec mon tonique ?

Brusquement, Augusta comprit que ses problèmes étaient de peu d'importance. Une vague d'angoisse la submergea. Ce que Sally appelait son tonique n'était qu'un remède à forte concentration d'opium et le fait qu'elle le réclame si tôt dans la journée signifiait que la douleur devait être particulièrement insupportable.

La jeune femme s'empara de la main frêle de son amie et la serra pendant un instant, sans un mot.

Puis elle se leva, et partit dire à Scruggs d'apporter rapidement le médicament de lady Arbuthnott.

— Je devrais la fesser ! Si fort qu'elle ne pourrait monter à cheval pendant une semaine au moins. Cette fille est un danger public qu'on devrait enfermer à double tour. Je sens qu'avec elle ma vie va devenir un enfer ! hurlait Harry en faisant les cent pas dans la bibliothèque de son amie Sally.

— Dites plutôt que votre vie va enfin devenir intéressante, ironisa cette dernière en sirotant son cognac.

Augusta a le don d'attirer les histoires... D'une manière vraiment fascinante. Vraiment.

Harry tapa violemment sur le dessus de la cheminée de marbre.

— Vraiment exaspérante, voulez-vous dire ! s'écria-t-il, hors de lui.

— Calmez-vous, Harry. Je ne vous ai conté l'incident que parce que vous vous inquiétiez et que je craignais que vous ne commenciez vos investigations. Et généralement, lorsque vous enquêtez, vous trouvez immanquablement... Il valait mieux couper court.

— Augusta est ma future femme, et je suis en droit de connaître son emploi du temps et ses faits et gestes, bon sang !

— Certes. Mais maintenant, vous allez vous tenir tranquille. Pour Augusta, il y va de son honneur, et elle n'apprécierait pas que vous vous en mêliez. Harry, promettez-moi...

— Honneur ? Qu'est-ce que l'honneur a à voir là-dedans ? Elle a tout simplement voulu me défier en flirtant avec Lovejoy et elle n'en a récolté que des ennuis.

— Augusta en a conscience. Elle n'a pas besoin que vous le lui rappeliez. Il s'agit d'une dette de jeu, et elle se doit de l'honorer. Laissez-la faire, Harry... Vous ne voudriez pas briser son orgueil, n'est-ce pas ?

Harry marqua une pause et regarda sa vieille amie avec attention.

— C'est intolérable ! Je ne peux rester là à rien faire. Je vais aller trouver Lovejoy.

— Non !

— Un homme se sent responsable des dettes de sa femme, répliqua Harry sèchement.

— Mais elle n'est pas encore votre femme. Laissez-la agir à sa guise. Tout cela sera réglé très vite et elle ne sera pas prête d'oublier la leçon.

— Si seulement ! murmura Harry entre ses dents. Satané Lovejoy, il savait ce qu'il faisait...

Sally lui lança un bref coup d'œil.

— C'est aussi mon avis. Et celui d'Augusta. Elle est loin d'être idiote. Il n'est pas normal qu'il ait dévié la conversation sur son frère alors qu'elle s'apprêtait à rejoindre la salle de bal. S'il y avait bien quelque chose qui pouvait l'obliger à rester, c'était d'évoquer l'innocence de Richard Ballinger !

Harry se passa machinalement les doigts dans les cheveux.

— Elle me semble avoir été bien proche de son crétin de frère.

— Il était tout ce qui lui restait après le tragique décès de ses parents. Elle l'adorait. Elle n'a jamais cru qu'il ait pu vendre des secrets d'État à l'ennemi et n'a de cesse de prouver son innocence.

— En fait, Ballinger était aussi casse-cou que son père.

Harry s'arrêta devant la fenêtre. Il était près de minuit et il pleuvait sans discontinuer. Il se demandait si Augusta avait été payer Lovejoy.

— Il est possible, reprit-il, que Ballinger ait été attiré par l'aventure sans en voir le danger. Ce garçon ne réfléchissait guère.

— Que cette famille ait eu la réputation d'être farfelue, soit. Mais il n'y a jamais eu de traîtres parmi elle. Bien au contraire, les Ballinger sont connus pour être très à cheval sur leur honneur !

— Mais des documents compromettants ont bien été trouvés sur lui ?

— C'est ce qu'on raconte... C'est Augusta qui a découvert le corps, vous savez. Elle a entendu un coup de feu... Les bruits portent loin à la campagne. Elle s'est précipitée... Et Richard est mort dans ses bras.

— Mon Dieu !

— Les documents auraient été trouvés par le juge appelé à enquêter. Quand on a su de quoi il s'agissait, sir Thomas a immédiatement usé de son influence pour étouffer l'affaire. Sans doute cela n'a-t-il pas suffi car les rumeurs sont allées bon train. Mais deux ans ont passé et l'incident est clos.

— Quel affreux goujat !

— Qui ? Lovejoy ? demanda Sally qui comprenait toujours tout à demi-mot. Oui, c'en est un. Un parmi tant d'autres. Notre société en est pleine, Harry. Ils s'attaquent aux jeunes femmes sans défense, vous n'êtes pas sans le savoir. Mais Augusta va s'en sortir et retiendra la leçon. C'est le principal.

— Par tous les Saints ! tempêta-t-il. Bon... Bon, je vais la laisser faire. Je vous le promets.

— Et ? dit Sally le sourcil levé.

— Et j'aurai une petite conversation avec ce Lovejoy de malheur ! concéda Harry.

— J'en étais sûre. Au fait, il y a une chose que vous pourriez faire pour Augusta...

Harry la regarda, étonné.

— Ah oui ?

Sally prit sur la table le pochon de velours qui s'y trouvait. Elle sourit et en sortit le collier. Les rubis se mirent à scintiller dans le creux de sa main.

— Vous pourriez éviter que cet objet ne soit mis en gage.

— Vous l'avez toujours ? s'inquiéta Harry. Je pensais que vous l'aviez porté chez un joaillier.

— Augusta n'est pas au courant, mais c'est moi qui lui ai avancé l'argent. C'est la seule chose que je pouvais faire, vu les circonstances.

— Vous ne pouviez supporter de la voir se séparer de ce bijou de famille ?

— Non. C'est plutôt que ce collier ne vaut pas mille livres. Loin de là... C'est un faux.

— Un faux ? En êtes-vous certaine ?

Harry traversa la pièce et s'empara du bijou. Il l'observa à la lumière, très attentivement. Sally avait raison. Les pierres brillaient, mais sans cet éclat particulier aux véritables rubis.

— Absolument certaine, répliqua Sally. Je m'y connais en bijoux... Pauvre Augusta. Elle croit que ce collier a de la valeur et je n'ai pas le cœur de la détromper. Elle y attache une telle importance !

— Je sais, dit Harry en replaçant l'objet dans son pochon l'air soucieux. Je suppose que c'est son frère qui a vendu les pierres pour payer son brevet.

— Je ne crois pas. Le travail a été fait il y a très longtemps, et par quelqu'un d'extrêmement habile. Sans doute, il y a deux ou trois générations. Les Ballinger du Northumberland ont toujours eu la réputation de vivre au-dessus de leurs moyens.

— Je vois, dit Harry en serrant l'écrin dans sa main. Donc, si je comprends bien, je vous dois un millier de livres pour un faux collier de rubis et diamants ?

— Absolument ! lança ironiquement Sally. Oh ! Harry, je trouve tout ceci extrêmement excitant. Je m'amuse comme une folle.

— Content de savoir que cela amuse au moins quelqu'un, grommela Harry.

6

Augusta, éblouissante dans une robe du soir vert émeraude, avec de longs gants et une aigrette assortis, frissonnait dans l'entrée du théâtre. Elle regardait Lovejoy avec un étonnement non dissimulé, ne pouvant croire à ce qu'il venait de lui dire...

— Vous ne voulez plus que je vous rembourse ? Vous n'êtes pas sérieux... J'ai mis le collier de ma mère en gage pour pouvoir m'acquitter de ma dette. Et c'était tout ce qui me restait d'elle.

Lovejoy eut un sourire glacial.

— Je n'ai jamais dit que je renonçais à cette somme, ma chère. Au contraire. Après tout, c'est une dette d'honneur... Il m'est tout simplement difficile d'accepter votre argent, et encore moins le collier de madame votre mère. Mon Dieu ! Je ne me le pardonnerais jamais.

Augusta secoua la tête, sidérée. Elle revenait de *Pompeia* où elle avait été chercher l'argent que Scruggs lui avait obtenu du prêteur sur gages. Puis elle s'était rendue au théâtre dans l'espoir d'y rencontrer Lovejoy.

Et il refusait ses mille livres.

— J'avoue ne rien comprendre à cette histoire, dit-elle à voix basse.

— C'est simple. Tout bien réfléchi, je ne puis accepter cette somme, ma chère miss Ballinger.

Augusta le fixa d'un air étrange.

— C'est fort aimable, sir, mais je me dois d'insister.

— Ce n'est guère l'endroit, ni l'heure... Mais nous pouvons en discuter dans un endroit plus intime, répliqua Lovejoy en désignant la foule qui les entourait.

— Mais j'ai tout prévu !

— Je répète qu'il ne saurait être question d'argent entre nous.

— J'insiste ! Et vous devez me rendre ma reconnaissance de dette, dit Augusta avec désespoir.

— C'est ça qui vous tracasse, n'est-ce pas ?

— Oui. Je vous en prie...

Lovejoy la contemplait d'un air malicieux.

— Bien. Alors faisons un arrangement. Je vous rendrai votre reconnaissance après-demain soir. Chez moi. Disons, vers onze heures... Et seule, bien sûr !

Augusta comprit brusquement et se mit à trembler. Elle se mordit la lèvre inférieure et répondit d'une voix qu'elle espérait calme :

— Vous rendre visite à une heure aussi indue est une chose impossible, monsieur. Surtout seule !

— Ne vous inquiétez pas de votre réputation, miss, je ne dirai mot de cela à qui que ce soit. Et surtout pas à votre fiancé.

— Vous ne pouvez me forcer à vous obéir, siffla-t-elle outrée.

— Allons, miss Ballinger ! Où est donc votre sens de l'aventure, celui qui caractérise si bien votre famille ? Êtes-vous si timide que vous ne puissiez accepter un petit rendez-vous, le soir, chez un ami ?

— Vous avez perdu la raison, milord !

— Nenni. Personne n'est plus raisonnable que moi... Je vous attends vers onze heures, après-demain. Ne me décevez pas, sinon je me verrai dans l'obligation de rendre public le fait que la dernière des Ballinger du Northumberland n'honore pas ses dettes ! Quelle humiliation pour vous, ma chère Augusta ! Une toute petite visite... et tout ira pour le mieux !

Sur ces mots, Lovejoy tourna les talons et se perdit dans la foule.

Augusta le regarda s'éloigner, la gorge nouée.

— Ah ! Te voici, Augusta, s'exclama Claudia en surgissant derrière sa cousine. Il est temps d'aller rejoindre les Haywood dans leur loge, maintenant. Ils nous attendent, le spectacle va bientôt commencer.

— Oui. Oui, bien sûr.

Edmund Kean était toujours aussi irrésistible sur scène, mais Augusta n'entendit pas un mot du texte, tant elle était tourmentée par la tournure désastreuse qu'avaient pris les événements.

Elle avait beau y réfléchir, elle ne pouvait obliger Lovejoy à lui restituer sa reconnaissance de dette sans se compromettre.

Si Augusta était d'un naturel aventureux, elle n'était pas pour autant naïve. Et cette soi-disant visite amicale ne lui disait rien qui vaille. Cet homme entendait sûrement lui demander plus qu'un échange verbal !

Lord Lovejoy n'avait rien d'un gentleman et il n'hésiterait pas à se servir de ce billet. La lueur qu'Augusta avait vue dans son regard ne présageait rien de bon.

Sans doute irait-il jusqu'à la montrer à Graystone...

A cette seule pensée, Augusta frémit. Harry serait furieux contre elle. A l'évidence, cette dernière sottise confirmerait les soupçons qu'il nourrissait sur son caractère.

Même si c'était humiliant, elle pouvait encore tout avouer à son fiancé. Il ne manquerait pas d'être désagréablement surpris, voire dégoûté, mais cela pourrait peut-être l'amener à rompre.

Cette idée aurait dû la remplir de joie, et pourtant, obscurément, elle n'en ressentit aucune. La jeune femme en fut étonnée. Se pourrait-il qu'elle eût changé d'avis et qu'elle veuille épouser Graystone ? Non, tout bien réfléchi, seul le fait de ne pas vouloir mettre Harry dans l'embarras dictait sa conduite...

Elle avait sa fierté, après tout. Et en tant que dernière de la branche Northumberland, elle devait veiller à son honneur. Seule.

Ce fut en retournant chez elle, dans la voiture des Haywood, que l'idée lui vint. Elle devait récupérer à tout prix sa reconnaissance de dette avant que ce fichu Lovejoy ne puisse s'en servir contre elle.

— Par tous les diables, où étiez-vous passé Graystone ? J'ai dû faire toutes les soirées, tous les bals, ce soir, pour vous trouver ! Nous sommes en plein désastre et vous êtes assis là, à votre club, au calme, un verre de bordeaux à la main ! pesta Peter Sheldrake en se laissant tomber sur une chaise aux côtés de Harry. J'aurais dû m'en douter... marmonna-t-il en se saisissant du flacon de liqueur.

— En effet, vous auriez dû, dit Harry en daignant lever un œil de ses notes sur les campagnes de César. J'avais décidé de passer la soirée ici, avant d'aller me coucher... Mais quel est le problème, Sheldrake ? Je ne vous ai jamais vu aussi agité, hormis lors de cette fameuse nuit où vous avez bien failli vous faire prendre en compagnie de la femme de cet officier français.

— Je n'ai aucun problème, riposta Peter, c'est vous qui en avez un !

Harry émit un grognement, s'attendant au pire.

— Y a-t-il la moindre chance qu'il s'agisse d'Augusta ?

— J'en ai peur. Sally m'a envoyé à votre recherche lorsqu'il est apparu que vous n'étiez pas chez vous. Votre dulcinée a trouvé un nouveau métier, Graystone. Et des plus spécialisés !

Harry devint de glace.

— Puis-je savoir de quoi vous parlez, par tous les diables ?

— D'après Sally, votre fiancée est en route pour cambrioler la maison que Lovejoy a louée pour la saison. Il semblerait qu'Augusta ait voulu honorer sa dette, mais que Lovejoy ait refusé d'accepter son argent et de lui rendre sa reconnaissance de dette... Sauf si elle venait en personne la chercher demain soir à onze heures précises. Seule, bien sûr. Vous pouvez imaginer ce qu'il a en tête !

— Quel fils de... !

— N'est-ce pas ? Il a l'air de vouloir jouer un bien dangereux jeu avec notre chère miss Ballinger. Mais n'ayez pas peur, votre pleine-de-ressources-et-intrépide-fiancée a décidé de prendre les choses en main ! Elle est partie récupérer son billet, ce soir, tandis que Lovejoy est en ville.

— Cette fois, je sens que je vais lui administrer une bonne fessée ! s'écria Harry en sautant sur ses pieds.

Il partit en claquant la porte sans voir la grimace que faisait son ami Peter.

Et après, je m'expliquerai avec ce Lovejoy !

Habillée pour l'occasion d'une paire de pantalons et d'une chemise qui avaient appartenu à son frère, Augusta surveillait le jardin de Lovejoy de derrière la fenêtre de son bureau. Elle était parvenue à l'ouvrir sans trop de difficulté, et sans avoir à casser un carreau, comme elle s'y attendait. Sans doute une des servantes avait-elle oublié de la refermer.

Augusta regarda encore une fois le petit jardin pour s'assurer que personne ne l'avait vue. Puis elle poussa un soupir de soulagement. Tout paraissait calme, la maison obscure, le personnel parti. Même Lovejoy, Sally s'en était assurée, était à la soirée des Belton qui se prolongerait certainement jusqu'à l'aube.

Convaincue que l'affaire se présentait bien, Augusta s'avança dans la pièce à petits pas, laissant ses yeux s'habituer à la pénombre. Le silence était oppressant. Nul bruit, à part celui des attelages qui passaient au loin et celui du vent dans les feuilles qui lui parvenait de la croisée ouverte.

La faible clarté lunaire suffisait à éclairer le bureau de Lovejoy et les quelques meubles qui s'y trouvaient : un grand fauteuil près de la cheminée, deux bibliothèques pleines de livres et une mappemonde sur son trépied.

Augusta alla s'assurer que la porte était bien fermée.

Son expérience des hommes l'avait conduite à remarquer qu'ils s'obstinaient à garder leurs plus précieux papiers dans un des tiroirs de leur bureau. Son père, son frère, son oncle n'avaient pas failli à cette règle. Et c'était forte de cette conviction qu'elle avait réussi à retrouver le journal intime de Rosalind Morrissey... et qu'elle était certaine, maintenant, de découvrir sa reconnaissance de dette.

Quel dommage qu'Harry ne soit pas là, pensa-t-elle en se glissant derrière le bureau. Son habileté à ouvrir un tiroir lui aurait été précieuse... Elle se demanda s'il avait toujours une lime sur lui.

Augusta essaya d'en ouvrir un, sans succès. Elle fronça le nez en songeant à la réaction de son fiancé si elle lui avait demandé de l'accompagner ce soir. Harry n'avait vraiment aucun goût pour l'aventure !

N'arrivant pas à voir le trou de la serrure, Augusta envisagea d'allumer une chandelle. Mais pour ce faire, elle devait d'abord aller tirer les doubles rideaux.

Elle se releva et partit à la recherche d'une bougie. Sur une des étagères de la bibliothèque, il lui sembla apercevoir un bougeoir, mais à cet instant précis, elle eut conscience d'une présence dans la pièce.

Il y a quelqu'un dans la bibliothèque. J'ai été découverte !

Le choc et la peur firent trembler Augusta. Elle manqua de crier. Mais avant qu'elle ait pu faire le moindre mouvement, une main rude et ferme s'appliqua sur sa bouche.

— Cela devient vraiment une sale habitude ! pesta Harry dans le creux de son oreille.

— *Graystone !* laissa échapper Augusta avec soulagement. Mon Dieu ! J'ai failli avoir une attaque. Je croyais que c'était Lovejoy !

— Petite imbécile ! Cela aurait pu être lui, en effet. Et vous regretterez que cela n'ait pas été lui lorsque j'en aurai fini avec vous !

Augusta se retourna et découvrit qu'il était entièrement vêtu de noir, des pieds à la tête, sa canne d'ivoire à la main. Pour la première fois depuis qu'elle le connaissait, il n'arborait point de cravate. Sa silhouette se fondait parfaitement dans l'obscurité.

— Pouvez-vous me dire ce que vous faites là ? chuchota-t-elle.

— Je pensais que c'était évident ! J'essaye d'empêcher ma future femme d'atterrir à la prison de Newgate... Avez-vous trouvé ce que vous cherchiez ?

— Non. Je viens juste d'arriver, et le bureau est fermé à clé. Je cherchais une bougie lorsque vous avez surgi de l'obscurité, expliqua Augusta. Mais comment saviez-vous que j'étais ici ? demanda-t-elle d'un ton pensif.

— Aucune importance.

— Monsieur, il apparaît que vous êtes toujours, et de très curieuse façon, au courant de mes faits et gestes. On pourrait croire que vous lisez dans les esprits !

— N'ayez crainte. Mais vous, vous devriez essayer de lire dans le mien... vous seriez étonnée de ce que vous pourriez y découvrir, Augusta.

Harry alla fermer la fenêtre et se dirigea vers le bureau.

— Je suppose que vous êtes en colère contre moi, milord, supputa Augusta en le suivant. Mais je peux vous expliquer...

— Vos explications viendraient un peu tard et n'excuseraient pas votre sottise, déclara Harry tandis qu'il s'agenouillait derrière le bureau et fouillait dans sa poche pour en tirer un objet familier. Finissons plutôt ce travail et filons.

— Très bonne idée, milord, répondit la jeune femme en l'observant attentivement. Voulez-vous que je vous éclaire ?

— Inutile. Ce n'est pas le premier tiroir que je force. Rappelez-vous chez Enfield !

— Certes. Cela me fait penser, Harry, quoi que vous ayez pu savoir...

Il y eut un léger déclic et le tiroir s'ouvrit.

— Ah ! fit Harry très content de lui.

Augusta était éperdue d'admiration.

— Où avez-vous appris à faire ça, milord ? Vous êtes remarquable. Je me suis exercée sur le bureau de mon oncle avec une épingle à cheveux, mais je n'ai jamais atteint ce degré de dextérité.

Harry lui lança un regard réprobateur tandis qu'il ouvrait le tiroir.

— Je ne vois rien d'admirable à forcer les tiroirs des autres. Et j'estime qu'une jeune femme bien élevée peut se passer de ce talent !

— J'imagine. Vous devez penser que seuls les hommes sont à même de faire des choses excitantes, n'est-ce pas ?

Augusta fouilla dans le tiroir, mais en vain. Nulle trace de reconnaissance de dette. Elle sortit un tas de papiers pour les examiner plus attentivement.

La main de Harry se posa sur les siennes.

— Laissez. Je m'en occupe.

Augusta cilla.

— Je suppose que cela veut dire que vous savez ce que je cherche ?

— Oui. Un billet à ordre de mille livres, laissa tomber Harry en remettant en place les papiers qui ne lui avaient rien révélé.

Il s'attaqua aussitôt aux autres tiroirs.

Augusta comprit qu'il était au courant. Elle devait s'expliquer.

— Vous savez, Graystone, tout ceci est une formidable erreur...

— Je suis d'accord. Une satanée grossière erreur ! riposta-t-il furieux de n'avoir rien trouvé dans les autres tiroirs. Mais nous sommes devant un problème diantrement plus important : il n'y a aucun signe de ce que vous cherchez.

— Oh ! *non.* J'étais certaine qu'il était là. Les hommes gardent toujours leurs papiers importants dans leur bureau.

— Votre expérience des hommes me paraît très incomplète... Beaucoup utilisent un coffre-fort, vous savez, riposta Harry en se dirigeant vers les bibliothèques.

— Un coffre-fort ? Oui, bien sûr... Pourquoi n'y ai-je pas pensé ? Pensez-vous que Lovejoy en possède un ?

— Sans aucun doute.

Harry soulevait des livres au hasard sur les étagères. Il s'empara des volumes les plus importants et les ouvrit. Déçu, il les replaça, soigneusement.

Augusta, en le regardant faire, décida de l'imiter, mais sans succès. Énervée de ne rien trouver, elle recula vivement, trébucha sur l'énorme mappemonde et s'y agrippa.

— Heureusement qu'elle pèse une tonne, dit-elle.

Harry se retourna et fixa le globe.

— Mais oui ! C'est juste la bonne taille...

— De quoi parlez-vous ? demanda Augusta amusée en le voyant s'agenouiller. Oh ! Quelle remarquable intelligence, milord, s'exclama-t-elle en comprenant brusquement. Croyez-vous que le coffre s'y trouve ?

— C'est possible.

Harry inspectait le mécanisme qui reliait le globe à son pied d'acajou. Ses doigts effleuraient doucement le bois, avec une certaine volupté.

— Oui ! Nous y voici...

Le haut de la mappemonde s'ouvrit, révélant une cachette. A la pâle clarté de la lune, ils distinguèrent des papiers et une petite boîte à bijoux.

— *Harry* ! La voici ! Voilà ma reconnaissance de dette ! Je l'ai...

— D'accord. Alors sauvons-nous, répondit Harry en refermant la mappemonde. Damnation !

Harry devint de glace en entendant le bruit sourd de la porte d'entrée que l'on refermait, et celui des bottes résonner dans l'entrée.

— Lovejoy est de retour, chuchota-t-elle. Vite ! La fenêtre...

— Trop tard. Il arrive.

Harry attrapa sa canne et tira Augusta derrière le sofa qui se trouvait à l'autre bout de la pièce. Il l'obligea à s'accroupir à ses côtés.

Augusta déglutit avec peine et se figea.

Les pas semblèrent s'arrêter devant la porte de la bibliothèque. Augusta retint son souffle, heureuse de la présence de Harry à ses côtés.

La porte s'ouvrit et quelqu'un entra. Augusta cessa de respirer.

Mon Dieu ! Quel désastre... Et tout ça par ma faute. Je risque fort d'arriver à plonger ce parangon de civilité, ce cher lord Graystone, dans un de ces scandales ! Il ne me le pardonnera jamais...

Harry, quant à lui, se tenait tranquille. Il avait conscience du danger et de l'humiliation qu'il y aurait à être découvert, mais il ne le montrait pas. Alors que la situation devenait critique, il semblait encore plus de marbre qu'à l'ordinaire.

Quelqu'un marchait sur le tapis. Il y eut un bruit de verre comme si la personne se servait un cognac. Dans un instant, songea Augusta, une lampe va s'allumer et ce sera le désastre.

Mais les pas s'éloignèrent et la porte se referma doucement.

Augusta et Harry étaient à nouveau seuls dans la bibliothèque.

Harry se releva, entraînant sa fiancée d'une petite poussée.

— La fenêtre. Vite !

Augusta se précipita pour l'ouvrir et Harry l'aida à enjamber la croisée.

— Par tous les diables ! Où avez-vous déniché ce pantalon ? chuchota-t-il.

— Il appartenait à mon frère.

— N'avez-vous vraiment aucune notion des convenances ?

— Si. Un peu, milord, répliqua Augusta en le regardant sauter à son tour.

— Une voiture nous attend au bout de la rue, dit Harry en essayant de refermer la fenêtre derrière lui. Allez !

Augusta jeta un ultime coup d'œil à la maison et vit une des fenêtres du premier étage s'allumer. Lovejoy était sur le point de se coucher. Il s'en était fallu d'un cheveu que l'affaire n'échoue, et s'il s'avisait de regarder maintenant dans le jardin, il pourrait voir deux silhouettes s'éloigner rapidement.

Mais Harry et Augusta purent s'enfuir en toute impunité. La jeune femme sentait les doigts de son compagnon enserrer son poignet tandis qu'il la guidait dans la nuit.

Une voiture de louage carillonna deux jeunes dandys en état d'ébriété qui marchaient sur la chaussée, sans même remarquer les deux ombres qui se faufilaient le long du trottoir.

A mi-chemin, Harry poussa la jeune femme dans une ruelle fort sombre où stationnait un superbe attelage aux armoiries familières.

— Mais c'est la voiture de lady Arbuthnott ? s'exclama Augusta surprise. Que fait-elle là ? Je sais que vous êtes son ami, mais je ne l'imagine pas sortant à cette heure-là...

— Elle n'est pas ici, en effet. Sally a eu la gentillesse de me prêter sa voiture, pour que l'on ne remarque pas mon tilbury dans cette partie de la ville, à cette heure indue. Montez ! Vite.

Augusta s'apprêtait à obéir lorsqu'elle vit la silhouette familière du cocher engoncé dans une vaste houppelande, un feutre rabattu sur les yeux.

— Scruggs ! Est-ce vous ?

— Oui, miss Ballinger. Je le crains... grommela ce dernier. Tiré d'un bon lit bien chaud, où j'étais, avec votre permission ! Je me targue d'être un majordome hors classe, mais de là à tenir la chandelle... On m'a prié de jouer les cochers, ce soir, et je crains de n'en retirer qu'un maigre pourboire !

— Vous ne devriez pas rester dans cette humidité nocturne, conseilla Augusta, ennuyée. Ce n'est pas recommandé pour vos rhumatismes.

— C'est assez vrai, ma foi, acquiesça Scruggs. Dites-le donc à ceux qui s'amusent à courir les rues la nuit !

Harry ouvrit la portière.

— Cessez de vous préoccuper des rhumatismes de Scruggs, ma chère, dit Harry en la saisissant par la taille pour la faire monter. Et préoccupez-vous un peu plus de vous-même !

— Mais Harry... Je veux dire, milord... Hou ! s'écria Augusta en retombant sur les coussins de velours vert.

Elle l'entendait parler à Scruggs.

— Roulez jusqu'à ce que je vous dise de retourner chez lady Arbuthnott.

— Ah oui ! Et où ? répliqua Scruggs d'une voix changée brusquement.

— Je m'en moque. Dans le parc ou dans les faubourgs, quelle importance... Passez inaperçu, c'est tout. J'ai deux ou trois choses à dire à miss Ballinger, et je ne connais pas d'endroit aussi privé que cette voiture.

Scruggs s'éclaircit la voix et reprit d'un ton plus familier.

— Hum ! Quelle drôle d'idée... Vous ne me semblez pas d'humeur à discuter ce soir.

— Lorsque je voudrai votre avis, Scruggs, je vous le ferai savoir ! Compris ?

— Bien, milord.

— Parfait.

Harry monta dans la voiture et claqua la portière. Puis il tira les petits rideaux.

— Quel besoin aviez-vous de lui parler sur ce ton, s'enquit Augusta. C'est un vieil homme perclus de rhumatismes.

— Je n'en ai que faire, répliqua Harry. Vous seule m'intéressez et j'aimerais comprendre comment nous en sommes arrivés à cambrioler la maison de Lovejoy, bonté divine !

Devant la colère de son fiancé, Augusta souhaita se retrouver bien à l'abri dans son lit.

— J'avais l'impression que vous étiez au courant de toute l'affaire, milord. Vous sembliez savoir que Lovejoy était en possession d'une reconnaissance de dette, et je supposais donc que vous étiez au courant de mes pertes au jeu. Et que Sally...

— Oubliez Sally. Elle a été assez mêlée à cette histoire.

— Bon. J'ai essayé de payer ma dette, mais Lovejoy ne voulait pas entendre parler d'argent. Je dois avouer qu'il n'a rien d'un gentleman ! J'ai eu la désagréable impression qu'il voulait se servir de mon billet pour humilier l'un de nous deux. Heureusement que nous l'avons récupéré !

— Mais bon sang, Augusta ! pourquoi êtes-vous allée jouer avec ce type ?

— Eh bien... J'avoue que j'ai commis une faute. Mais, vous savez, j'étais en train de gagner. Il a fallu que mon attention soit distraite... Nous avons commencé à parler de mon frère, et soudain j'ai jeté un regard sur les marques et j'ai vu que j'avais perdu mille livres.

— Augusta, une femme bien née ne se serait jamais mise dans ce pétrin.

— Vous avez certainement raison, milord. Mais je vous avais averti : je n'ai guère le profil d'une future comtesse Graystone.

— Là n'est pas la question, grommela Harry. Nous sommes sur le point de nous marier et laissez-moi vous dire une chose, Augusta : je ne tolérerai pas un nouvel incident ! Me suis-je bien fait comprendre ?

— C'est très clair, monsieur. Mais je vous ferai remarquer qu'il s'agissait de ma fierté et de mon honneur. Je me devais de faire quelque chose.

— Vous auriez dû m'en parler.

Augusta lui glissa un long regard sous ses paupières mi-closes.

— Je ne voudrais pas vous offenser, mais je ne crois pas que votre idée eût été si bonne. Vous m'auriez fait la morale, vous m'auriez fait une scène, juste comme celle que vous me faites maintenant.

— J'aurais pris soin de l'affaire, protesta Harry. Ainsi vous n'auriez pas risqué votre cou et votre réputation comme vous l'avez fait ce soir.

— Comme *nous* l'avons fait ce soir, corrigea Augusta avec un petit sourire. Je dois reconnaître que vous m'avez impressionnée. J'étais plutôt contente de vous avoir avec moi. Je m'en serais retournée bredouille sans votre aide précieuse. Tout est bien qui finit bien... Remercions le Seigneur !

— Vous croyez vous en tirer comme ça ?

Augusta se redressa fièrement.

— Bien sûr. Je conçois vous avoir déçu et si vous le désirez, je vous rends votre parole. Vous êtes libre.

— Libre ? cria Harry en se saisissant de ses poignets. C'est impossible, j'en ai peur. J'en suis arrivé à la conclusion que je ne pourrai jamais me débarrasser de vous... que vous m'avez ensorcelé pour le restant de mes jours. Tel est mon destin et je l'endurerai...

Avant qu'Augusta ait eu le temps de comprendre le sens de ses paroles, Harry la saisit et l'installa sur ses genoux. Et lorsque ses lèvres se posèrent sur les siennes, elle passa ses bras autour de son cou.

7

— *Harry !*

Augusta protesta sous la violence du baiser. Ses nerfs étaient à fleur de peau, et elle commençait à ressentir la même folle excitation que la première fois.

La pression se fit plus insistante et elle finit par entrouvrir les lèvres, par partager la chaleur de son baiser.

Elle était incapable de penser. Elle percevait vaguement les secousses de la voiture, le bruit des sabots, le vacarme des roues, mais dans les bras de Harry, elle s'imaginait dans un autre monde.

Un monde dont elle se languissait depuis que Harry, pour la première fois, l'avait serrée contre lui. Un monde dont elle rêvait chaque soir, et qui devenait enfin réalité. A n'en pas douter, les baisers de Harry la rendaient tout bonnement euphorique.

Apparemment, il lui avait pardonné cette malheureuse histoire. Sinon il ne l'aurait pas embrassée ainsi. Elle se serra contre lui et passa les doigts dans son épaisse chevelure.

— Seigneur, Augusta ! murmura Harry les yeux remplis de joie. Vous me rendez fou. Un instant, j'ai envie de vous fesser, l'instant d'après, de vous coucher sur le lit le plus proche...

Augusta effleura doucement sa joue.

— Pourriez-vous m'embrasser encore une fois, Harry ? J'aime tellement la saveur de vos baisers.

Il accéda à sa demande avec impétuosité, caressant avec douceur les seins de la jeune femme qui ne le repoussa pas.

— Tu aimes, n'est-ce pas, mon cœur ? murmura-t-il en défaisant lentement son corsage.

— Oui... j'aimerais que vous m'embrassiez encore et toujours... Quelle sensation étourdissante, milord !

— Je suis heureux que cela te plaise.

Sa main, par l'échancrure du corsage, s'était emparée d'un petit sein menu et en titillait la pointe. Augusta gémit.

— Seigneur ! murmura Harry. Le plus doux des fruits...

Il se pencha et prit le téton entre ses lèvres ; Augusta gémit de nouveau.

— Chut ! ma chérie... murmura-t-il en retroussant lentement ses jupes.

Augusta avait à peine conscience d'être dans une voiture, au milieu de la circulation, avec Scruggs à portée de voix. Elle savait seulement qu'elle aurait dû observer le plus grand silence, mais elle ne pouvait retenir ses soupirs. A chaque attouchement, son corps se tendait de plaisir. La tension était telle que garder le silence lui était impossible.

Lorsqu'elle sentit les doigts de Harry se faufiler à la recherche de sa plus secrète intimité, Augusta cria :

— *Oh, Harry !*

Harry émit un doux rire.

— Silence, chérie. Laisse-moi faire.

— Comment pourrais-je rester tranquille ? Je me sens si... curieuse, si étrange. Je n'ai jamais rien ressenti de pareil.

— Par tous les Saints, jeune femme ! Savez-vous dans quel état vous me mettez ?

Harry se releva et ôta vivement son manteau qu'il jeta sur les coussins de velours vert. Puis il souleva Augusta pour l'y étendre, bien que l'habitacle fût un peu étroit.

Augusta rouvrit les yeux et vit que Harry s'était étendu à

ses côtés, essayant de dénuder sa poitrine avec une impatience non dissimulée. Puis il lui ôta ses escarpins et tenta de faire glisser ses dessous.

— Milord ! Qu'êtes-vous en train de faire ? protesta-t-elle en sentant la douce chaleur de sa main posée sur la partie la plus intime de son anatomie.

— Redis-moi que tu me désires, chuchota-t-il.

— Oui... Je n'ai jamais rien désiré aussi fort de toute ma vie...

Augusta n'avait plus aucune envie de protester. Une vague de désir intense montait en elle, et elle cria quand Harry s'empara de nouveau de ses lèvres.

Puis ses baisers se firent plus précis et ses doigts continuèrent leur lente exploration. Harry chuchotait :

— Oui, chérie... C'est cela. Oui. Ouvre-toi... Comme cela. Mon Dieu ! Que tu es douce... et chaude.

La panique s'empara d'Augusta. Elle devait l'arrêter avant qu'il ne regrette son geste, qu'il ne la blâme comme il l'avait déjà fait.

— Harry ! Je ne pense pas que cela soit une bonne chose. Vous allez penser que je suis une femme légère.

— Oh non ! Mon amour, tu es si douce... tellement douce.

— Vous allez encore dire que je vous ai forcé, que je vous ai fait des promesses implicites...

— Les promesses ont déjà été échangées, ma chérie. Tu m'appartiens, Augusta. Nous sommes fiancés. Tu ne dois pas craindre de te donner à ton futur mari.

— Croyez-vous ?

— Absolument. Mets tes bras autour de mon cou, mon amour. Serre-moi très fort. Accepte-moi au plus profond de toi... Montre-moi ton désir.

— Oh, Harry ! Bien sûr que j'ai envie de vous... Si vous êtes certain de ne pas me juger mal...

— Augusta ! J'ai tellement besoin de toi que je crois que je n'y survivrai pas.

Augusta le prit dans ses bras, tout son corps tendu vers lui, comme le souhaitait Harry.

— Oui, Augusta... Oui, fit Harry en la possédant.

La jeune femme, en sentant brusquement son intimité forcée, eut l'impression de sombrer dans un lac sans fond.

Ce n'était pas du tout ce à quoi elle s'attendait !

Elle poussa un cri de surprise et de protestation que Harry étouffa sous ses baisers. Puis il y eut un moment de répit. Aucun des deux ne bougeait plus. Enfin Harry releva la tête et, à la faible lueur de la lanterne, la jeune femme vit combien son trouble était grand.

— Harry ?

— Ça va, chérie... Ça va. Tout ira bien dans une minute ou deux. Pardonnez-moi, mon amour, de vous avoir ainsi bousculée, s'excusa-t-il en l'embrassant. Vous m'avez rendu fou de désir... J'ai perdu tout contrôle. J'aurais dû me montrer plus doux, moins empressé...

Augusta ne trouva rien à répondre. Elle était encore sous le choc d'avoir senti Harry en elle.

Pendant un moment, Harry resta totalement immobile : tout son corps était extrêmement tendu.

— Augusta ?

— Oui ?

— Comment vous sentez-vous, chérie ? demanda-t-il tendrement.

— Bien. Enfin, je crois, répondit-elle tout en pensant que jamais de sa vie elle n'avait éprouvé une telle sensation.

A cet instant, la voiture cahota, ce qui arracha un nouveau cri à la jeune femme.

— Ma chérie, tout va bien... Tu es si douce... Regarde-moi, Augusta, regarde-moi ! Ouvre les yeux. *Dis-moi que tu me veux !* Je ne te ferai aucun mal.

Augusta obéit et vit que son fiancé semblait sincèrement préoccupé. Cela la toucha beaucoup et elle lui sourit gentiment, pleine d'amour pour lui.

— Tout va bien, Harry. Ne vous inquiétez pas, nos

aventures se terminent toujours bien, comme ce soir, chez Lovejoy...

— Vraiment ? Quoi que je te fasse ? s'enquit-il en embrassant la pointe de ses seins.

Augusta se détendit, attentive à ces nouvelles sensations, au fait que son fiancé paraissait si éperdu de désir.

— *Augusta !*

Elle avait simultanément conscience du bruit des roues sur les pavés et des mouvements de Harry. Elle aimait être ainsi, étendue sous lui, lovée dans le velours des coussins. Elle aimait son odeur, sa masculinité, et par-dessus tout l'étrange atmosphère d'intimité qui les enveloppait. Elle se percevait comme faisant partie de lui. Chacun donnait et recevait à la fois et cela n'avait rien à voir avec leurs fiançailles.

Augusta mit quelque temps à comprendre ce qu'elle éprouvait. Un merveilleux sentiment de dépendance. Elle et Harry, ce soir, venaient de fusionner, de fonder une famille. Une famille telle qu'elle avait toujours rêvé d'en avoir une.

— Jésus ! murmura Harry. Je n'arrive pas à le croire.

— Harry ? demanda Augusta soudainement pensive. Est-ce que nous recommencerons souvent ce genre d'expérience ? Si tel est le cas, nous devrions changer de cocher !

Elle émit un petit rire.

— J'imagine mal Scruggs obligé de rouler à travers les rues sombres toutes les nuits, et ce pendant quatre mois... Je pense à ses rhumatismes, bien sûr.

Harry parut abasourdi. Son regard devint fixe et, lorsqu'il parla, il n'y avait plus aucune douceur dans sa voix.

— *Quatre mois !* Damnation ! C'est impossible.

— Qu'est-ce qui est impossible ?

Harry se releva, l'air soucieux, et passa ses doigts dans ses cheveux en bataille.

— Je suis désolé de vous presser ainsi, mais vous devez vous rhabiller.

Ce brusque changement de ton, succédant à ces délicieux moments d'intimité, troubla Augusta qui entreprit de remettre de l'ordre dans ses vêtements.

— Vraiment, Harry, j'ai du mal à vous comprendre... Vous semblez en colère, s'inquiéta la jeune femme qui fut soudainement prise d'un doute. Vous allez encore me blâmer pour ce qui vient de se passer !

— Par tous les Saints, Augusta ! Il ne s'agit pas de vous ! Et encore moins de ce que nous venons de faire... s'exclama-t-il en désignant d'un geste de la main le lieu de leurs ébats. Je ne pensais qu'à ce fichu Lovejoy, qu'à notre effraction, et au fait que je n'entends pas en rester là.

Il s'énervait à remettre sa chemise, tout en aidant sa fiancée à relacer sa robe. Un instant, sa main s'égara sur quelques rondeurs.

Augusta sourit en le sentant partagé entre deux sentiments contradictoires.

— Oui ? Désirez-vous autre chose ? plaisanta-t-elle.

— Certes. Je ne saurais me contenter de cela. Ni d'attendre quatre mois pour recommencer !

— Ah ! Vous envisagez de refaire cela souvent ?

Il la regarda, et dans ses yeux passèrent des promesses de plaisir.

— Très souvent. Mais certainement pas dans cette fichue voiture roulant dans les rues sombres de la capitale ! Augusta ! dépêchez-vous de finir de vous rhabiller. Je vais me débrouiller pour obtenir une licence spéciale, et dans un jour ou deux nous serons mariés.

— *Mariés !* s'exclama-t-elle, incapable de rassembler ses pensées. Oh non ! Harry ! Et qu'en est-il de nos fiançailles ?

— Je crains qu'elles ne soient les plus courtes qu'on ait vues à Londres depuis des années.

— Eh bien, je ne sais si j'ai vraiment envie de les écourter !...

— En l'occurrence, votre opinion importe peu, souligna Harry d'une voix qui se voulait gentille. Je viens de vous faire l'amour, et j'entends bien continuer... Nous devons nous marier au plus vite. Je n'attendrai certainement pas quatre mois pour avoir le droit de vous toucher. La torture serait trop grande !

— Mais, Harry...

Il leva la main pour la faire taire.

— Cela suffit. Plus un mot. Le sujet est clos. Je suis seul concerné et je ferai mon devoir.

— Oui, mais... dit Augusta pensive. Je pense avoir quelques responsabilités dans cette affaire. Comme vous l'avez maintes fois souligné, je manque totalement de sens des convenances, je suis une risque-tout. Et, ajouta-t-elle en pensant au chagrin de sa cousine lorsqu'elle apprendrait l'histoire, je crains que les gens aient fort mauvaise opinion de moi.

— Je ne veux plus discuter de cette affaire, dit Harry en reprenant son manteau et en s'asseyant avec un profond soupir.

— Quelque chose ne va pas, Harry ?

— Je voudrais vous présenter mes excuses, chérie. Je n'avais aucun droit de faire ce que j'ai fait ce soir... J'ai perdu le contrôle de mes sens. Vous méritiez une lune de miel, avec tous les égards inhérents à cela, pour votre première expérience en matière amoureuse.

— N'ayez crainte, monsieur. A vrai dire j'ai trouvé que c'était une manière plutôt excitante de débuter ce genre d'affaire ! dit-elle tout en écartant le rideau pour tenter d'apercevoir quelque chose. Je me demande combien d'autres couples, dans d'autres voitures semblables à celle-ci, sont en train de faire la même chose que nous ?

— Je n'ose pas y penser, marmonna Harry qui souleva la trappe du toit à l'aide de sa canne. Scruggs ! Ramenez-nous chez lady Arbuthnott, immédiatement.

— Il serait temps, grommela Scruggs. Il se fait tard, monsieur !

Harry ne daigna pas répondre, et laissa retomber la

trappe avec un claquement sec. Un long moment s'écoula avant qu'il ne dise :

— Je n'arrive pas à croire que j'ai pu vous faire l'amour, ici, en pleine nuit, et en plein Londres !

— Pauvre Harry ! ironisa Augusta. Je comprends qu'il vous soit difficile de concilier cela avec vos sacro-saints principes... N'est-ce pas, milord ?

— Seriez-vous en train de vous moquer, miss Ballinger ?

— Certes non ! Je n'oserais pas...

Augusta luttait contre une folle envie de rire. Son cœur débordait de joie après cette fantastique soirée.

Harry étouffa un juron.

— Je commence à croire que si je ne me montre pas extrêmement prudent, vous aurez bientôt sur moi une influence néfaste.

— Je ferai de mon mieux, soyez-en assuré... Mais revenons à cette licence spéciale. Pourquoi aller si vite ?

— C'est ainsi. Vous n'avez pas votre mot à dire. Demain, je vous indiquerai l'endroit et l'heure de la cérémonie. J'expliquerai à votre oncle que nous n'avons pas d'autre choix.

— Mais c'est faux ! Nous avons le choix. Nul besoin de se presser ainsi, le mariage est une chose sérieuse. Je veux être certaine que vous m'épousez en sachant vraiment ce que vous faites.

— Auriez-vous des regrets ?

Augusta se mordit les lèvres.

— Je n'ai pas dit cela.

— De toute façon, l'affaire est engagée de telle manière qu'il nous est impossible de faire autrement que de nous marier le plus vite possible.

Une vague d'angoisse submergea la jeune femme.

— J'ose espérer que vous ne m'épousez pas uniquement par devoir, monsieur. Votre sens de l'honneur et des respectabilités vous perdra... Une telle hâte me semble infondée.

— Ne faites pas l'idiote, Augusta ! Cette hâte est justifiée par le fait que vous êtes peut-être enceinte à l'heure qu'il est.

La jeune femme écarquilla les yeux.

— Mon Dieu ! Je n'y avais pas songé...

J'ai vraiment perdu l'esprit ce soir... Être enceinte ! Porter l'enfant de Harry !

Instinctivement, elle posa les mains sur son ventre. Ce qui fit sourire Harry.

— Apparemment, vous n'y aviez pas pensé.

— Attendons d'en être certains, suggéra-t-elle.

— Il n'en est pas question.

Au ton de sa voix, Augusta sut qu'il était inutile d'insister. D'ailleurs, elle n'était plus très certaine de vouloir argumenter plus avant.

Comment serait-ce de porter l'enfant de Harry ?

Augusta s'enferma dans un silence circonspect jusqu'à leur arrivée chez lady Arbuthnott. Alors, elle se tourna vers Harry.

— Milord, il n'est pas trop tard pour reconsidérer la question. S'il vous plaît, ne prenez pas de décisions avant demain. Vous pourriez le regretter.

— Je serai trop occupé pour reconsidérer quoi que ce soit, riposta-t-il. Venez, je vais vous accompagner jusqu'à la porte du jardin. Vous vous changerez chez Sally avant de repartir chez votre oncle.

— Trop occupé ? Une licence prend-elle tant de temps à obtenir ? demanda-t-elle avant de pousser la porte.

— Je dois une petite visite à Lovejoy, entre autres choses, précisa Harry. Allez, Augusta, dépêchez-vous. Personne ne doit vous voir ainsi vêtue, et en ma compagnie, dans cette ruelle.

Mais Augusta commençait à s'énerver.

— *Lovejoy ?* Que le diable vous emporte ! Une visite et quoi encore ! tempêta-t-elle en l'agrippant par le revers de son manteau. Harry ! Je vous interdis d'aller vous battre en duel avec ce fichu individu. C'est idiot !

Harry la regarda avec une lueur curieuse dans les yeux.

— Vous trouvez cela idiot ?

— Absolument ! Complètement idiot ! C'est hors de question. Inconcevable. Je vous le défends... Vous m'entendez, Harry ? Je ne le permettrai pas.

Il semblait l'étudier avec la plus grande attention.

— Et pourquoi ?

— Parce que quelque chose d'horrible pourrait arriver ! glapit-elle. Vous pourriez être tué. Et par ma faute. Je ne pourrais le supporter, Graystone. Comprenez-vous ? Je n'aurai pas cela sur la conscience. Cette histoire de dette de jeu me concerne, seule, et c'est à moi de la résoudre. Il n'y a pas matière à duel... S'il vous plaît, Harry, je vous en supplie... Promettez-moi que vous n'en ferez rien...

— Pourtant d'après ce qu'on m'a dit, votre père ou votre frère, s'ils étaient encore en vie, n'auraient pas hésité à se battre, observa doucement Harry.

— Ce n'est pas la même chose... Ils étaient très différents de vous, protesta Augusta, complètement désespérée. Ils étaient vifs et querelleurs, trop parfois... De toute manière, je n'aurais pas plus admis qu'ils provoquent Lovejoy ! Je suis seule fautive et...

— Augusta !

La jeune femme tira sur le revers du manteau d'une façon décidée.

— Personne ne risquera sa vie pour moi ! S'il vous plaît, Harry ! Donnez-moi votre parole d'honneur, je ne supporterais pas qu'il vous arrive quelque chose par ma faute.

— Vous m'avez l'air bien certaine que je serais le perdant dans l'histoire. Je me sens offensé par votre manque de confiance.

— Oh ! non. Ce n'est pas ce que j'ai voulu dire... hoqueta-t-elle. Je voulais seulement expliquer que des hommes comme mon frère ont l'habitude du danger. Vous non. Vous êtes un intellectuel, pas un de ces Corinthiens au sang chaud !

— J'en arriverais presque à croire que vous éprouvez quelque affection pour moi, Augusta. Oublions votre manque de confiance en mes capacités à manier le pistolet.

— Bien sûr. Vous comptez beaucoup pour moi. Depuis toujours... et surtout depuis quelque temps, ce sentiment a grandi...

— Je vois.

La jeune femme rougit malgré elle. Elle avait permis à cet homme de lui faire l'amour, et elle était en train de lui dire qu'elle était *attirée* par lui.

Il devait la juger parfaitement sotte. Une oie blanche. D'un autre côté, elle pouvait difficilement lui avouer qu'elle était amoureuse de lui. Ni le lieu ni l'heure ne s'y prêtait. Dans quel pétrin s'était-elle fourrée ?

— Harry, ce soir vous m'avez été d'un grand secours et je ne voudrais pas que vous puissiez en pâtir, conclut Augusta vivement.

Harry garda le silence. Puis il eut un curieux sourire en coin.

— Je vais faire un marché avec vous, chérie. J'abandonne l'idée de provoquer Lovejoy en duel si vous ne vous opposez plus à ce que notre mariage ait lieu dans deux jours.

— Mais Harry...

— Marché conclu ?

Augusta respira un grand coup, comprenant qu'elle était coincée.

— D'accord.

Puis elle le fixa, l'œil soupçonneux.

— Graystone, si je ne vous connaissais pas, je dirais que vous êtes malin comme un singe ou rusé comme un renard !

— Mais heureusement, vous me connaissez... ironisa Harry. N'est-ce pas, mon cœur ? Je ne suis qu'un raseur éternellement plongé dans ses grimoires.

— Mais qui fait l'amour dans les calèches et qui force avec une grande habileté les tiroirs...

— Mes lectures sont parfois fort instructives ! répliqua-t-il en déposant un baiser sur le bout de son nez. Allez, maintenant ! Retirez cet accoutrement qui ne vous sied guère. Je préfère ma future comtesse Graystone dans des vêtements plus féminins.

— Je m'en serais doutée, répondit-elle en le quittant.

— Augusta !

Elle tourna légèrement la tête et vit son fiancé fouiller dans une des poches de son manteau et en retirer un pochon de velours.

— Oui, Harry ?

— Je crois que ceci vous appartient, et j'espère que vous n'aurez plus jamais l'occasion de le mettre en gage.

— *Mon collier !* s'exclama-t-elle, folle de joie, en se saisissant de l'objet. Merci, milord. Vous ne pouvez savoir quelle importance cela a pour moi... Mais comment est-il en votre possession ?

La jeune femme se dressa sur la pointe des pieds et embrassa vivement son fiancé sur la joue.

— Quelle folie d'avoir voulu vous en défaire pour mille livres, dit-il sèchement.

— Je vous les rendrai dès que je le pourrai, promit Augusta.

— Inutile. Considérez que cela fait partie de votre dot.

— C'est fort généreux à vous, milord. Mais je ne peux accepter un tel cadeau.

— Si ! déclara Harry froidement. Dois-je vous rappeler que nous sommes fiancés ? J'ai tout à fait le droit de vous offrir ce que bon me semble. En espérant que vous retiendrez la leçon de ce soir.

— Au sujet de Lovejoy ? N'ayez crainte, c'est fait. Je ne jouerai plus aux cartes avec lui... fit Augusta qui marqua une pause avant de continuer, pleine de générosité : et à l'avenir, je ne danserai plus avec lui.

— Augusta ! Vous n'aurez même plus l'occasion de l'approcher ou de lui parler. Est-ce compris ?

— Oui, Harry.

Les traits de Harry se détendirent et il regarda la jeune femme avec une infinie douceur, ce qui fit frissonner Augusta.

— Courez, ma chérie. Il se fait tard.

Augusta se précipita vers la maison de lady Arbuthnott.

Peu avant midi, le matin suivant, Harry se trouvait dans le bureau de Lovejoy et examinait chaque détail de la pièce. Apparemment tout semblait à sa place : rien ne laissait supposer une quelconque visite nocturne.

Lovejoy, quant à lui, adossé dans son fauteuil, fixait ce visiteur inattendu avec une désinvolture étudiée. Mais dans le fond de son regard dansait une petite flamme.

— Bonjour, Graystone ! Quel bon vent vous amène ?

— Une affaire personnelle qui ne prendra pas trop de temps.

Harry s'assit à son tour près de la cheminée. Les frayeurs d'Augusta n'étaient pas fondées, Harry n'ayant nulle intention de se battre en duel. Il pensait que l'étude de l'ennemi était nécessaire avant de trouver le bon moyen de l'abattre.

— Une affaire personnelle, dites-vous ? Je suis étonné... Je n'imaginais pas que miss Ballinger irait vous trouver pour cette petite histoire de dette de jeu. Vous aurait-elle demandé de payer à sa place ?

Harry leva un sourcil.

— Absolument pas. J'ignorais même qu'elle eût des dettes... Mais il est vrai que ma fiancée peut se montrer parfois fort imprévisible.

— J'aimerais comprendre...

— Par contre, je suis quelqu'un de très prévisible... Je crois d'ailleurs que vous le savez. Et quand je dis vouloir faire quelque chose, je le fais.

— Je vois, murmura Lovejoy en jouant avec un presse-papiers en argent. Et que vous proposez-vous de faire ?

— Protéger ma fiancée d'individus tels que vous.

Lovejoy prit l'air profondément offensé.

— Graystone, je ne suis en rien responsable. Si votre fiancée veut jouer aux cartes... Avant de l'épouser, vous devriez étudier un peu plus son caractère, il me semble. Elle adore le danger. C'est un trait qui a d'ailleurs ruiné cette famille. Je ne pense, bien sûr, qu'au côté Northumberland.

— Ce n'est pas son penchant pour les cartes qui m'inquiète.

— Non ? Pourtant cela devrait. Une fois votre fortune à sa portée, il n'y a pas à douter qu'elle succombera à la passion du jeu, persifla Lovejoy avec un sourire cruel.

Harry lui rendit son sourire.

— Je vous le répète, cela n'est pas mon problème. Par contre, le fait que vous évoquiez la mort de son frère éveille ma curiosité.

— Elle vous a raconté cela ? Vraiment ?

— J'ai appris que vous lui aviez proposé votre aide pour éclaircir les circonstances de ce décès. Je doute que vous puissiez être d'un quelconque secours. Et je ne veux pas qu'on remue le passé, cela ne ferait que raviver la peine d'Augusta, et je ne le tolérerais pas. Laissez tomber, Lovejoy... Est-ce suffisamment clair ?

— Qu'est-ce qui vous fait penser que je ne puisse l'aider à lever les soupçons qui ont pesé sur son frère ?

— Nous savons tous deux qu'il n'y a pas moyen de savoir si Ballinger était coupable ou non. A moins, reprit Harry en soutenant le regard de Lovejoy, que vous ne sachiez quelque chose...

— Dieu du ciel, non !

— C'est bien ce que je pensais, répondit Harry en se levant. Et j'espère que vous dites la vérité, sinon... Je vous souhaite une bonne journée. Au fait, Lovejoy, je n'entends pas interdire à ma fiancée de jouer aux cartes, mais j'entends bien lui interdire de le faire avec vous ! Il vous faudra trouver une autre victime.

— Quel dommage ! J'adorais la compagnie de miss Ballinger... Et il reste toujours cette petite histoire de dette entre nous. Dites-moi, Graystone, vous qui cherchiez, selon la rumeur, un parangon de vertu pour épouse, allez-vous vous contenter d'une joueuse ?

Harry eut un sourire en coin.

— Vous devez faire erreur, Lovejoy. Ma fiancée n'a aucune dette envers vous. Et surtout pas d'un tel montant.

— Ne soyez pas trop péremptoire, répliqua Lovejoy en se levant avec un regard malicieux. Aimeriez-vous voir sa reconnaissance ?

— Avec plaisir. Si vous arrivez à me convaincre, j'honorerai bien sûr ce billet. Ici et sur-le-champ. Mais j'en doute...

— Un moment.

Harry observait avec intérêt son interlocuteur se diriger vers la mappemonde et sortir une clé de sa poche. Lovejoy l'inséra dans la serrure cachée dans la partie haute du globe.

Il y eut un long silence tandis que Lovejoy fixait l'intérieur de sa mappemonde d'un œil rond.

— Je crains d'avoir fait une erreur, articula-t-il enfin d'une voix sans timbre. Je n'ai aucune reconnaissance de dette à produire.

— C'est bien ce qui me semblait. Eh bien, nous voilà du même avis maintenant, n'est-ce pas ? Je me permets de vous souhaiter, une nouvelle fois, une bonne journée. Au fait, vous pouvez me féliciter, je me marie demain.

— Si vite ? s'étonna Lovejoy. Vous me surprenez, monsieur, je ne vous imaginais pas si passionné. Mais il est vrai que celui qui épousera miss Ballinger devra se préparer à toutes sortes d'aventures.

— Cela promet d'être intéressant. J'ai passé trop d'années dans mes livres, il est temps que je vive quelque chose de plus excitant, dit Harry qui, sans attendre de réponse, prit congé de son hôte.

Au moment où il sortait de la bibliothèque, il entendit le globe se refermer avec un bruit mat.

Tandis que Harry quittait l'hôtel particulier, il songeait qu'il était curieux que Lovejoy eût choisi Augusta pour victime. Sans doute devrait-il étudier plus attentivement le passé de cet homme. Peter Sheldrake allait avoir un travail plus passionnant que celui de jouer les majordomes.

8

Claudia entra dans la chambre d'Augusta et fronça les sourcils au spectacle de sa cousine disparaissant derrière un amoncellement de robes, de chaussures, de cartons à chapeau, de malles et de divers accessoires. La chambre semblait avoir été dévastée par une tornade.

— Je ne comprends pas, Augusta ! Pourquoi cette hâte, cette précipitation à faire tes paquets ? Pourquoi te marier avec une licence spéciale, alors que le mariage devait avoir lieu dans quatre mois ? Graystone devrait se montrer plus raisonnable !

— C'est à lui que tu devrais poser toutes ces questions. Après tout, c'est son idée... suggéra Augusta très affairée à sortir ses robes de l'armoire et à réprimander sa soubrette. Non ! Non, Betsy, mettez ces robes dans l'autre malle ! Les jupons vont dans celle-ci... Est-ce que mes livres sont déjà empaquetés ?

— Oui, miss. J' l'ai fait pas plus tard que ce matin.

— Bien. Je n'entends pas être coincée dans le fin fond du Dorset avec pour toutes lectures celles de Graystone. Il n'a sans doute que des études sur les Grecs et les Romains et je risque fort de n'avoir aucun roman pour me distraire.

Betsy se battait avec une flopée de robes en soie et en satin qu'elle retirait d'une malle pour tenter de les mettre dans une autre.

— J' vois vraiment point pourquoi vous avez besoin de tout ça, là où que vous allez !

— On ne sait jamais, Betsy. N'oubliez pas mes escarpins, ni les gants assortis à mes robes du soir...

— Oui, miss.

Claudia tenta de se frayer un passage vers le lit jonché de vêtements.

— Augusta, j'ai à te parler.

— Vas-y, répondit cette dernière qui s'approcha de la porte et se mit à crier : Nan, est-ce vous ? Pourriez-vous venir donner un coup de main à Betsy ?

La servante apparut et demanda :

— Voulez-vous que je vous aide à faire vos bagages, miss ?

— Oui, s'il vous plaît. Nous avons trop à faire et cela presse. Mon fiancé m'a prévenue que nous partirions demain matin, directement après la cérémonie.

— Oh ! Ça ne nous laisse guère de temps, miss, s'exclama Nan en se précipitant vers Betsy pour lui prêter main-forte.

— Augusta, s'il te plaît ! intima Claudia. Ce tohu-bohu rend toute conversation impossible. Viens donc prendre une tasse de thé dans la bibliothèque.

Augusta, une cape de mousseline à la main, jeta un coup d'œil sur la chambre encombrée. Il y avait encore tant à faire, et elle avait la nette impression que Graystone n'admettrait aucun retard. Et pourtant, une tasse de thé lui ferait le plus grand bien.

— D'accord. Je crois que les choses avanceront toutes seules, maintenant. Nous pouvons descendre.

Cinq minutes plus tard, la jeune femme était lovée dans un fauteuil, les pieds sur un tabouret, une tasse à la main.

— Tu avais raison, Claudia. C'était une excellente idée. J'avais besoin d'une petite pause. Je n'ai pas arrêté depuis ce matin, et je vais arriver dans le Dorset absolument terrassée !

Claudia observait sa cousine avec curiosité.

— Je veux savoir le pourquoi de cette hâte ! Je ne peux m'empêcher de penser que tout ceci n'est pas clair...

— Demande à Graystone. Cet homme est devenu fou... Évidemment, cela ne laisse rien présager de bon pour ma future vie de femme mariée. J'espère qu'il ne s'agit pas d'une tare familiale ?

— Tu te rends compte de ce que tu dis ? s'exclama Claudia alarmée. Crois-tu réellement qu'il soit fou ?

Augusta étouffa un soupir. Décidément, Claudia appartenait à une branche de la famille parfaitement dépourvue d'humour. A l'instar de Graystone, d'ailleurs.

— Mon Dieu, non ! Je plaisantais. Mais le fait est que je ne vois pas non plus le besoin d'une licence spéciale. J'aurais préféré que nous passions ces quatre mois à faire plus ample connaissance.

— Absolument.

Augusta hocha la tête, résignée.

— Je ne peux m'empêcher de songer que Graystone montre une précipitation qu'il ne pourra que regretter après notre mariage !

— Je ne pense pas que Graystone soit un homme irréfléchi. Il doit s'agir d'autre chose.

Augusta s'éclaircit la gorge en fixant le bout de ses escarpins.

— Sans doute, tout cela est ma faute... Bien qu'il le nie avec la plus parfaite galanterie...

— Ta faute ? Mais pourquoi ?

— Te rappelles-tu notre discussion sur les privautés qu'une femme ne pouvait permettre ?

— Oh ! Très bien.

— Bon. Je vais essayer d'être claire. Hier soir, dans des circonstances plutôt étranges, je dois l'avouer, je me suis retrouvée seule dans une voiture avec mon fiancé... Et, disons que je lui ai permis plus que de chastes baisers... A vrai dire, beaucoup plus...

Claudia devint pâle, puis brusquement très rouge.

— Es-tu en train de me raconter que... Augusta ! Je ne peux croire cela de toi ! Je refuse de croire que...

— Pourtant c'est la vérité !

— Chérie ! Tu as fait l'amour dans une voiture ! tonna Claudia, complètement atterrée.

— Je sais que tu dois trouver cela dégoûtant et totalement répréhensible, mais sur l'instant... Enfin, je suppose que si tu avais été à ma place, tu comprendrais.

— Graystone t'a séduite !

Augusta fronça les sourcils.

— Je ne dirais pas ça comme ça... Tout a commencé par un de ses interminables sermons sur ma conduite, mon manque de sens des convenances. Il était plutôt ennuyeux. Même passionnément ennuyeux, et puis passionnément épris... Enfin, tu vois !

— Mon Dieu ! Il a abusé de toi ?

— Mais non, Claudia, il m'a juste fait l'amour ! Il y a une différence, se défendit Augusta qui reprit un peu de thé. Du moins, je crois... Je dois avouer que je ne me sentais pas très bien sur l'instant. Mais ce matin, cela allait mieux.

— C'est inconcevable !

— Sans doute. Et je suppose qu'il y a une morale à tirer de tout ceci. Tante Prudence dirait certainement quelque chose dans le genre : *Ne montez jamais seule en voiture avec un homme, sous peine de vous retrouver mariée plus vite que vous ne l'auriez voulu, et d'avoir à payer ce moment de faiblesse fort cher.*

— Je pense que dans ces circonstances, tu devrais être reconnaissante à Graystone de bien vouloir t'épouser, laissa tomber Claudia. Un autre homme aurait pu prendre ton manque de résistance pour de la légèreté !

— Moi je crois que c'est sa propre légèreté qui a choqué Graystone, répliqua Augusta. Le pauvre, lui qui tient tant aux convenances ! Il paraissait terriblement ennuyé de s'être ainsi laissé aller, et il était effrayé à l'idée de recommencer durant ces quatre mois de fiançailles. Voilà pourquoi il éprouvait une telle hâte à se marier.

— Je vois, dit Claudia d'un ton hésitant. J'espère que tu n'es pas trop déçue par la manière dont se présente ce mariage ?

— Pas vraiment. Je suis un peu anxieuse, bien sûr... admit-elle. Je ne sais si Graystone m'aime réellement. Il ne m'a jamais dit « je t'aime », même la nuit dernière, après que...

Augusta ne put continuer, le rouge lui montant aux joues.

Claudia ouvrit de grands yeux.

— Graystone ne t'aime pas ?

— J'ai des doutes. Il proclame que les histoires d'amour ne le concernent pas. Et j'ai peur de ne pouvoir lui apprendre le vrai sens du mot amour. C'est ce qui m'effraye le plus.

— Tant qu'il se conduira en bon mari, tu n'auras pas à te plaindre, répliqua Claudia d'un air pincé.

— Il n'y a qu'une Ballinger du Hampshire pour répondre ainsi !

— Dans notre milieu très peu de gens se marient par amour, tu sais. Un respect mutuel, un certain degré d'affection, c'est tout ce qu'ils demandent. Et beaucoup de couples ne vivent même pas cela.

— Certes. Mais au fil des années, j'ai rêvé du prince charmant, je voulais vivre ce qu'avaient vécu mes parents. De l'amour, des rires et de la tendresse... Je crains de ne pas connaître cela avec Graystone. Il a une part d'ombre importante.

— Quelle drôle d'idée !

— J'ai du mal à m'expliquer, Claudia, mais je t'assure que Graystone a quelque chose de mystérieux. Je m'en suis rendu compte récemment.

— Mais tu étais attirée par lui ?

— Au début, oui. Ce qui révèle mon manque de sens commun, entre nous ! admit Augusta en reposant sa tasse. Car il y a le problème de sa fille que je ne connais pas. Comment va-t-elle m'accepter ?

— Tout le monde t'adore !

Augusta cilla, émue malgré elle.

— C'est très gentil à toi de me dire cela. Allez, changeons de sujet ! Ce mariage est programmé pour demain et on n'y changera rien... Je dois prendre les choses du bon côté.

Claudia sembla hésiter un instant, puis elle se pencha et dit rapidement à sa cousine :

— Augusta, si tu t'inquiètes de ce mariage précipité, tu devrais en toucher deux mots à Papa. Tu sais combien il tient à toi, et il ne te laissera pas épouser quelqu'un contre ton gré !

— Je doute qu'oncle Thomas puisse venir à bout de Graystone... Lorsqu'il a une idée dans la tête, cet homme n'en démord pas, répondit Augusta en secouant la tête d'un air désespéré. De toute façon, il est trop tard pour annuler. Je ne suis plus vierge, et je dois m'estimer heureuse qu'il veuille bien m'épouser quand même !

— Ce n'est pas une raison pour t'obliger à faire quelque chose qui te répugne ! s'exclama Claudia qui soudain comprit : Oh, Mon Dieu ! Mais tu es amoureuse de lui...

— Est-ce si évident ?

— Seulement pour tes proches, assura doucement Claudia.

— Quel soulagement, car je me demande si Graystone apprécierait une épouse énamourée ! Il trouverait certainement cela fort ennuyeux.

— Donc tu te lances dans ce mariage, comme à ton habitude, sans réfléchir. C'est bien dans la lignée Northumberland !

Augusta se resservit pour la troisième fois.

— Les choses ne vont pas être faciles. Succéder à une précédente épouse qui fut un parangon n'est pas aisé. Et j'ai horreur des comparaisons !

Claudia acquiesça.

— J'imagine qu'il sera difficile d'égaler sa première femme... Catherine Montrose était un modèle de vertu. Mais je pense que Graystone se fera un plaisir de t'aider à atteindre ce niveau.

— Assurément, dit sombrement Augusta.

Le silence s'installa dans la bibliothèque, seulement troublé par le bruit des malles qu'on déplaçait au-dessus de leurs têtes.

— Tu sais, Claudia, reprit la jeune femme. La chose qui me trouble le plus, c'est que je ne vais pas pouvoir rendre visite à Sally pendant un bon bout de temps. Elle est très malade, et je l'aime tant... Je me fais beaucoup de soucis.

— Je n'ai jamais vraiment approuvé votre association, répondit gentiment Claudia, mais je comprends qu'elle soit ton amie. Si tu le veux, j'irai la voir deux fois par semaine, durant ton absence, et je t'écrirai souvent pour te faire part de son état de santé.

Augusta se sentit soulagée.

— Tu ferais cela pour moi, Claudia ?

Sa cousine haussa les épaules.

— Bien sûr ! Elle appréciera sans nul doute d'avoir de la visite, et cela te rassurera de savoir que je garde un œil sur elle.

— Comme je suis contente ! Allons-y cet après-midi, je te la présenterai.

— Aujourd'hui ? Mais je croyais que tu étais trop occupée ?

Augusta éclata de rire.

— Je prendrai le temps qu'il faudra. Je ne voudrais manquer cela pour rien au monde. Je pense que tu seras surprise, Claudia ! Tu ne sais pas ce que tu as raté...

Peter Sheldrake se versa un verre de bordeaux, puis se retourna pour observer son hôte.

— Vous désirez que je vérifie les antécédents de Lovejoy ? Mais pourquoi ?

— C'est difficile à expliquer. Disons que je n'ai pas aimé la façon qu'il a eue de s'en prendre à Augusta.

Peter émit un grognement.

— C'était un petit jeu déplaisant, il est vrai, mais si courant... Il y a pléthore de Lovejoy à Londres qui s'amusent à flirter avec les femmes des autres. Gardez Augusta hors de sa portée et tout rentrera dans l'ordre.

— Je pense que la leçon lui a profité. Elle est risque-tout, mais pas idiote. Elle se méfiera à l'avenir, répondit Harry en lissant d'un doigt le dos d'un livre qui s'intitulait *Observations sur la Rome de Tite-Live*.

Graystone lui-même l'avait écrit et il en était très fier, même s'il savait que son œuvre n'atteindrait jamais les tirages du dernier Waverley ou des nouveaux poèmes de Byron. Sans aucun doute, sa fiancée ne manquerait pas de le trouver extrêmement ennuyeux, mais Harry se consolait en pensant qu'il écrivait en fait pour un public d'initiés.

Peter lui lança un curieux regard et se dirigea nonchalamment vers la fenêtre.

— Si vous supposez que miss Ballinger a reçu une leçon, pourquoi vous en faites-vous ?

— Mon instinct me dit qu'il y a plus, de la part de Lovejoy, qu'un simple jeu de séduction. Il y a quelque chose de calculé là-dedans qui ne me plaît pas. Lorsque je suis allé le voir, il a trop insisté sur le fait qu'Augusta n'avait pas les qualités requises pour être ma femme.

— Sans doute songeait-il à vous soutirer de l'argent... Enfin plus que les mille livres dues par Augusta, juste pour que l'affaire soit étouffée. Ne m'en veuillez pas, mais vous avez la réputation d'être très à cheval sur les principes...

— Ah, vous aussi ! Augusta m'en fait la remarque dès qu'elle en a l'occasion.

Peter eut une grimace amusée.

— Vraiment ? C'est la compagne qu'il vous fallait, alors. Mais revenons à Lovejoy, qu'espérez-vous découvrir ?

— Je ne sais pas. Fouinez. Personne ne sait rien sur lui. Même Sally admet que cet homme est un mystère.

— Pourtant Sally est bien placée pour connaître les moindres détails de la vie de tout un chacun, fit remarquer Peter, songeur. Peut-être devrais-je lui demander son aide... Elle appréciera, cela lui rappellera les jours enfuis !

— Faites comme bon vous semble, mais ne la fatiguez pas. Elle n'a plus guère de forces.

— J'ai remarqué. Mais Sally n'est pas femme à vivre ses derniers moments alitée. Elle préfère profiter de chaque instant.

Harry acquiesça, les yeux perdus dans le vague.

— Vous devez avoir raison. Voyez si l'aventure la tente, répondit-il en lançant un bref coup d'œil à son ami. Je n'ai nul besoin, je l'espère, de vous conseiller la plus extrême discrétion dans cette affaire.

— La discrétion a toujours fait partie des rares vertus que je possède ! Vous le savez, d'ailleurs. Ce n'est pas comme un gentleman de mes amis, que je ne saurais nommer, qui fut obligé de se procurer une licence spéciale après avoir eu une fort indiscrète aventure, dans une voiture, avec une jeune femme...

— Un seul mot sur ce qui s'est passé la nuit dernière, Sheldrake, et vous pourrez composer votre épitaphe !

— Oh ! Je suis aussi silencieux qu'une tombe. Mais bon sang, si vous aviez vu l'expression de votre visage quand vous êtes descendu de la voiture... C'était inénarrable ! Vraiment inénarrable !

Harry laissa échapper un juron. A chaque fois qu'il songeait à ce qui s'était passé la veille, et Dieu sait s'il y songeait souvent, il était atterré. Il ne pouvait croire qu'il eût manqué à ce point de sang-froid, qu'il fût à ce point asservi par ses bas instincts ! Et le pire était qu'il n'éprouvait strictement aucun remords.

Il était heureux qu'Augusta lui appartienne comme elle n'avait appartenu à aucun autre homme. De plus, cela lui avait donné une magnifique excuse pour faire avancer ce mariage.

Son seul regret, et il était de taille, était que cette expérience eût gâché le plaisir d'Augusta. Mais il saurait remédier assez vite à cette mauvaise impression, s'il en jugeait par la façon dont elle avait répondu à ses caresses. Elle s'était donnée à lui avec une candeur et une gentillesse qu'il ne pourrait jamais oublier.

Pas comme cette punaise de Catherine !

Peter tourna le dos à la fenêtre.

— Je me demandais, Graystone, ce qu'aurait fait l'Ange dans les mêmes conditions...

— Tout aurait reposé sur l'intérêt que vous auriez montré pour son dernier ouvrage, marmonna Harry.

— Croyez-moi, je n'ai rien fait d'autre que lui parler de son *Guide à l'usage des jeunes filles* à chaque occasion possible. Graystone, je crains d'être tombé sur la mauvaise miss Ballinger !

— Mais non... De toute façon, l'autre miss Ballinger n'est plus disponible. Écrivez-moi dans le Dorset dès que vous aurez quelque chose de nouveau sur Lovejoy.

— Bien sûr, approuva Peter. Je dois vous quitter car Scruggs prend son service dans moins d'une heure, et cela demande du temps de rentrer dans la peau du personnage, croyez-moi !

Harry attendit que son ami soit parti pour reprendre son ouvrage. Il tenta d'en lire quelques pages pour voir ce que donnait le texte une fois imprimé, mais ne put aller bien loin. Ses pensées revenaient sans cesse à la jeune femme et au moment où il pourrait lui faire l'amour dans son propre lit.

Au bout d'un moment, il dut admettre qu'il n'était pas en état de lire un discours sur la Rome antique, même écrit de sa main. Il referma le livre, se dirigea vers la bibliothèque et y choisit un ouvrage d'Ovide.

— Tu vois, Claudia, expliquait Augusta en gravissant les marches qui menaient à l'hôtel particulier de lady Arbuthnott, *Pompeia* n'était qu'un salon littéraire à ses débuts. Et puis un jour, il m'est apparu que cela serait beaucoup plus drôle d'en faire un club, un vrai club à la manière de ceux de St. James Street. Tu vas peut-être trouver ça un peu... inhabituel.

— Je crois être préparée à ce qui m'attend... Ne t'inquiète pas, je saurai me tenir ! répliqua sèchement Claudia.

— Je n'en doute pas, mais je crains que certaines de nos habitudes puissent te choquer, toi qui es si conventionnelle !

— Puis-je en savoir plus ?

— Eh bien... Le majordome, par exemple, murmura Augusta tandis que Scruggs leur ouvrait la porte.

— Tiens, tiens, miss Ballinger ! ronchonna Scruggs. Quelle surprise de vous voir ici, aujourd'hui. J'avais cru comprendre que vous deviez vous marier avec une précipitation quasi indécente...

— Cela n'est pas votre affaire, mon brave, coupa Claudia avec hauteur.

Atterré, Scruggs contemplait, bouche bée, la nouvelle arrivante. Puis ses magnifiques yeux bleus s'illuminèrent, et il répliqua :

— Mon Dieu ! Ne me dites pas que l'Ange en personne nous fait l'honneur d'une visite... Ah ! Le monde n'est plus ce qu'il était...

Il y eut un silence durant lequel Claudia lui lança un regard des plus désapprobateurs. Puis elle se tourna vers sa cousine avec un dédain manifeste.

— Par tous les Saints, qui est cet abruti ?

— Scruggs, le majordome, expliqua Augusta avec amusement. Ne fais pas attention... Lady Arbuthnott l'a engagé pour parfaire l'atmosphère si particulière de cet endroit. Elle adore les excentriques !

— A l'évidence, concéda Claudia en détaillant Scruggs

des pieds à la tête avant d'entrer dans le vestibule. Allons, je meurs d'impatience de découvrir les autres curiosités du club !

Augusta se retint de pouffer de rire.

— Scruggs, miss Ballinger est un nouveau membre en puissance. Elle s'est portée volontaire pour rendre visite à lady Arbuthnott durant mon absence et m'informer de son état de santé.

— Et moi qui pensais qu'il ne régnerait plus la même ambiance ici lorsque vous nous auriez quittés, laissa tomber le majordome en continuant de fixer Claudia qui piaffait d'impatience devant la grande porte du salon.

Augusta sourit en enlevant son chapeau, véritable chef-d'œuvre d'art floral, un de ces modèles dernier cri si en vogue à Londres.

— Je crois que vous vous amuserez tout autant, avec ou sans moi. Je regrette vraiment de partir !

Scruggs ouvrit grand la porte du salon avec un sourire béat.

Augusta, en se dirigeant vers Sally qui se tenait près de l'âtre, ne manqua pas de noter que sa cousine observait tout dans les moindres détails.

— Proprement incroyable ! s'exclama cette dernière à mi-voix en regardant les tableaux à l'antique représentant des femmes célèbres.

Sally referma son livre, rajusta son châle et fixa les deux cousines qui s'approchaient.

— Bon après-midi, Augusta. Nous auriez-vous amené un nouveau membre ?

— Ma cousine Claudia, dit Augusta en faisant les présentations. C'est elle qui, durant mon absence, vous rendra visite.

— J'en serai ravie, miss Ballinger, répondit Sally souriante. Augusta nous manquera, à coup sûr. Elle a une façon bien à elle de rendre les choses vivantes...

— J'avais remarqué, répliqua Claudia.

— Je vous en prie, asseyez-vous, proposa Sally en désignant un siège d'un geste gracieux de la main.

Augusta jeta un coup d'œil au livre que lisait son amie.

— Oh ! Vous avez un exemplaire de *Kubla Khan*, le dernier Coleridge ? J'avais l'intention de le lire aussi. Qu'en pensez-vous ?

— Extraordinaire ! Vraiment fantastique. Il raconte que cette histoire lui est venue en s'éveillant d'un long somme opiacé. Ses images sont fascinantes, presque réelles... Je ne puis expliquer, mais elles m'apportent un certain réconfort, dit Sally en souriant à Claudia. Mais foin de toutes ces balivernes : dites-moi, que pensez-vous de notre petit club ?

— Je pense, répondit la jeune fille soudain pensive, que votre majordome me rappelle quelqu'un...

— Sans doute est-ce sa claudication, remarqua Augusta. Tu te souviens, nous avions un jardinier qui marchait de la même façon. Ce sont les rhumatismes, je crois.

— C'est possible.

— Ainsi, ma chère Augusta, dit Sally, vous êtes sur le point de vous marier par licence spéciale et de vous envoler pour le Dorset ?

— Je n'imaginais pas que notre société soit aussi friande de ragots !

— Et *Pompeia* en est le creuset, conclut Sally. J'aurais dû me douter que vous étiez incapable de faire les choses comme tout le monde !

— Je n'y suis pour rien. Tout le mérite en revient à Graystone. J'espère seulement qu'il ne regrettera pas cette décision précipitée, dit Augusta en acceptant une tasse de thé. Mais il est agréable de voir que mon fiancé semble aussi impétueux que moi.

— Impétueux ? s'exclama Sally. Voilà un adjectif qui ne saurait convenir à Graystone.

— Et comment le qualifieriez-vous ? s'enquit Augusta.

— Une fine mouche qui trompe son monde... Qui peut

se montrer un peu rustre, parfois. Graystone est un homme peu ordinaire.

— Je suis d'accord, renchérit Augusta. Il peut se montrer très déstabilisant. Savez-vous qu'il est toujours au courant de ce que je fais ? Même des choses les plus secrètes ? Je vous jure, j'ai l'impression d'être poursuivie par Némésis.

Sally manqua de s'étrangler en buvant son thé, et dut essuyer ses lèvres pâles avec un petit mouchoir de dentelle. Dans son regard brillait une lueur malicieuse.

— Némésis ? Hum !... Vraiment curieux.

Némésis, ruminait encore Augusta l'après-midi suivant, dans la berline qui filait vers le Dorset.

Son mariage s'était déroulé avec rapidité et sans aucune anicroche. Seul Graystone avait paru préoccupé et n'avait pas semblé remarquer sa superbe robe de mousseline blanche. Il ne l'avait en rien complimentée sur son voile aérien, ni sur la modestie de son attitude. Il avait en revanche insisté pour partir immédiatement pour ses terres et s'était installé dans la diligence sans lui prêter la moindre attention, perdu dans ses pensées.

C'était la première fois qu'ils étaient ainsi seuls depuis cette fameuse nuit...

Augusta, incapable de se concentrer et encore moins de lire, rajustait les plis de son ensemble de voyage en velours feuille-morte ou fouillait dans son réticule, tout en surveillant son mari. Il paraissait si mince, si élégant dans son superbe manteau, chaussé de bottes admirablement cirées, sa cravate de soie d'une blancheur irréprochable... La perfection.

La perfection, songea Augusta non sans une certaine tristesse. Comment pourrait-elle jamais vivre suivant ses critères ?

— Quelque chose ne va pas, Augusta ? s'inquiéta enfin Harry.

— Non, milord.

— En êtes-vous certaine ? demanda-t-il doucement.

Elle poussa un léger soupir.

— Il est vrai que tout me paraît irréel, aujourd'hui. J'ai l'impression que je vais m'éveiller et m'apercevoir que tout ceci n'était qu'un rêve.

— J'espère que ces pensées ne sont pas l'expression d'un vœu, ma chère. Vous êtes bel et bien mariée !

— Certes, milord.

— Vous êtes anxieuse, n'est-ce pas ?

— Un peu... murmura-t-elle en pensant à ce qui l'attendait : une petite fille inconnue, une nouvelle demeure, un époux précédemment marié à un modèle de vertu.

Elle rectifia sa position et affirma bravement :

— Je tâcherai d'être une bonne épouse, Harry.

Il ne put s'empêcher de sourire.

— Vraiment ? Cela risque d'être intéressant.

Augusta ne goûta pas la plaisanterie.

— Je suis consciente de mes défauts, milord. Mais je comprends l'étendue de la tâche qui m'incombe... Il me sera extrêmement difficile d'être à la hauteur de votre première épouse... Mais avec le temps, et beaucoup de patience, j'espère pouvoir...

— Ma première femme, coupa Harry, que Dieu ait son âme, n'était qu'une sale chipie sans cœur. Je détesterais vous voir suivre ses traces !

9

Ahurie, Augusta fixait Harry sans pouvoir dire un mot.

— Je... Je ne comprends pas, finit-elle par dire. Je croyais comme tout le monde que votre première femme était quelqu'un d'admirable !

— Je sais. Et je n'ai jamais cherché à les détromper. Moi-même, j'avais eu cette impression... expliqua Harry avec une moue désabusée. Elle ne m'avait octroyé que quelques chastes baisers pendant nos fiançailles, et j'avais, bien sûr, pris ce manque d'enthousiasme pour de la vertu !

— Je vois, fit Augusta rougissante au souvenir de ce qu'elle-même avait octroyé à Harry.

— Je fus consterné de voir qu'elle était toujours aussi glaciale une fois mariée... notre nuit de noces fut un échec, et je finis par admettre qu'elle n'éprouvait aucune affection pour moi. Mais je commençais à suspecter autre chose... et la pressai de questions. Elle éclata en sanglots et m'avoua qu'elle en aimait un autre à qui elle s'était donnée pour se venger d'être obligée de m'épouser !

— Obligée de vous épouser ?

— Pour mon titre et ma fortune. Ses parents l'y avaient incitée et elle leur avait obéi. Son amant était sans le sou et Catherine n'était point assez sotte pour prendre le risque de s'enfuir avec lui !

— Quelle tristesse ! Pour vous deux.

— Vous comprenez que j'aurais préféré qu'elle se fût enfuie avec ce bâtard ! Et même après, je l'aurais bien payé pour qu'il m'en débarrasse, si j'avais pu connaître mon destin... Mais à l'époque, j'étais fataliste. Elle m'affirma qu'elle se repentait amèrement et me promit de se conduire en épouse parfaite. Je l'ai crue... Mon Dieu, comme je voulais la croire...

— Il n'aurait pas été juste de lui reprocher la perte de sa virginité, alors que vous n'étiez vous-même pas à l'abri de ce genre de critique, protesta Augusta.

Harry préféra ne pas relever.

— Je décidai de tirer le meilleur parti possible de cette situation embarrassante, répondit-il.

— Je comprends, un mariage est fait pour durer toute une vie, murmura Augusta.

— Et cela aurait pu marcher si Catherine ne m'avait pas menti depuis le départ... Le manque d'honnêteté est quelque chose que je ne puis pardonner !

— Certes. Je subodore qu'avec le caractère qui est le vôtre, cela doit vous être impossible.

Il la regarda avec attention.

— Catherine n'avait nullement l'intention de tenir ses engagements. La seule chose qu'elle m'épargna fut de ne pas porter l'enfant de son amant... Enceinte peu de temps après notre nuit de noces, elle en fut extrêmement affectée. Plus elle grossissait, plus son amant se désintéressait d'elle. Pour le retenir, elle se mit à lui offrir de l'argent...

— *Harry !* Mais c'est horrible ! Comment vous en êtes-vous aperçu ?

— Ce ne fut pas chose aisée. Catherine pouvait se montrer extrêmement convaincante. Elle m'assurait avoir toujours plus besoin d'argent pour ses œuvres de charité... Ce qui n'était pas tout à fait un mensonge puisque ce goujat était sans ressources !

— Mon Dieu !

— J'ai laissé courir le bruit qu'elle était morte en couches, continua Harry sans l'ombre d'une émotion. La vérité est tout autre. Catherine s'était fort bien remise de son accouchement, lorsqu'elle apprit l'infidélité de son amant. Elle refusa de rester couchée plus longtemps et courut à sa poursuite. Elle revint détruite, avec une pneumonie. Elle regagna son lit pour ne plus se relever. Dans ses derniers instants, n'ayant plus ses esprits, elle appelait, à cor et cri, son bien-aimé...

— Est-ce ainsi que vous avez appris la vérité ?

— Oui.

— Qu'est-il arrivé à cet homme ? s'enquit Augusta troublée.

— Privé de tout moyen de subsistance, il s'engagea dans l'armée et mourut peu de temps après en héros, sur le continent.

— Quelle ironie du sort ! Et jamais personne ne s'est douté de quoi que ce soit ?

— J'ai gardé ce secret profondément enfoui en moi. Vous êtes la première personne à qui je le confie, et j'espère que vous saurez en faire bon usage.

— N'ayez crainte, promit Augusta, consciente de ce qu'avait pu endurer son mari. Je comprends mieux pourquoi, après un tel déshonneur, vous êtes si à cheval sur les principes !

— Cela ne concerne pas seulement mon orgueil, mais aussi l'image que Meredith a de sa mère. Un enfant doit pouvoir respecter la mémoire de ses parents. Meredith a neuf ans maintenant, et elle se représente Catherine comme une mère aimante et une épouse parfaite.

— Je ne saurais vous démentir, et sachez que je ne ferai rien, jamais, qui puisse détruire cette impression.

Harry lui sourit.

— Je sais. Vous êtes loyale et fidèle envers ceux que vous affectionnez, n'est-ce pas ? C'est une des raisons pour lesquelles je vous ai épousée. J'aimerais que vous preniez soin d'elle.

— Bien sûr ! assura Augusta en regardant ses mains gantées de chevreau. J'espère seulement qu'elle me rendra cet amour...

— C'est une enfant obéissante. Elle m'écoutera. Elle sait que vous allez devenir sa nouvelle mère et qu'elle vous doit le respect.

— Le respect n'a rien à voir avec l'amour, milord ! On peut obtenir d'un enfant une certaine forme d'obéissance, mais on ne peut obtenir qu'il vous aime, lança-t-elle avec force. Il en est de même pour un époux ou une épouse...

— J'entends quand bien même obtenir le respect et le sens des convenances de la part de ma fille et de ma femme, répliqua Harry. Et j'y ajouterai la loyauté. Me suis-je bien fait comprendre ?

— Oui, marmonna Augusta en lissant sa jupe. Mais ce que j'essaye de vous dire depuis le début, milord, c'est que je ne peux vous promettre de devenir un modèle de perfection !

Harry sourit, l'air grave.

— Personne n'est parfait.

— Vous me voyez ravie de vous l'entendre dire !

— Mais je vous conseillerais de faire des efforts dans ce sens, rétorqua Harry sévèrement.

Augusta lui lança un bref regard.

— Vous plaisantez, je suppose ?

— Absolument pas, Augusta ! Je ne suis qu'un intellectuel prosaïque et ennuyeux, totalement dépourvu de cette légèreté d'esprit que vous prisez tant.

Augusta cilla.

— C'est bien ce que je pensais... Vous vous moquez ! Puis-je vous demander quelque chose, Harry ?

— Oui.

— Vous avez dit ne pas supporter le mensonge chez une femme, mais je dois vous avouer que cette partie de cartes avec Lovejoy...

— Ce n'était pas un mensonge délibéré, ce n'était qu'un

de vos fâcheux actes irréfléchis, bien dans la lignée Northumberland... Pour défendre votre honneur, vous vous êtes jetée au-devant de troubles.

— Oh ! Mais Harry...

— Si vous aviez le moindre bon sens, madame, vous m'épargneriez le récit de cet incident que je tente d'oublier !

— Oublier ! Alors que « cet incident », comme vous l'appelez, nous a conduits tout droit devant le pasteur, pas plus tard que ce matin...

— Je vous aurais épousée tôt au tard, Augusta. Je vous l'avais dit.

Elle le regardait, perplexe.

— Vraiment ? Et puis-je connaître la raison de ce choix ? Il y avait tellement d'autres magnifiques jeunes femmes en lice.

Harry la considéra pendant un long moment.

— Contrairement à ce qu'on a pu dire, une éducation parfaite et des manières impeccables n'étaient pas mon principal critère.

Augusta parut surprise.

— Et quel était-il ?

— Catherine avait tout cela... Demandez à n'importe qui.

— D'accord, admit Augusta. Alors que demandiez-vous ?

— Comme vous l'avez dit vous-même, un soir dans la bibliothèque d'Enfield, une femme vertueuse.

— J'ai compris.

— Non. Pour moi la vertu d'une femme est de savoir se montrer loyale. Vous êtes impétueuse et risque-tout, mais vous êtes loyale. Sans doute la personne la plus loyale que je connaisse.

— *Moi ?*

— Oui, vous. Il ne m'a pas échappé que vous montriez une grande loyauté envers vos amis comme Sally, et envers la mémoire des Ballinger du Northumberland.

— Un peu à la façon d'un épagneul, à vous entendre !

Harry sourit à cette remarque acerbe.

— J'adore les épagneuls !

Augusta releva le menton avec colère.

— La loyauté, milord, est comme l'amour. En ce qui me concerne, il ne suffit pas de me passer la bague au doigt pour l'obtenir !

— Pourtant c'est ce que j'ai fait il y a quelques heures, répliqua calmement Harry. Et vous feriez bien de ne pas l'oublier. Les émotions de l'amour me sont étrangères, mais j'espère recevoir de vous les mêmes sentiments de respect et de loyauté que ceux que vous accordez aux membres de votre famille, passés ou présents.

Augusta se redressa avec humeur.

— Et qu'aurai-je en retour ?

— Cela dépendra de vous. J'essayerai d'être un bon mari, pour ma part... répondit-il d'une voix non exempte de passion.

Augusta l'observait, les yeux mi-clos, refusant de rentrer dans son jeu.

— Bien, je vous accorde la loyauté... Pour le reste, nous verrons...

— Par tous les diables, qu'entendez-vous par là ?

La jeune femme détourna la tête et s'abîma dans la contemplation du paysage qui défilait.

— Tant que vous ne saurez pas ce que l'amour veut dire, je ne vous en donnerai point, laissa-t-elle enfin tomber.

Elle lui apprendrait qu'un mariage était bien plus qu'une simple promesse de loyauté !

— Faites comme il vous plaira, grommela Harry.

— Il vous est égal de ne pas être aimé ? lança-t-elle vivement.

— Oui, tant que vous vous conduirez en bonne épouse.

Augusta se prit à frissonner.

— Quelle froideur, milord. Et moi qui avais cru, à la

lumière de certains événements, que vous montriez les mêmes qualités que les Ballinger du Northumberland !

— Personne ne peut les égaler ! ironisa Harry. Moi moins que quiconque.

— Quelle pitié ! s'exclama Augusta en prenant dans son sac le livre qu'elle avait emporté pour le voyage.

Alors qu'elle entamait sa lecture, Harry lui demanda :

— Que lisez-vous ?

— Votre dernier essai, milord, répondit-elle sans lui accorder le moindre regard. *Observations sur la Rome de Tite-Live.*

— Plutôt ardu pour vous, je suppose.

— Absolument pas. J'ai déjà lu la plupart de vos ouvrages et je les trouve intéressants.

— Vraiment ?

— Oui, pourquoi ? Ils le sont, nonobstant leur point faible.

— *Leur point faible !* Quel point faible ? hurla Harry, outragé. Qui êtes-vous, madame, pour me parler sur ce ton ! Vous n'avez même pas fait d'études classiques !

— Nul besoin d'études classiques pour remarquer la faiblesse de votre œuvre, milord.

— Vraiment ? gronda Harry. Et si vous me disiez de quelle faiblesse il s'agit, ma chère ?

Augusta le fixa, le sourcil levé, un sourire en coin.

— Ce qui m'irrite le plus dans vos ouvrages soi-disant historiques, c'est qu'il n'est jamais fait mention du rôle, pourtant primordial, des femmes.

— *Des femmes ?* s'esclaffa Harry, totalement abasourdi. Mais les femmes n'ont pas fait l'Histoire !

— Je pense que cette impression, tout à fait injustifiée, nous a été donnée par les historiens, qui se trouvent être, comme par hasard, des hommes ! Pour quelle obscure raison ces hommes ont-ils décidé d'ignorer le rôle des femmes ? Je ne le sais pas. Mais je me rappelle avoir rencontré beaucoup de difficultés à découvrir la vie de femmes célèbres lorsque je décidai de créer *Pompeia.*

— Je n'en crois pas mes oreilles ! grommela Harry, furieux de s'être trompé à ce point sur cette femme qu'il avait prise pour une gentille lectrice de romans décadents. Apparemment, Scott et Byron ne lui suffisaient pas. Il se prit à sourire malgré lui.

— Quelque chose me dit, madame, que vous allez rendre ma vie beaucoup plus palpitante...

Le manoir de Graystone, au cœur des terres que Harry possédait dans le Dorset, était semblable en bien des points à son propriétaire : solide et un peu sinistre. Cette demeure à l'architecture classique était entourée d'admirables jardins parfaitement entretenus. Un soleil de fin d'après-midi en illuminait la façade de pierres grises, enflammant les vitres des nombreuses fenêtres, tandis que la berline franchissait le grand portail.

Aussitôt, une horde de domestiques surgit, prête à tenir les chevaux et à congratuler leur nouvelle maîtresse.

Tandis que Harry l'aidait à descendre de voiture, Augusta regarda tout autour d'elle. Voilà, songea-t-elle, ce qui allait devenir sa nouvelle maison. L'impression d'irréalité éprouvée depuis le matin persistait. Pourtant, elle était la nouvelle comtesse Graystone, *l'épouse de Harry*, et ces gens étaient ses domestiques.

Elle possédait enfin une demeure. Tout à elle.

A peine cette pensée s'était-elle envolée, qu'une petite fille brune dévalait le perron à leur rencontre. Elle était habillée d'une jolie robe de mousseline blanche, très stricte, sans aucun ruban.

— *Papa !* Papa, vous êtes là. Je suis si heureuse.

Le visage de Harry se transforma. Un sourire plein de tendresse détendit ses traits tandis qu'il se penchait vers l'enfant.

— Je me demandais où tu étais passée, Meredith. Viens que je te présente ta nouvelle mère.

Augusta retint son souffle, inquiète de l'accueil que la petite allait lui réserver.

— Bonjour, Meredith. Je suis si contente de vous connaître ! dit-elle enfin d'un ton enjoué.

Meredith tourna la tête et Augusta put voir combien cette enfant était jolie. Elle avait de magnifiques yeux gris et intelligents.

— Vous ne pouvez pas être ma mère, expliqua l'enfant avec une implacable logique. Ma mère est au ciel.

— Cette dame la remplacera, répliqua fermement Harry. Tu dois l'appeler maman.

Meredith étudia quelques instants l'intruse, puis se retourna vers son père.

— Elle n'est pas aussi jolie que maman, du moins que le portrait de maman pendu dans la galerie. Maman avait de magnifiques cheveux blonds et de beaux yeux bleus... Je ne l'appellerai pas maman.

Le cœur d'Augusta se serra. Mais elle décida de sourire en voyant que Harry semblait mal prendre la remarque de sa fille.

— Je suis certaine que votre maman était bien plus jolie que moi, Meredith. Si elle vous ressemblait, elle devait en effet être superbe, vraiment. Mais sans doute allez-vous découvrir en moi des choses qui vous plairont. Je vous propose de choisir vous-même le nom que vous me donnerez. Vous n'êtes pas obligée de m'appeler maman.

Harry fronça les sourcils.

— Meredith doit vous montrer le respect attendu.

— Certainement, acquiesça Augusta qui sourit à l'enfant. Il y a beaucoup de noms tout à fait respectables qu'elle pourra me donner, n'est-ce pas Meredith ?

— Oui, madame, répondit la petite fille en jetant un regard gêné à son père.

— Elle vous appellera maman, un point c'est tout ! Meredith, où est ta tante Clarissa ?

Une grande femme osseuse, vêtue d'un strict tailleur à l'ancienne mode, apparut en haut des marches.

— Graystone ! Je suis là. Bienvenue à la maison.

Clarissa Fleming descendit calmement l'escalier. C'était une belle femme à la quarantaine digne. Elle semblait poser sur le monde un regard plein d'amertume. Ses cheveux gris étaient attachés dans la nuque en un sévère petit chignon.

— Augusta, je vous présente Clarissa Fleming, dit Harry. Je crois vous avoir déjà parlé d'elle. Clarissa fait partie de la famille et a gentiment accepté de venir s'occuper de Meredith.

— Oui, bien sûr, répondit Augusta en lui souriant sans toutefois obtenir de réponse.

— Nous n'avons appris votre mariage que ce matin, par coursier, fit Clarissa d'un ton sec. Quelle hâte ! Nous étions restés sur l'impression que l'événement devait avoir lieu dans quelques mois, non ?

— Les circonstances... répliqua Harry sans fournir d'autres explications. Je suis conscient de votre étonnement. Néanmoins, j'espère que vous réserverez le meilleur accueil à la jeune mariée, n'est-ce pas Clarissa ?

Cette dernière observait Augusta d'un œil scrutateur.

— Mais certainement. Si vous voulez bien me suivre, je vais vous montrer vos appartements. J'imagine qu'après ce long voyage, vous désirez vous rafraîchir.

— Oui, merci, fit Augusta en voyant que Harry était occupé à donner des ordres aux palefreniers.

Meredith tenait la main de son père. Plus personne ne prêtait attention à elle.

— Nous avons cru comprendre, dit Clarissa en traversant le vaste hall de marbre, que vous étiez parente avec lady Prudence Ballinger, l'auteur de ces merveilleux ouvrages éducatifs.

— Lady Prudence était ma tante.

— Oh ! Ainsi vous êtes une Ballinger du Hampshire ? demanda Clarissa soudain aimable. Une très belle famille, qui a donné beaucoup d'intellectuels à l'Angleterre.

— Malheureusement, rétorqua Augusta en relevant le menton, je descends d'une autre branche. Northumberland, pour être précise.

— Je vois, laissa tomber Clarissa, toute amabilité envolée.

Bien plus tard le soir même, Harry était assis seul dans sa chambre, un verre de cognac à la main, un exemplaire de Thucydide dans l'autre : *L'Histoire de la guerre du Péloponèse*. Il n'avait pas lu une ligne depuis un bon moment. Il ne pouvait penser qu'à une chose : à sa jeune épouse étendue sur son lit, dans la chambre d'à côté. Une chambre bien silencieuse au demeurant.

Ce n'était vraiment pas ainsi qu'il avait envisagé de passer sa nuit de noces !

Il but une gorgée de cognac et tenta de lire. Sans espoir. Il referma bruyamment le volume et le jeta sur la table.

Durant le voyage, il avait décidé de montrer à Augusta à quel point il pouvait se montrer subtil quand il le désirait. Maintenant, il se demandait s'il ne s'était pas montré trop subtil.

Elle avait été assez gentille pour ne pas lui tenir rigueur de sa précipitation amoureuse dans la voiture de Sally, l'autre soir, et Harry s'était senti obligé de lui prouver qu'il n'était nullement esclave de ses sens. Il ne rejouerait pas une nouvelle version d'Antoine et Cléopâtre.

Augusta n'était pas à blâmer. Seul lui l'était. Elle avait cependant un immense pouvoir sur lui... Et Harry était bien décidé à lui montrer qu'il pouvait lui résister.

La nuit précédente, lors de leur voyage, il lui avait pris une chambre séparée, prenant comme excuse qu'elle y serait plus à l'aise avec sa soubrette. La vérité était qu'il ne pouvait imaginer dormir avec elle sans pouvoir la toucher.

Ce soir, il s'était contenté de lui souhaiter une bonne nuit, d'un ton conventionnel, à la porte de sa chambre.

Sans lui faire part de ses intentions. Et il se demandait si elle était étendue, éveillée, en attendant sa venue.

L'attente la rendrait douce comme un agneau. Cette femme était une forte tête, prête à relever n'importe quel défi, comme le prouvait l'histoire Lovejoy. Elle s'était précipitée tête baissée dans les ennuis, uniquement pour prouver à Harry qu'elle n'avait pas à lui obéir.

Harry se leva et alla se resservir un autre verre. Il avait été bien trop indulgent avec Augusta. C'était une Ballinger du Northumberland, après tout. Elle avait besoin d'être dressée. Il y allait de leur bonheur.

Mais plus il pensait à son mariage, plus il se demandait s'il avait choisi la bonne tactique...

Il but une gorgée de cognac et la chaleur de l'alcool lui fit du bien. Ses pensées devinrent claires, si claires qu'il en fut étonné et fier. Une seule solution s'imposait : agir en mari, imposer ses prérogatives dès le début.

Tout devenait logique. Pourquoi vouloir montrer qu'il savait faire preuve de sang-froid, alors qu'il devait plutôt asseoir son autorité maritale ! Il était le maître chez lui.

Fort satisfait de lui, Harry posa son verre et se dirigea enfin vers la porte de la chambre de son épouse.

Il l'ouvrit et scruta l'obscurité.

— Augusta ?

Il n'obtint pas de réponse.

Harry pénétra plus avant dans la pièce et se rendit compte que le lit à baldaquin était vide.

— Diable ! Augusta, où êtes-vous ?

Seul le silence lui répondit. Harry vit alors que la porte était entrouverte. Qu'avait-elle pu encore inventer ? se demanda-t-il en se glissant sur le palier. Elle finirait par le rendre fou avec ses tours.

Puis brusquement, il l'aperçut. Pâle figure dans sa longue chemise de nuit blanche, Augusta examinait la série de portraits, une chandelle à la main. Piqué au vif, Harry décida de la suivre. Malgré tout, il se sentait soulagé.

Pendant un instant il avait eu peur qu'elle ne soit partie, seule dans la nuit, avec ses bagages. Mais il aurait dû savoir qu'Augusta n'était pas femme à s'enfuir ainsi.

Elle parcourait la longue galerie, détaillant chaque portrait, chandelle levée bien haut. La lune dispensait une faible clarté argentée par les hautes fenêtres de l'escalier, donnant à la scène une atmosphère irréelle.

Lorsqu'elle en vint à regarder l'énorme portrait de son père, magnifiquement encadré de bois doré, Harry s'approcha doucement.

— On m'a toujours dit que je lui ressemblais, chuchota-t-il. Jc ne trouve pas que cela soit un compliment !

— *Harry !* s'écria Augusta manquant de lâcher la bougie. Vous m'avez fait une peur bleue !

— Toutes mes excuses ! Que faites-vous là, madame, au milieu de la nuit ?

— J'étais curieuse...

— De mes ancêtres ?

— Oui.

— Pourquoi ?

— Eh bien, milord, j'étais étendue dans le noir et je pensais à eux, au fait que, par notre alliance, ils étaient devenus aussi les miens, et que je ne connaissais rien d'eux.

Harry s'appuya contre le mur, les bras croisés.

— Si j'étais vous, je ne me réjouirais pas trop vite... Ils n'ont rien de particulièrement agréable, si j'en crois ce que l'on m'a raconté.

— Mais votre père ? Il semble si digne et fort... remarqua-t-elle en regardant son portrait.

— Sans doute l'était-il lorsqu'il posa pour ce portrait. Moi, je ne l'ai connu qu'amer et aigri par le fait que ma mère s'était enfuie avec un comte italien, peu après ma naissance.

— Mon Dieu ! C'est affreux... Était-elle revenue ?

— Elle est morte en Italie. A cette nouvelle, mon père s'est enfermé dans sa bibliothèque avec de quoi boire pour une semaine ! Il a bu jusqu'à en tomber. Lorsqu'il est enfin sorti, il a demandé que le nom de ma mère soit à jamais proscrit.

— Je vois, dit Augusta en lui lançant un regard en biais. Les comtes de Graystone n'ont guère eu de chance avec leurs femmes...

— Les comtesses de Graystone ont toujours eu la réputation de ne pas en avoir ! grommela Harry. Ma grand-mère a eu tant d'aventures, que nul n'a jamais pu en faire le compte.

— Sans doute était-ce la mode... Tellement de mariages sont bâtis sur l'argent et le statut social au lieu de l'être sur l'amour ! Les gens ont besoin d'amour et quand ils ne le trouvent pas dans le mariage, ils vont le chercher ailleurs.

— Ne vous avisez pas de suivre leur exemple, Augusta !

Elle ramena ses cheveux sur le côté et le regarda, songeuse.

— Dites-moi, milord, les comtes de Graystone sont-ils plus vertueux que leurs épouses ?

— Non, je le crains, admit Harry en se rappelant les nombreuses liaisons de son père et de son grand-père. Mais la vertu est une qualité essentiellement féminine, non ?

A ces mots, le sang d'Augusta ne fit qu'un tour. Harry perçut la flamme qui dansait dans le fond de ses yeux. Elle se redressa et tint la chandelle droite comme une arme. Cette dernière éclairait son visage et en soulignait les ombres.

Harry songea qu'elle ressemblait à une déesse de l'Antiquité, Athéna prête à combattre. Il sourit, tout excité par le spectacle.

— Vous êtes odieux, laissa tomber Augusta. Arrogant et borné de surcroît ! Vous devriez avoir honte, Graystone ! J'espérais plus de logique, plus de raisonnement de votre part. Vous êtes supposé être un intellectuel, après tout ! J'attends des excuses pour cette phrase particulièrement sotte et injuste...

— Croyez-vous ?

— Certes.

— Peut-être alors vais-je le faire... Après.

— Maintenant, rétorqua-t-elle. Des excuses maintenant.

— Je doute d'avoir assez de souffle pour vous porter sur votre lit et m'excuser tout à la fois, madame... dit-il en s'approchant d'elle.

— Me porter sur... Harry ? Mais que faites-vous ? Posez-moi immédiatement !

Elle tenta de lutter un instant, mais dès qu'il la déposa sur son lit à baldaquin, elle y renonça très vite.

— Oh, Harry ! souffla-t-elle en lui passant les bras autour du cou. Auriez-vous envie de moi ?

— Oui, ma chérie. De cela, je suis tout à fait certain. Et cette fois, je prendrai tout mon temps. Je transformerai mon Athéna en une Aphrodite dévorée de passion !

10

— *Harry !* Seigneur ! *Harry,* s'il te plaît. Je n'en puis plus... C'est plus que je n'en puis supporter !

Harry regarda Augusta en proie aux plus délicieux tourments. Son corps était tendu à se rompre, sa chevelure somptueuse éparpillée sur l'oreiller, ses paupières closes, tandis qu'elle serrait entre ses doigts le drap de fine batiste.

Le parfum de la jeune femme enivrait littéralement Harry. Il avait encore sa saveur sur le bout de sa langue.

— Oui, ma chérie ! C'est ainsi que je veux te voir, dit-il reprenant ses caresses.

— *Harry !*

— Tu es si belle ! murmura-t-il. Si douce, si chaude. Laisse-toi faire, chérie...

Ses caresses se faisaient de plus en plus précises et Augusta se reprit à crier :

— Seigneur ! Non, Harry !

Elle enfouit ses doigts dans les cheveux de son mari, tout en arquant son corps à la rencontre de son plaisir.

A la lueur des bougies, Harry admirait les courbes parfaites de son corps juvénile. Pour la première fois de sa vie, il trouvait en une femme la réponse à ses ardeurs passionnées. Car dans ses veines coulait un feu inextinguible. Il ne pouvait attendre plus longtemps...

Lentement, puis de plus en plus vite, il prit possession de

la jeune femme. Tous deux voguèrent sur un océan de plaisirs... Jusqu'à l'extase finale.

Il s'écoula un bon moment avant que Harry ne reprenne ses esprits. Sa main partit à la recherche de sa femme. En vain.

— Augusta ? Mais où, diable, êtes-vous passée ?

— Je suis là.

Il tourna la tête et la vit près de la fenêtre. Elle avait remis sa chemise de nuit et se tenait debout dans l'air frais de la nuit, son corps mince transparaissant sous le flot de mousseline enrubanné de bleu. On aurait dit une apparition céleste. Presque angélique. Harry eut brusquement peur qu'elle ne s'envole à jamais par la fenêtre ouverte.

Il s'assit parmi les oreillers, remontant les couvertures en un geste inconscient de protection, se gourmandant pour ses pensées incohérentes. Augusta n'avait vraiment rien d'un fantôme, encore moins d'un ange !

Il l'avait touchée, caressée tout à loisir. Il avait pu apprécier la réalité de son désir. Elle s'était offerte à lui. Totalement.

Elle était sienne. Ces instants avaient été plus que quelque chose de physique. Cela avait été un don, le don de sa personne. Une part d'elle-même.

Une envie irrépressible de la protéger s'empara de lui, une envie de lui faire l'amour sans discontinuer. Pour que le lien qui les avait unis ne se rompe jamais.

— Augusta, revenez près de moi.

— Un instant. Je pensais à notre mariage, milord, dit-elle d'un air songeur.

— A quoi songez-vous ? Tout n'est-il pas parfait ?

— J'imagine que c'est ce que vous ressentez en tant qu'homme.

— Ah ! Nous revoilà partis dans une de vos sempiternelles discussions ! ironisa-t-il.

— Heureuse de voir que cela vous amuse, persifla-t-elle.

— Non, c'est une perte de temps pour moi. Mais je sais que cela vous plaît.

— Vraiment, Harry, ce que vous pouvez être pompeux et arrogant.

— Vous avez raison de me rappeler à l'ordre de temps à autre, plaisanta-t-il.

— C'est ce que je fais ! Harry, écoutez-moi. J'ai quelque chose d'important à vous dire.

— Bien, madame. Vous avez la parole.

Harry croisa les bras, l'œil allumé par le désir à la vue du joli spectacle qu'elle offrait, éclairée à contre-jour par la lune. Dans quelques minutes, il le sentait, il ne répondrait plus de lui.

— Harry, nous venons de deux mondes fort différents. Vous, vous êtes quelqu'un d'un peu vieux jeu, un homme de lettres peu enclin à la frivolité. Moi, je suis portée sur les idées modernes et je suis d'une autre nature. A l'occasion, j'aime m'amuser follement.

— Vous pourrez vous amuser follement. Occasionnellement, bien sûr ! répondit Harry en songeant à ce qu'il lui ferait subir dans moins d'une minute.

— Il ne fait donc aucun doute que nous sommes fort différents, milord.

— L'homme et la femme le sont par essence, répliqua Harry, tout au souvenir de la merveilleuse image de sa femme gémissant sous ses baisers.

— Mais nous sommes liés l'un à l'autre pour le reste de notre vie, légalement et moralement !

Harry émit un vague grognement, préoccupé qu'il était par ses pensées libertines.

— Je suis consciente, monsieur, que vous m'avez épousée pour réparer le tort que vous m'aviez fait dans la voiture de lady Arbuthnott. Mais je veux que vous sachiez que les Ballinger du Northumberland, en dépit de leur réputation de casse-cou, ont aussi celle de tenir leurs engagements comme toutes les familles nobles de ce pays ! Autant que la vôtre, assurément. Et, bien que vous ne puissiez pas m'aimer, et que vous vous moquiez de l'être par moi...

Ces derniers mots frappèrent Harry de plein fouet, le tirant de ses rêves érotiques.

— Je vous demande pardon ?

— Je disais que je connaissais mon devoir d'épouse et entendais l'honorer. Je suis une Ballinger du Northumberland et, à ce titre, je tiendrai mes obligations, puisque nous ne pouvons parler d'amour entre nous. Vous pouvez compter sur mon sens du devoir et de l'honneur !

— Êtes-vous en train de me dire que vous serez une bonne épouse uniquement parce que le devoir vous y oblige ? s'écria-t-il, fou de rage.

— Exactement, répondit-elle avec un pâle sourire.

— Mon Dieu ! Comment pouvez-vous parler de devoir et d'honneur dans un moment pareil ! Revenez au lit, Augusta ! J'ai quelque chose d'autrement plus intéressant à vous confier...

— Vraiment ? répondit-elle sans bouger.

— Vraiment, répliqua Harry en rejetant les couvertures. En un instant, il fut debout, dans le plus simple appareil, et la saisit dans ses bras.

Augusta ouvrit la bouche pour protester, mais Harry l'embrassa, étouffant toute velléité. Dire qu'il lui avait fallu quinze bonnes minutes pour l'attirer à lui, pensa-t-il exaspéré.

Mais les choses s'enchaînèrent tant et si bien que Harry, bientôt, oublia de mesurer le temps. Augusta se remit à gémir dans le désordre des oreillers et il fut presque sûr que ce n'était par devoir.

Le lendemain matin, Augusta, vêtue d'une robe de campagne jaune canari et chapeautée d'une immense capeline gracieusement incurvée, partit à la recherche de sa nouvelle belle-fille.

Elle la trouva, au second étage du manoir, dans la salle d'étude. Meredith, toujours habillée d'une robe blanche visiblement faite à la maison, était assise devant un vieux pupitre taché d'encre. Elle lisait un livre et fut surprise de l'arrivée de sa belle-mère.

Clarissa Fleming se tenait derrière un grand bureau et se rembrunit à la vue d'Augusta.

— Bonjour ! lança gentiment Augusta.

Elle examina la pièce et vit une succession de globes, de cartes, de livres, toutes choses habituellement placées dans ce genre d'endroit, quelle que soit la famille concernée.

— Bonjour, madame, répondit Clarissa sans aucune chaleur. Meredith, faites votre révérence à votre nouvelle mère !

Meredith obéit, le regard sombre.

— Bonjour, madame.

— Meredith, reprit sèchement Clarissa, vous savez que Sa Seigneurie ordonne que vous appeliez lady Graystone maman !

— Oui, tante Clarissa. Mais je ne puis... Elle n'est pas ma mère.

Augusta, d'un geste de la main, prévint la remontrance de la gouvernante.

— Je croyais que nous nous étions mises d'accord pour que vous me choisissiez un nom ? Vous pouvez m'appeler Augusta si vous le désirez. Vous n'avez pas besoin de me donner du maman !

— Papa ordonne le contraire.

— Certes. Mais votre père peut se montrer un peu autocratique parfois.

— Vraiment, madame ! protesta Clarissa.

— Que veut dire autocratique ? s'enquit l'enfant.

— Que votre père adore donner des ordres, expliqua Augusta.

Clarissa fut outrée.

— Madame, je ne vous permettrai pas de critiquer Sa Seigneurie devant sa propre fille.

— Jamais je n'oserais, répondit Augusta en arpentant la salle de classe. Je remarquais simplement un trait de son caractère que Sa Seigneurie lui-même ne pourrait nier. S'il était présent... Meredith, racontez-moi vos cours.

— Mathématiques, étude des classiques, sciences naturelles et géographie pour ce matin, expliqua poliment l'enfant. Français, italien et histoire cet après-midi.

— Quel vaste programme pour une petite fille de neuf ans ! Est-ce votre père qui en a décidé ainsi ?

— Oui, madame.

— Sa Seigneurie prend grand intérêt aux études de sa fille, intervint Clarissa. Et il ne supporterait aucune critique.

— Je le suppose, répondit Augusta en s'arrêtant devant un ouvrage qui lui parut familier. Mais qu'avons-nous là ?

— Le livre de lady Prudence Ballinger : *Instructions sur la conduite des jeunes femmes*, laissa tomber Clarissa d'un ton neutre. L'ouvrage de votre très estimée tante est le livre favori de Meredith, n'est-ce pas Meredith ?

— Oui, tante Clarissa, fit l'enfant avec un manque d'enthousiasme flagrant.

— Personnellement, je le trouve fort ennuyeux, expliqua Augusta.

— *Madame !* s'étrangla Clarissa. Je vous demanderai de surveiller vos propos !

— Peuh ! Aucune enfant saine d'esprit ne peut trouver les livres de ma tante intéressants ! Toutes ces règles ridicules sur la manière de prendre son thé, de manger son gâteau... Et ce manuel de conversation à apprendre par cœur ! Vous n'avez rien de plus passionnant ? Et ça ? demanda Augusta en examinant un énorme volume.

— L'histoire grecque et romaine ! dit Clarissa sur le ton du soldat prêt à défendre son territoire jusqu'à son dernier souffle.

— Évidemment. Tout ce qui intéresse Graystone... J'aurais dû m'en douter. Hum... Et ce livre ?

— *Mille questions à l'usage des enfants* de Mangnall, bien sûr ! Je suppose que là vous ne trouvez rien à redire ? Vous avez dû l'avoir, vous aussi ? Meredith peut vous réciter la plupart des réponses.

— J'en suis certaine, répondit Augusta en souriant à l'enfant. Quant à moi, j'en ai oublié la presque totalité... Sauf, peut-être, celles sur les abeilles et les fleurs ! Mais cela tient à la frivolité de mon caractère...

— Oh, madame ! C'est impossible. Sa Seigneurie n'aurait pas...

— Épousé une femme frivole ? ironisa Augusta.

— Je ne fais jamais de commentaires sur la vie privée de Sa Seigneurie, se rétracta Clarissa.

— Moi, oui. Tout le temps. Je suis frivole et un tantinet irresponsable. Particulièrement ce matin, d'ailleurs. J'étais venue chercher Meredith pour un pique-nique.

La petite fille parut atterrée.

— Un pique-nique ?

— Vous aimeriez ?

— Je crains que cela ne soit impossible, madame, protesta Clarissa qui avait subitement pâli. Sa Seigneurie est très stricte : pas d'interruptions dans les leçons, surtout pour des *frivolités*.

Augusta haussa les sourcils, légèrement réprobatrice.

— Je vous demande pardon, miss Fleming, mais j'ai besoin d'un guide qui puisse me mener sur le domaine. Sa Seigneurie est occupée, aussi ai-je décidé de choisir Meredith à la place. Comme nous resterons absentes un moment, j'ai commandé un pique-nique.

Clarissa, se sentant prise au piège, prit un air pincé.

— Très bien, madame. Meredith peut y aller. Mais à l'avenir, j'espère que vous observerez les règles de la classe ! Et je suis certaine que Sa Seigneurie me soutiendra...

— Sans nul doute, marmonna Augusta, étonnée par l'absence d'expression de l'enfant. Pouvons-nous y aller, Meredith ?

— Oui, madame. Je veux dire, Augusta !

— Vous avez une maison ravissante, Meredith !

— Oui, je sais, dit l'enfant en marchant tristement au côté d'Augusta.

Il était difficile de savoir à quoi elle pouvait bien penser. Son expression indéchiffrable n'était pas sans rappeler celle de son père. Elle était polie sans plus. Augusta se prit à espérer que cette promenade et ce temps radieux viendraient à bout de cette réserve. Au pire, elle pourrait toujours lui faire réciter les réponses des *mille questions à l'usage des enfants* !

— Moi, je vivais dans une charmante demeure dans le Northumberland, expliqua Augusta en balançant le panier de pique-nique à bout de bras.

— Et qu'est-il arrivé ?

— Elle a été vendue à la mort de mes parents.

Meredith lui jeta un regard troublé.

— Votre maman et votre papa sont morts ? Tous les deux !

— Oui, lorsque j'avais dix-huit ans. Ils me manquent toujours beaucoup.

— Papa m'a beaucoup manqué, lui aussi. Surtout quand il partait de longues semaines, durant la guerre. Je suis contente qu'il soit de nouveau à la maison.

— Oui, je l'imagine sans peine.

— J'espère qu'il restera.

— Je suis certaine qu'il passera ici une grande partie de l'année. Je crois que votre père adore la campagne.

— Oui. Quand il est parti chercher une épouse, au début de la saison, il a dit que c'était une *nécessité*.

— Comme lorsque l'on doit avaler un laxatif, je suppose !

Meredith hocha la tête d'un air entendu.

— Je suppose. Tante Clarissa m'a dit qu'il devait se remarier pour avoir un héritier.

— Votre père est un homme très consciencieux, ma foi.

— Tante Clarissa ajoutait qu'il trouverait « *un parangon de vertu qui suivrait les illustres pas de madame ma mère* ».

Augusta grommela.

— Une tâche bien difficile ! J'ai vu le portrait de votre maman, hier soir... Vous aviez raison, elle est très belle !

— N'est-ce pas ? Mais papa dit que la beauté n'est pas tout chez une femme. Il dit qu'il y a des choses bien plus importantes. Il dit que la vertu chez une femme est un joyau sans prix ! C'est joli, n'est-ce pas ? Papa écrit de très belles choses, vous savez.

— Je ne voudrais pas vous décevoir, mais ce n'est pas votre papa qui a écrit cela.

— Il aurait pu, s'il avait voulu, répliqua Meredith sans se démonter. Papa est si intelligent ! Il joue à tous les jeux les plus compliqués de la terre.

— Vraiment ?

Meredith commençait à reprendre vie à parler ainsi de son sujet favori, son cher papa.

— Quand j'étais petite, je l'ai vu un jour dans la bibliothèque, et quand je lui ai demandé ce qu'il faisait, il m'a répondu qu'il terminait un puzzle extrêmement ardu !

La curiosité d'Augusta s'éveilla.

— Ah, oui ! Et quel était le nom de ce puzzle ?

— Je ne me souviens plus... Il y a si longtemps... Il s'agissait, je crois, d'un certain Spider... de sa toile d'araignée...

— D'une toile d'araignée ? En êtes-vous sûre ?

— Je crois. Pourquoi ? Vous connaissez ce jeu ?

— Non, répondit doucement Augusta, mais mon frère m'a offert un poème qui s'intitule : *La Toile de Spider, l'araignée*. J'ai toujours trouvé cela étrange. C'était incompréhensible. Je ne savais même pas que mon frère pouvait écrire des poèmes...

Augusta ne mentionna pas le fait que le poème n'était pas très bon, ni qu'il avait été taché du sang de Richard.

Mais Meredith pensait déjà à autre chose.

— Vous avez un frère ?

— Oui, mais il est mort il y a deux ans.

— Oh ! Je suis désolée. J'espère qu'il est au paradis, comme maman.

Augusta eut un petit sourire en coin.

— Eh bien... Tout dépend si Dieu est prêt à accepter des Northumberland à sa droite ! Si Richard avait été un Ballinger du Hampshire, cela n'aurait posé aucun problème... Mais être un Ballinger du Northumberland ouvre la voie à toutes sortes de spéculations !

Meredith en resta pantoise.

— Vous pensez que votre frère n'est peut-être pas au paradis ?

— Si, si. Bien sûr... Je plaisantais. Je plaisante souvent, Meredith. J'ai un sens de l'humour très développé, tout le monde le sait. Allons, je suis morte de faim et je viens d'apercevoir un petit coin tranquille pour déjeuner.

L'enfant regarda le coin de gazon que sa belle-mère venait de désigner.

— Tante Clarissa a dit que je ne devais pas me salir. Elle dit que les dames, les vraies, ne se salissent jamais !

— Quelle idiotie ! A votre âge, je me salissais souvent. Et puis, vous avez de quoi vous changer, non ?

— Oui.

— Alors si le pire arrivait, vous pourriez toujours mettre une autre robe ; sinon, où serait l'avantage de posséder une garde-robe ?

— Je n'avais jamais songé à ça... répondit Meredith. Vous avez sans doute raison.

Augusta s'installa et retira le linge qui protégeait le panier.

— Au fait, demain il faudrait envoyer chercher la couturière au village. Vous avez besoin de nouvelles robes.

— Croyez-vous ?

— J'en suis certaine.

— Tante Clarissa a dit que celle que je porte doit me faire entre six mois et un an.

— Impossible, vous aurez grandi. Je pense même que d'ici la fin de la semaine, elle sera trop courte.

— La semaine ? s'inquiéta Meredith qui brusquement se mit à sourire. Oh ! Je vois. Vous plaisantez encore !

— Non, non. Je suis tout à fait sérieuse.

— Oh ! Racontez-moi votre frère. J'ai toujours rêvé d'avoir un frère.

— Vraiment ? Certes, avoir un frère, c'est quelque chose ! admit Augusta.

Et elle raconta à sa belle-fille toutes ses histoires d'enfance avec Richard tout en disposant le pique-nique sur une nappe blanche. Brusquement une ombre se profila.

— Y en a-t-il assez pour trois ? demanda Harry.

— *Papa* ! s'écria Meredith, surprise et inquiète à la fois. Augusta a dit qu'elle voulait que quelqu'un lui montre le domaine et que vous étiez trop occupé pour cela. Alors elle me l'a demandé...

— C'est une très bonne idée, répondit son père en souriant. Personne ne connaît mieux ces terres que toi.

Meredith parut soulagée.

— Voulez-vous un morceau de tourte, Papa ? La cuisinière en a fait plusieurs, et il y a plein de saucisses et de gâteaux... Voilà, un morceau.

— Meredith, intervint Augusta faussement fâchée. Ne donnez pas ainsi tout notre repas ! Vous et moi devons nous servir d'abord... Votre père n'était pas prévu et il n'aura que les restes !

— Vous êtes une femme sans cœur, madame mon épouse !

Meredith manqua lâcher sa part de tourte.

— Mais papa, il y en a assez ! Je vous assure ! Tenez, prenez ma portion.

— Certainement pas. Je préfère celle d'Augusta.

— Mais papa...

— Cessons ! s'esclaffa Augusta devant l'expression catastrophée de l'enfant. Votre père et moi plaisantions. Vous n'avez pas à prendre ça à cœur...

— Oh ! dit Meredith avec un petit regard pour son père et tout en arrangeant sa robe. Je suis contente, papa, que vous ayez pu vous joindre à nous. Je ne savais pas qu'un pique-nique pouvait être aussi amusant... Augusta m'a raconté que son frère et elle pique-niquaient souvent.

— Ah bon ? dit Harry nonchalamment allongé dans l'herbe.

Augusta se rendit brusquement compte que son mari portait des culottes de cheval et une chemise ouverte sur sa poitrine. Elle ne l'avait jamais vu ainsi, aussi négligé, sauf dans l'intimité de leur chambre. Elle rougit et mordit dans sa tourte pour donner le change.

— Vous savez, reprit Meredith, que son frère était un Ballinger du Northumberland, tout comme Augusta, et que cette famille est connue pour son courage et son audace ?

— J'ai entendu ça, en effet, répliqua Harry en contemplant la face empourprée de son épouse. Je peux moi-même certifier du tempérament plutôt hardi des Ballinger du Northumberland... On peut difficilement imaginer de quoi ils sont capables... Surtout au milieu de la nuit !

Augusta sentit son teint virer au rouge brique. Elle lança à son époux un coup d'œil sévère.

— Les comtes de Graystone ne sont pas en reste, d'après ce que j'en sais. Ils sont incroyablement entreprenants, je dirais même follement audacieux !

Meredith, ne comprenant rien à cet échange verbal, continuait son bavardage.

— Le frère d'Augusta était un superbe cavalier, très brave. Il a participé à une course, un jour. Vous le saviez ?

— Non.

— Si. Et il a gagné ! Il gagnait toujours.

— Proprement incroyable !

Augusta s'éclaircit la gorge.

— Voulez-vous un fruit, Meredith ?

Et jusqu'à la fin du repas, elle s'arrangea pour que l'enfant n'aborde plus ce sujet. Puis elle lui apprit à faire flotter des petits radeaux sur le ruisseau. L'enfant ne montra d'enthousiasme réel que lorsque son père se joignit à elle.

Harry resta un moment à jouer avec elle, puis revint s'asseoir aux côtés de sa femme.

— Elle s'amuse bien, constata-t-il négligemment allongé sur la pelouse. Je me demande si elle ne devrait pas sortir un peu plus...

— Je suis ravie que vous disiez cela. J'estime que le jeu est aussi nécessaire à une petite fille que la géographie et l'histoire. Avec votre permission, j'aimerais ajouter quelques matières à sa scolarité.

— Lesquelles ? s'inquiéta Harry.

— L'aquarelle et la lecture... de romans, bien sûr !

— Mon Dieu ! Il n'en est pas question. Je l'ai formellement interdit ! Je ne veux pas que Meredith tombe dans ce genre de travers.

— Mais vous disiez qu'elle avait besoin de varier ses activités !

— J'ai dit qu'elle devrait avoir quelques activités *extérieures*.

— Très bien. Elle peindra et lira dehors, riposta Augusta. Surtout l'été.

— Augusta !

— Chut ! Vous ne voudriez pas qu'elle nous entende nous quereller ? Elle est assez troublée comme ça par notre mariage...

— Vous l'avez surtout troublée avec les aventures de votre courageux frère !

— Richard *était* courageux !

— Hum, grommela Harry.

— Harry ?

— Oui, répondit-il tout en observant sa fille en train de jouer.

— Est-ce que les rumeurs qui ont circulé lors de la mort de Richard seraient parvenues jusqu'à vos oreilles ?

— Je les connais, en effet. Mais c'est sans importance.

— Évidemment, ce ne sont que des mensonges ! Mais des documents furent bel et bien trouvés sur lui et, je le confesse, cela m'a tourmenté.

— Augusta, vous devez accepter le fait que personne ne détient l'entière vérité.

— Je sais. Mais j'ai une théorie sur son décès que j'aimerais partager avec vous.

Harry resta silencieux un moment.

— Et quelle est cette théorie ? demanda-t-il enfin.

— Je crois que s'il transportait, cette nuit-là, des documents, c'est qù'il le faisait en tant qu'agent de la Couronne.

Augusta reprit son souffle, mais n'obtint aucune réponse. Elle jeta un regard en biais à son mari et vit qu'il avait une expression énigmatique.

— Harry ?

— Avez-vous expliqué cette théorie à Lovejoy ?

— Oui, en effet. Croyez-vous que je puisse avoir raison ?

— Je crois surtout que c'est hautement improbable !

Augusta, habituée à être toujours contrecarrée sur ce sujet, ne protesta pas.

— Oubliez cela, milord. Je n'aurais pas dû vous en parler... Après tout, les histoires d'espionnage ne vous intéressent guère !

Harry poussa un grand soupir.

— S'il avait été un espion, je l'aurais su, ma chère...

— Je vois mal comment ! ironisa Augusta.

— Si Richard avait été un espion de la Couronne, je l'aurais su d'une manière ou d'une autre... car il aurait été sous mes ordres !

11

— Qu'entendez-vous par là ? demanda anxieusement Augusta. Comment pourriez-vous savoir ce que Richard faisait pendant la guerre, qui étiez-vous pour cela ?

Harry, toujours étendu sur le gazon, finit par quitter sa fille des yeux pour regarder Augusta.

— Ce que je faisais n'a plus la moindre importance, maintenant. La guerre est finie et je suis heureux de pouvoir oublier cette époque. Il me suffira de vous dire que je dirigeais le service d'espionnage anglais.

— Vous ? Un espion ! s'exclama Augusta complètement ahurie.

— Apparemment, ma chérie, vous ne m'imaginiez pas comme un homme d'action !

— Non, il ne s'agit pas de cela, murmura-t-elle troublée. Il est vrai que j'aurais dû me méfier de votre habileté à crocheter les serrures et à apparaître derrière moi aux moments les plus inattendus... vieux réflexes d'espion, je suppose. Néanmoins, que vous ayez embrassé cette carrière me surprend.

— Je ne vous suis pas. Je n'ai jamais considéré mes activités en temps de guerre comme une carrière ! Ce fut plutôt une fâcheuse interruption dans mes études sur l'Antiquité, et dans la gestion de mon domaine.

— Cela a dû être dangereux, souffla Augusta en se mordant la lèvre.

— Assez rarement. Je passais la plupart du temps derrière un bureau, à donner des ordres et à déchiffrer des codes ou des lettres écrites à l'encre sympathique...

— De l'encre sympathique ? Vous voulez dire celle qui est invisible sur le papier ?

— Hum, Hum...

— Fantastique ! Comme j'aimerais en avoir un peu.

— Je me ferai un plaisir de vous en fournir, répondit Harry amusé. Mais je vous préviens, son maniement n'est guère facile et il faut que votre correspondant ait le révélateur pour la rendre lisible.

— On pourrait tenir un journal avec... Non, un code est plus fiable... Oui, c'est cela, un code !

— Je préfère que ma femme n'ait nul secret à me cacher qui nécessite un code ou de l'encre sympathique...

Augusta sembla ignorer l'avertissement.

— Est-ce la raison pour laquelle vous avez passé tant de temps sur le continent ?

— Malheureusement, oui.

— Sous le couvert d'études classiques ?

— En Italie et en Grèce, j'en ai profité, mais la plupart du temps je travaillais pour la Couronne, expliqua Harry en choisissant une pêche dans le panier. Maintenant que la guerre est finie, je pourrais retourner sur le continent pour étudier. Aimeriez-vous m'accompagner, Augusta ? Nous emmènerions Meredith, bien sûr. Les voyages forment la jeunesse.

— Parlez-vous pour moi ou pour votre fille ?

— Pour Meredith, cela va sans dire... quoique vous... vous n'ayez jamais voyagé plus loin que votre chambre, il me semble ? Au septième ciel, c'est certain, mais...

— Oh ! Graystone, fit Augusta scandalisée. Vous devriez avoir honte !

— Je vous demande pardon, chérie. Je ne m'étais pas rendu compte que vous étiez si à cheval sur les principes.

— Cessez, Graystone ! Ou je vous jette le reste du pique-nique à la figure !

— A vos ordres, madame.

— Dites-moi plutôt comment vous pouvez être si sûr que mon frère ne travaillait pas pour la Couronne ?

— Parce que, directement ou indirectement, il aurait travaillé pour moi. Je dirigeais toutes les activités d'espionnage du pays, à l'instar d'une pyramide. Toutes les informations finissaient par me parvenir, et je séparais alors le bon grain de l'ivraie.

Augusta parut amusée par l'image.

— Il devait y avoir une foule de gens engagés ici et sur le continent ?

— Trop ! En temps de guerre les espions prolifèrent comme les fourmis sur les lieux d'un pique-nique ! Quelle nuisance, mais nous ne pouvons rien faire sans eux.

— S'ils sont aussi nombreux que ces insectes, Richard a pu être engagé sans que vous le sachiez ? insista Augusta.

Harry finit de manger sa pêche.

— J'ai envisagé cette possibilité, et j'ai fait faire des recherches.

— Des recherches ? Quelles recherches ?

— J'ai demandé à un de mes amis, qui travaille toujours là-dedans, d'enquêter sur Richard Ballinger. Il n'a rien trouvé, Augusta.

Augusta ramena ses jambes sous elle, l'air songeur.

— Je pense pourtant que ma théorie est la bonne !

Harry ne répondit pas.

— Admettez qu'il y a une infime possibilité que Richard ait été mêlé à une affaire d'espionnage. Peut-être a-t-il découvert quelque chose, et allait-il le porter aux autorités concernées ?

Harry gardait toujours le silence.

— Alors ? demanda anxieusement Augusta. Êtes-vous au moins d'accord sur cela ?

— Je pourrais vous mentir, Augusta...

— Oh, non ! Je veux seulement que vous admettiez le fait que quelque chose ait pu vous échapper pendant cette guerre.

— Certes ! Personne n'a la science infuse... Les périodes

de guerre sont propices aux actions brumeuses... Personne ne peut dire avec certitude ce qui s'est réellement passé. D'ailleurs, peut-être est-ce mieux ainsi ! Il est parfois inutile de connaître la vérité.

— Vous parlez de mon frère, n'est-ce pas ?

— Gardez une bonne image de lui, chérie, celle du dernier des Ballinger du Northumberland, plein de bravoure et d'héroïsme, et ne vous rongez pas les sangs à vouloir remuer le passé.

Augusta releva le menton, d'un air décidé.

— Vous avez tort, Richard n'est pas le dernier des Ballinger du Northumberland... La dernière, c'est moi !

Harry s'assit, le visage fermé.

— Vous faites partie de notre famille, maintenant, comme vous l'avez si bien dit, hier soir sur le palier !

— Eh bien, j'ai changé d'avis, ironisa Augusta. Je trouve que vos ancêtres ne valent pas les miens...

— Vous avez sans doute raison. Mais vous êtes la nouvelle comtesse Graystone, tâchez de ne pas l'oublier !

Une semaine s'écoula avant qu'Augusta ne vienne s'asseoir dans la galerie des portraits face à celui de son illustre prédécesseur, la toujours sereine comtesse Graystone.

— Heureusement que je suis là pour réparer vos bêtises, Catherine ! marmonna-t-elle entre ses dents. Je suis loin d'être parfaite, mais moi au moins je sais aimer ! J'ai l'impression que vous ignoriez jusqu'au sens de ce mot... Vous avez tout perdu à courir après des chimères. Je peux vous assurer que tel ne sera pas mon cas.

Augusta lui fit une drôle de petite grimace, puis ouvrit la missive qu'elle venait de recevoir de Claudia.

Ma chère Augusta,

Je suppose que tout va bien entre toi et ton très estimé mari. Tu me manques beaucoup, tu sais ! La saison est presque finie, et rien n'est plus pareil... Comme convenu, je me suis rendue au club Pompeia *en maintes occasions, et j'ai apprécié de voir lady Arbuthnott.*

Lady A. est une femme fascinante, moins excentrique que je ne le craignais. Elle est tout bonnement délicieuse, et je suis terrifiée de la voir si malade.

Le majordome, par contre, est un type impossible ! A chaque visite, son impertinence s'accentue et il arrivera un jour où je serai obligée de le remettre à sa place... Son visage me dit toujours quelque chose.

J'avoue apprécier Pompeia. *Évidemment, certaines choses me troublent encore : le livre des paris, par exemple. Savez-vous que certains membres avaient misé sur la durée de vos fiançailles ? Ou la pratique du jeu. Mais j'y rencontre des femmes fort intéressantes, et qui partagent mon amour de l'écriture. Nous avons de fabuleuses discussions !*

Notre vie mondaine se poursuit, connaître de nouveaux amis, de nouveaux danseurs... mais sans toi, je n'attire que des gens ennuyeux ! S'il n'y avait pas Peter Sheldrake, je déprimerais... Heureusement, c'est un excellent danseur qui m'a appris à valser. J'aimerais le voir plus sérieux, plus intellectuel. Il est si frivole et si taquin !

Je meurs d'envie de venir te voir... Ou de te voir revenir.

Avec toute ma tendresse,

Claudia.

Augusta replia lentement la lettre. C'était bien agréable d'avoir des nouvelles de sa cousine. Elle aussi lui manquait.

— Augusta ! Augusta, où êtes-vous ? criait Meredith en arrivant sur le palier, une feuille à la main. J'ai fini mon aquarelle ! Qu'en pensez-vous ? Tante Clarissa voudrait votre opinion, puisque c'est grâce à vous que je peux peindre.

— Bien sûr ! Faites-moi voir ça, dit Augusta en jetant un coup d'œil à Clarissa qui arrivait. Merci de l'avoir laissée essayer.

— Sa Seigneurie m'a informée que tel était votre souhait, bien que, pour nous, notre opinion n'ait guère changé !

— Oui, je m'en doute... Mais peindre est si distrayant, miss Fleming.

— Les études demandent du sérieux !

Augusta sourit à Meredith qui regardait alternativement les deux femmes, d'un air anxieux.

— Mais je suis certaine que Meredith a mis tout son sérieux dans cette aquarelle, car c'est la chose la plus jolie qu'il m'ait été donnée de voir !

— Vraiment, Augusta ? demanda vivement la petite fille.

Augusta tenait le dessin devant ses yeux, et fixait les grandes traînées de bleu, de vert, surmontées d'une énorme tache or.

— Ce sont des arbres, expliqua l'enfant.

— J'adore ! Et votre ciel, aussi. Très intéressant...

— Ça, c'est Graystone, commenta Meredith en désignant la tache or.

— Votre père ?

— Non. Notre maison.

— Je m'en doutais... Je vous taquinais ! Bravo, Meredith. Me permettez-vous de l'accrocher ?

Les yeux de la petite fille s'arrondirent de stupeur.

— Vous allez l'accrocher ? Où ?

— Eh bien... Ici, dans la galerie. Ce serait parfait... Peut-être sous le portrait de votre mère.

— Croyez-vous que papa sera d'accord ? souffla Meredith.

— Assurément.

Clarissa toussota.

— Lady Graystone, je crains que votre suggestion ne soit pas... Cette galerie est réservée aux portraits de famille, faits par d'illustres peintres. Ce n'est guère l'endroit pour accrocher un dessin d'enfant tout juste bon pour la salle d'étude.

— Désolée. Je trouve cet endroit sinistre et le dessin de Meredith l'illuminera quelque peu !

— Sera-t-il encadré, Augusta ? demanda l'enfant avec un sourire plein d'espoir.

— Certainement. Je m'en occupe.

Clarissa abaissa son regard sur sa jeune élève.

— Allons ! Il est temps de retourner à nos chères études, jeune fille ! Je vous rejoins dans une minute.

L'enfant à peine partie, Clarissa se tourna vers Augusta, l'œil sévère.

— Madame ! Je dois vous parler. Sa Seigneurie vous laisse peut-être jouer un rôle dans l'éducation de sa fille, mais moi, je m'oppose formellement à tout ce qui distrairait cette enfant de ses études. Lui-même avait mis un point d'honneur à ce qu'elle ne devienne pas une de ces femelles idiotes, tout juste capables de tenir une conversation en société !

— Je comprends, miss Fleming.

— Meredith était habituée à un emploi du temps sévère qui lui permettait d'exceller dans ses études !

— Je l'avais remarqué, miss Fleming, dit Augusta avec un sourire conciliant. Et je l'avais apprécié !

Augusta se mettait à la place de cette femme. Il n'était pas aisé de vivre sous le toit des autres, elle était bien placée pour le savoir...

— Je vous en remercie, madame.

— Cependant, reprit Augusta, j'estime qu'une enfant doit aussi s'amuser. Même ma tante Prudence conseillait certains jeux à ses jeunes élèves ! Et ma cousine Claudia, qui suit les traces maternelles, écrit un livre sur l'importance de l'éducation donnée aux jeunes filles. Elle consacre tout un chapitre à l'aquarelle et aux croquis...

Clarissa frémit.

— Votre cousine écrit un livre ?

— Oui, pourquoi ? demanda Augusta, étonnée de trouver dans les yeux de la gouvernante la même lueur intéressée que dans ceux des membres de *Pompeia*. Auriez-vous, vous aussi, quelques velléités d'écriture ?

Clarissa Fleming se mit à rougir, comme prise en flagrant délit.

— Cette idée m'a effleurée... C'est idiot, bien sûr, je suis inapte à ce genre de choses !

— Avez-vous essayé ?

— J'ai jeté quelques notes sur le papier, murmura Clarissa fort embarrassée. Je voulais les montrer à Graystone, mais j'ai eu peur de son jugement...

— Je ne sais s'il ferait un bon juge, laissa tomber Augusta. Graystone n'écrit que pour un petit cercle d'intellectuels ! Vous, vous entendez écrire pour les enfants, n'est-ce pas ? Deux choses très différentes.

— Certes.

— J'ai une bien meilleure idée. Lorsque votre manuscrit sera terminé, je le donnerai à mon oncle Thomas. Il se fera un plaisir de l'envoyer à un éditeur.

Clarissa dut reprendre sa respiration.

— Montrer mes écrits à sir Thomas Ballinger ? Le mari de lady Prudence ? Impossible ! Comment me jugerait-il ?

— Je vous assure : oncle Thomas est toujours heureux de rendre service, et il était habitué à corriger les œuvres de ma tante.

— Vraiment ?

— Oui, fit Augusta, en souriant malgré elle à la pensée de son oncle déjà submergé par les menus détails de la vie quotidienne.

Augusta se dit qu'elle ferait peut-être mieux d'écrire à l'avance la lettre d'introduction à l'éditeur, pour que son oncle n'ait plus qu'à poster le manuscrit !

— C'est très gentil à vous, madame, remercia Clarissa un peu intimidée. J'ai toujours été une fervente admiratrice de l'œuvre de votre oncle ! Il a une telle approche de l'Histoire... un tel sens du détail, de l'anecdote. Et un style ! Il aurait pu enseigner.

— Je ne crois pas. J'ai toujours trouvé le style de mon oncle un peu ardu...

— Comment pouvez-vous dire cela ? répliqua Clarissa avec passion. Ardu ? Mais il est brillant... Et de penser qu'il puisse lire ma prose ! C'est trop...

— Oui. Mais j'estime qu'un traité sur les femmes célèbres manque aux livres d'histoire.

— Les femmes célèbres, madame ? demanda Clarissa, ahurie.

— L'Histoire abonde en femmes braves et nobles, miss Fleming. Les reines, par exemple. Les Amazones. Quelques Grecques et quelques Romaines. Certains monstres aussi, comme la Méduse, les Sirènes et tant d'autres. A cette époque, le pouvoir appartenait aux femmes.

— Très intéressant, murmura Clarissa.

— Voyez-vous, miss Fleming, l'Histoire a été écrite grâce aux femmes...

— Mon Dieu ! Je n'y avais jamais songé... Quel magnifique sujet ! Croyez-vous que sir Thomas pourrait s'y intéresser ?

— Mon oncle a l'esprit très ouvert. Il pourrait considérer cela comme une nouvelle voie... Clarissa, vous devriez être celle qui lui en parlera.

— Mais je n'y connais rien !

— Cela demandera énormément de recherches. Heureusement, vous avez la bibliothèque de Graystone à votre disposition... Ce projet vous intéresserait-il ?

— Beaucoup, madame ! Je me suis parfois demandé pourquoi nous ne savions que si peu de choses sur nos ancêtres femmes...

— Alors, faisons un pacte ! J'enseignerai l'aquarelle et la poésie anglaise à Meredith, les lundis et mercredis après-midi, pendant que vous ferez vos recherches en bibliothèque. Est-ce raisonnable ?

— Très, madame ! Très raisonnable et fort gentil. Et savoir que sir Thomas supervisera... C'est trop ! s'exclama Clarissa au comble de la joie. Si vous voulez bien m'excuser, je dois retourner auprès de mon élève.

Et Clarissa descendit l'escalier dans une envolée de jupons marron.

Augusta sourit. Clarissa était exactement le genre de

femme dont son oncle avait besoin. Ce pourrait être le mariage de deux âmes sœurs. Clarissa partagerait les passions de sir Thomas, et lui estimerait qu'elle valait bien lady Prudence. C'était vraiment une très, très bonne idée, songea la jeune femme.

Elle reprit la lettre de sa cousine et, à la deuxième lecture, il lui apparut qu'en sa qualité de nouvelle comtesse Graystone, elle ferait bien d'organiser quelques dîners... Cela devenait urgent.

Organiser des réceptions avait toujours été l'occupation favorite des baronnes Ballinger, côté Northumberland bien sûr. Sans doute à cause de leur esprit essentiellement frivole. Et Augusta décida de ne pas faillir à la règle...

Elle allait donner la plus belle réception jamais vue de mémoire de Graystone !

Cette idée lui permettrait aussi de ne plus penser à son frère et à la discussion difficile qu'elle avait eue, à son sujet, avec Harry. Il était inconcevable que Richard ait pu vendre des documents aux Français. Jamais, au grand jamais, un Northumberland ne se serait abaissé de cette façon ! Et encore moins son cher grand frère !

Il était tout aussi inconcevable d'imaginer que Harry ait pu être un espion. Évidemment, il y avait bien cette fâcheuse habitude qu'il avait de forcer les tiroirs... ou d'apparaître derrière elle sans crier gare !

Mais de là à imaginer Harry en chef de service du contre-espionnage !

Cela allait à l'encontre de ce que l'on attendait d'un gentleman. Ce métier n'avait pas bonne presse, loin s'en fallait, et Harry qui accordait tant d'importance aux convenances !

Il est vrai, se dit Augusta, qu'une fois dans l'intimité de la chambre, les principes de Harry s'envolaient...

En fait, Harry était un homme plutôt complexe. Augusta en avait eu le pressentiment, dès leur première rencontre, rien qu'en sondant son regard.

Alors, il était probable que Harry ait été un agent... Cette pensée la fit frémir et elle préféra songer à la liste de ses futurs invités.

Au bout d'un moment, elle décida d'aller à la rencontre de son mari, qu'elle trouva dans la bibliothèque, plongé dans une carte des campagnes de César.

— Oui, ma chérie ? demanda-t-il sans pour autant lever les yeux.

— J'ai envie de donner une réception, Harry ! Ai-je votre permission ?

— Une réception ? Ici, à Graystone ?

— Nous n'inviterons que des amis proches. Mon oncle et ma cousine, par exemple, quelques amies de *Pompeia*, Mr. Sheldrake, bien sûr... Quel dommage que Sally ne puisse voyager, j'aurais adoré l'inviter.

— Je ne sais pas, Augusta... Moi et les réceptions !

L'air ahuri de Graystone fit sourire Augusta.

— Ne vous inquiétez pas, je me charge de tout. Ma mère m'a appris à recevoir. Nous pourrions en profiter pour renouer avec nos voisins, il est grand temps, ne trouvez-vous pas ?

— Croyez-vous ? fit Harry avec une absence totale d'enthousiasme.

— Faites-moi confiance, milord ! C'est un sujet que je connais bien, un de mes nombreux talents.

— D'accord, pour une fois. Mais ne vous avisez pas d'en prendre l'habitude ! Je détcste ces mondanités, c'est une perte de temps.

— Certes, milord.

Bien qu'Augusta fût consciente que son mari était un personnage fort mystérieux, sous ses dehors aristocratiques, rien ne l'avait préparée à ce qui allait se passer une semaine plus tard. Et Augusta ne put que sursauter en entendant une domestique tambouriner à la porte de sa chambre, un beau matin, en lui criant que Sa Seigneurie l'attendait en bas, sur-le-champ.

— Il a dit sur-le-champ ? demanda-t-elle, surprise.

— Oui, m'dame, répéta la soubrette, affolée. Il paraît que c'est urgent !

— Mon Dieu ! J'espère qu'il n'est rien arrivé à Meredith, s'écria Augusta en laissant de côté la lettre qu'elle écrivait à Sally.

— Non, non m'dame. Rien de tel ! La p'tite était avec son père ce matin, et maintenant elle est retournée en classe. J' le sais parce que j'ai apporté l' thé là-bas !

— Je vois. Merci, Nan. Allez dire à Sa Seigneurie que j'arrive.

— Bien, m'dame, fit Nan avec une courte révérence.

Curieuse de connaître l'urgence de cette invite, Augusta ne jeta qu'un bref coup d'œil dans le miroir pour s'assurer de son apparence. Elle était habillée d'une robe légère, en mousseline crème à motifs vert pâle, et un ruban du même ton lui ceignait le cou. Consciente que l'humeur de Graystone n'était pas des meilleures, elle posa sur ses épaules un fichu destiné à cacher sa mise peu stricte.

Elle trouvait naturel, pour une épouse, de faire certains efforts, d'autant plus que son mari avait, lui aussi, mis de l'eau dans son vin ces derniers temps.

Lorsque Augusta pénétra dans la bibliothèque, elle affichait un sourire serein. Harry se leva aussitôt, la mine rembrunie, comme l'avait dépeint la domestique.

Augusta dut s'avouer qu'elle ne l'avait encore jamais vu dans cet état.

— Vous vouliez me parler, milord ?

— En effet.

— S'il s'agit de notre réception, tout est en ordre, je vous l'assure ! Les invitations sont parties il y a quelques jours déjà... et nous avons reçu plusieurs réponses. Les musiciens sont engagés, et la cuisine a reçu ses instructions...

— Je me moque de votre réception, madame ! l'interrompit Harry. Je viens d'avoir une conversation des plus intéressantes avec ma fille !

— Et alors ?

— Elle vient de m'apprendre que le jour du pique-nique, non contente de lui décrire votre frère, vous lui avez parlé d'un certain poème !

Augusta se demanda quelle mouche le piquait.

— Oui, monsieur... Et alors ?

— Ce poème parlait de Spider... de sa toile d'araignée !

— Mais milord, c'est juste un petit poème... que je n'ai jamais montré à Meredith, si c'est ça qui vous fait peur ! Et de toute manière, ce poème n'aurait pu la troubler... Bien que souvent, les enfants adorent tout ce qui les effraye.

Harry ne parut pas tenir compte de ses assertions.

— Foutaises ! Avez-vous ce poème ?

— Oui, bien sûr.

— Allez le chercher, je veux le voir !

Augusta frissonna.

— Graystone, je ne comprends pas. Pourquoi voulez-vous regarder le poème de Richard ? Il n'est pas très bon... on peut même dire qu'il est plein d'illogismes. Je ne l'ai gardé que parce que Richard me l'a glissé dans la main avant de succomber et m'a fait jurer de le garder en sécurité ! dit Augusta en éclatant brusquement en sanglots. Il est taché du sang de Richard ! Harry, je n'ai pas pu le jeter !

— Allez me chercher ce poème, Augusta.

La jeune femme secoua la tête, essayant de comprendre.

— Pourquoi ? Est-ce que cela aurait quelque chose à voir avec les soupçons que vous nourrissez ?

— Je ne peux rien dire tant que je ne l'ai pas vu. Donnez-le-moi, Augusta. Je dois le voir !

Augusta fit un pas vers la porte.

— Je ne suis pas certaine de vouloir vous le montrer...

— Là est peut-être la réponse à nos questions.

— Sur la possibilité que Richard ait pu être un espion ?

— Je le crois, marmonna Harry. Surtout si votre frère travaillait pour les Français.

— Il ne travaillait pas pour les Français !

— Augusta, plus un mot sur vos théories fumeuses ! Jusqu'à présent, je ne voyais pas d'inconvénient à ce que vous vous berciez d'illusions, mais ce poème sur un certain Spider change les données du problème.

Augusta croisa les bras, l'esprit en ébullition.

— Je ne vous le montrerai point, pas tant que je n'aurai la promesse que vous ne vous en servirez pas pour prouver sa culpabilité !

— Je me moque qu'il soit coupable ou non. Il y a des questions plus importantes à résoudre avant.

— Qui conduiront à prouver la culpabilité de Richard !

Harry, en deux enjambées, fut près d'elle.

— Apportez-moi ce poème, Augusta.

— Donnez-moi votre parole !

— Je vous jure de ne parler de ce poème à quiconque.

— *Ce n'est pas assez !*

— Si !

— Très bien. N'en parlons plus. Mon frère est un homme honorable...

— Madame ! Je vous ordonne d'obéir !

— C'est une déclaration de guerre, Graystone ! Personne ne verra ce poème.

— Madame, reprit Harry d'une voix anormalement douce, donnez-le-moi.

— *Jamais !* Et si vous essayez de me le prendre, je le brûlerai... ce poème taché de son sang ! hurla Augusta avant de quitter la pièce.

Elle n'eut pour toute réponse que le bruit d'un verre qu'on fracassait contre un mur.

12

Stupéfié de sa propre violence, Harry contemplait les débris de verre, au sol, qui brillaient dans un rayon de soleil, tels les faux rubis qu'Augusta arborait avec fierté. Comment avait-il pu se laisser entraîner dans une querelle de cette importance !

Cette femme l'avait ensorcelé ! Il passait de la passion la plus exacerbée à la tendresse pure et simple, de la gratitude aux rires. Et maintenant, elle avait réussi à l'amener aux limites de la jalousie maladive ! Lui, jaloux d'un mort ! Jaloux de *Richard Ballinger !* Ce casse-cou, ce traître de Richard !

Cet homme, vivant ou mort, n'était que le frère d'Augusta et non pas un rival... Mais cet homme, du fond de sa tombe, représentait pour Augusta le dernier des Ballinger du Northumberland, et à ce titre occupait dans son cœur une place qui lui serait à jamais inaccessible. Intouchable, du royaume des morts, Richard devenait le grand frère injustement accusé, et dont il fallait défendre l'honneur et la réputation...

— Allez au diable ! Sale bâtard ! marmonna Harry en se rasseyant dans son fauteuil. Si vous étiez encore en vie, je me vengerais !

Ce qui me vaudrait la haine de ma femme pour l'éternité... se dit Harry avec amertume. Car, il ne pouvait en douter, si Augusta devait choisir, elle lui préférerait son frère.

Elle l'avait prouvé quelques instants auparavant.

Bâtard ! redit Harry, ne trouvant aucun autre qualificatif pour nommer son rival.

Comment combattre un fantôme ?

Harry tenta de rassembler ses idées. Il était évident qu'il s'y était mal pris... Il n'aurait jamais dû convoquer ainsi sa femme, ni lui ordonner avec une telle suffisance d'aller quérir ce maudit poème !

Mais lorsque Meredith avait prononcé le nom de Spider, son sang n'avait fait qu'un tour.

Lui qui avait si souvent clamé que la guerre était finie, bien finie, alors qu'il savait ne pouvoir oublier ce fichu Spider ! Spider, par qui trop d'hommes étaient morts ! A cause de qui trop d'hommes avaient risqué leur vie ! Peter Sheldrake, en premier. A cause de qui des batailles avaient été perdues...

Et qui, pire que tout, avait dû être anglais !

Harry avait eu la réputation de mener ses investigations avec sang-froid. Cela avait été, d'ailleurs, la seule manière de rester en vie. Ne jamais montrer une émotion... Peser et repeser chaque décision... Être certain de ne jamais faire d'erreur. Harry avait toujours été d'une logique implacable.

Il avait chassé la haine, la rage, la frustration, comme autant d'ennemies. Mais ses émotions ainsi canalisées s'étaient retrouvées focalisées sur ce traître de Spider.

Depuis Waterloo il avait réussi à les mettre sous le boisseau, en s'adonnant entièrement à la gestion de son domaine et à la recherche d'une épouse. Persuadé de ne jamais obtenir de réponse à ses questions, il avait accepté l'inacceptable et enterré le passé, comme il l'avait expliqué à Augusta le jour du pique-nique.

Accepté de ne jamais connaître l'identité de Spider...

Mais maintenant qu'il y avait peut-être un nouvel indice... Il se devait de l'examiner. Il n'aurait de cesse qu'il l'ait examiné !

Mais il devrait se montrer fin stratège. Tenter de se mettre à la place d'Augusta. Pour une fois.

Inutile d'employer la force. Sa femme ne lui pardonnerait jamais. Cela il l'avait compris.

Mais même si l'amour lui semblait un sentiment étrange, il devait pouvoir compter sur la loyauté de son épouse d'une façon inconditionnelle ! Tous deux en avaient assez discuté.

Elle lui devait cela.

Harry décida qu'il était temps qu'il gagne enfin une manche...

Il foula le superbe tapis d'Orient à grandes enjambées et quitta les lieux. Arrivé au second étage, il ouvrit la porte de la chambre d'Augusta et la vit assise à son écritoire. Elle tourna la tête et le fixa, les yeux pleins de rage et de larmes contenues.

Ces Ballinger du Northumberland sont diantrement émotifs ! songea Harry.

— Graystone ! Que faites-vous là ? Si vous pensez pouvoir vous saisir du poème de Richard, il est trop tard... Je l'ai soigneusement caché !

— Croyez-vous ? ironisa Harry en refermant doucement la porte.

— Seriez-vous en train de me menacer ?

— Certes non ! affirma Harry, ému malgré lui par l'air chaviré de son épouse. Je ne veux pas de ce genre de relation entre nous, ma chérie...

— Inutile de m'appeler ma chérie ! coupa-t-elle. Vous ne croyez pas en l'amour, souvenez-vous-en !

Harry soupira et s'approcha de sa femme. L'intimité de cette chambre, les flacons de cristal, les brosses en argent, le déshabillé négligemment jeté sur un fauteuil, tout lui rappelait leurs instants d'émotion.

Et dire qu'Augusta ne le considérait plus que comme un ennemi !

— Je crois le moment mal choisi pour parler d'amour, laissa-t-il tomber.

— Vraiment ?

— Parlons plutôt de loyauté.

Augusta tiqua.

— Pourquoi ?

— Auriez-vous oublié que vous m'aviez assuré de la vôtre le jour de notre mariage ?

— Non, milord, mais...

— Et aussi lors de notre première nuit, ici ?

— Harry, ce n'est pas juste !

— Qu'est-ce qui n'est pas juste, de vous le rappeler ? Je ne pensais pas que cela fût nécessaire...

— Mais il s'agit de mon frère ! Vous pouvez comprendre, non ?

— Je comprends surtout que vous êtes partagée entre votre loyauté envers votre frère et celle due à votre mari. Et que je vous ai placée en situation de crise.

— Que le diable vous emporte, Harry !

— Je m'excuse d'avoir usé de mon autorité... Pardonnez-moi. Mais pour moi, l'affaire est d'importance !

— Pour moi aussi.

— En effet. Et vous avez choisi de protéger votre frère... Votre loyauté va d'abord aux Northumberland ! Votre époux ne vient qu'en second...

— Mon Dieu ! Comme vous êtes cruel, Graystone.

— Parce que je vous demande de me faire confiance ?

— Vous n'avez que les mots devoir et loyauté à la bouche ! Ne pouvez-vous penser à rien d'autre ?

— Si. Mais pour l'instant, ce sont ces deux choses-là qui comptent le plus.

— Et pouvons-nous parler de votre loyauté à mon égard ? s'enquit Augusta d'un ton sec.

— Je vous ai donné ma parole de ne parler à âme qui vive de ce poème et de ses implications !

— Quelque chose dans ce poème pourrait incriminer mon frère et...

— Richard est mort. On ne poursuit pas un mort ! Il est à l'abri des lois et de ma vengeance.

— Il reste sa réputation et son honneur.

— En fait, vous ne pouvez assumer votre propre peur. Votre peur de voir que votre frère que vous avez placé sur un piédestal pourrait n'être qu'un traître !

— Dites-moi pourquoi ce poème est si important ? La guerre est finie.

— Les trois dernières années ont été marquées par un mystérieux individu, surnommé Spider, qui faisait pour les Français ce que je faisais pour la Couronne. Nous avons supposé qu'il était anglais, à cause de la qualité des renseignements qu'il fournissait et de sa façon d'opérer... Il a coûté la vie à nombre de mes amis, et, s'il est encore en vie, j'entends lui faire payer sa trahison !

— Vous entendez vous venger ?

— Oui.

— Et vous êtes prêt à sacrifier notre vie de couple pour cela ?

Harry devint de glace.

— Je ne vois pas ce que notre vie de couple vient faire là-dedans ? Il n'y a que vous pour dire ça !

— Ah ! milord... murmura-t-elle. Quelle subtilité dans vos propos. Arriver à me rendre coupable...

Harry sentit, de nouveau, la colère l'envahir.

— Et que dire de votre méchanceté ? Que croyez-vous que j'éprouve lorsque vous me préférez votre frère ?

— Il me semble qu'un gouffre vient de s'ouvrir entre nous, milord, dit Augusta d'une voix sans timbre. Rien ne sera plus comme avant.

— Il y aura toujours un pont entre nous, que vous pourrez franchir ou non. A vous de choisir : rester du côté Northumberland ou venir avec moi... Mais soyez assurée que je ne vous prendrai pas ce poème de force.

Et sans attendre de réponse, Harry quitta la chambre.

Pendant deux jours, le couple garda un silence de mauvais aloi. Harry trouva cela très pesant, s'étant habitué à la chaleureuse atmosphère qu'Augusta faisait régner dans la maison.

Ainsi, depuis l'arrivée d'Augusta, les domestiques vaquaient-ils à leurs tâches avec le sourire au lieu du sérieux qui les caractérisait auparavant. Harry devait se souvenir du commentaire de Peter Sheldrake sur la gentillesse avec laquelle Augusta traitait le personnel.

Meredith, qui jusque-là avait été un modèle de sagesse et de sérieux, peignait aquarelle sur aquarelle et batifolait de pique-nique en pique-nique. Ses robes de mousseline semblaient plus amples et plus enrubannées. Et, enthousiaste, l'enfant ne tarissait pas d'éloges sur les romans qu'Augusta lui faisait lire.

Même Clarissa, cette femme si austère, si irréprochable, si dévouée à son métier d'institutrice, semblait avoir changé. Elle semblait même avoir pris le parti d'Augusta ! Et certains signes avant-coureurs d'une grande passion auraient pu faire croire qu'elle vivait une romance. Plus question de rester après le dîner avec la famille au salon. Clarissa grimpait immédiatement dans sa chambre, et Harry en venait à se demander si elle n'élaborait pas quelque plan, connu d'elle seule. Mais comme il n'était pas dans sa nature d'enquêter sur la vie privée de miss Fleming, il n'en savait guère plus.

Il avait éliminé la romance, difficilement conciliable avec la vie si terne qu'elle menait à Graystone, et en avait déduit que ce changement, comme tous les autres, était imputable à Augusta...

Mais pendant les deux jours qui suivirent le début des hostilités, l'atmosphère de la maison s'en trouva sérieusement altérée. Les relations se firent polies, sans plus aucune chaleur. Un calme impressionnant régna dans la demeure, et Harry eut la nette impression que tout le monde le blâmait.

Le troisième jour, en se rendant dans la salle d'étude, Harry ruminait qu'il eût été bon que son entourage eût pris son parti dans cette querelle.

Il était maître sur ses terres, beaucoup de gens dépendaient de lui, et il eût aimé que le personnel, au moins, s'en souvienne.

Augusta aussi, d'ailleurs, eût mieux fait de ne pas l'oublier !

Il était clair qu'Augusta avait choisi le camp Northumberland. Harry avait passé les deux dernières nuits, seul dans son lit, à contempler la porte fermée de la chambre de son épouse. Au départ, il estimait que c'était à elle de faire le premier pas. Maintenant, à l'aube d'une troisième nuit solitaire, il se le demandait...

Arrivé devant la salle d'étude, Harry poussa la porte. Clarissa le regarda, surprise.

— Bonjour, milord. Votre visite était-elle prévue ?

Harry nota son manque de chaleur et décida de l'ignorer. Décidément, il n'était le bienvenu nulle part.

— Je venais voir les peintures de Meredith.

— Elle commence tout juste. Lady Augusta ne devrait pas tarder.

Meredith leva les yeux de son aquarelle.

— Bonjour, papa.

— Continue, ma chérie. Je jette simplement un coup d'œil !

— Oui, papa.

L'enfant trempait son pinceau dans du noir pour dessiner une large trace sur sa feuille blanche.

Harry se demanda pourquoi sa fille choisissait une teinte aussi sombre. Sa peinture était généralement gaie, pleine de couleurs brillantes.

— Serais-tu en train de nous faire Graystone de nuit, ma chérie ?

— Oui, papa. Augusta dit qu'il faut que je peigne ce que je ressens.

— Mais il fait beau, aujourd'hui... protesta Harry se rendant compte que sa fille était affectée, elle aussi.

Tout était de la faute d'Augusta !

— J'avais envie de monter à cheval. Veux-tu que je fasse seller ton poney ?

Meredith lui lança un drôle de regard.

— Est-ce qu'Augusta viendrait avec nous ?

— Nous pouvons le lui demander, répondit Harry en connaissant déjà la réponse.

Son épouse avait pris grand soin depuis trois jours de l'éviter.

— Ce serait une très bonne idée, lâcha Augusta en pénétrant sans bruit dans la pièce.

Le visage de l'enfant s'éclaira.

— Je vais vite enfiler mon nouveau costume d'équitation, s'écria-t-elle avant de regarder Clarissa. Voulez-vous m'excuser, tante Clarissa ?

Clarissa hocha la tête en souriant.

— Bien sûr, Meredith !

Harry se retourna et soutint le regard de sa femme. Cette dernière lui fit un petit signe poli.

— Je vous prie de m'excuser aussi, milord, mais je dois me changer. Meredith et moi vous rejoindrons en bas dans un moment.

Par tous les diables ! Que se passait-il ? se demanda Harry en la voyant s'éloigner.

— Amusez-vous bien, milord, dit Clarissa.

— Merci, répondit laconiquement Graystone.

Il faut que je trouve ce qu'Augusta est en train de mijoter ! pesta-t-il en quittant la salle de classe.

Une demi-heure plus tard, Harry n'était guère plus avancé. Meredith et Augusta étaient descendues, toutes deux vêtues de la même tenue d'équitation en velours vert foncé, portant le même chapeau à plume de faisan. La petite fille paraissait avoir retrouvé sa gaieté.

Meredith ayant enfourché son poney gris, tous trois suivirent l'allée principale. Harry jeta un coup d'œil vers Augusta.

— Je suis heureux que vous ayez pu nous accompagner, madame, dit-il en espérant rompre le silence.

Augusta montait avec beaucoup de grâce.

— J'estime que Meredith avait besoin d'un peu d'air frais. L'atmosphère de la maison devenait irrespirable.

— En effet, admit Harry.

Augusta se mordit la lèvre, puis ajouta, pleine d'espoir :

— Ne devinez-vous pas la raison de ma venue ?

— Non, madame. J'en suis heureux, mais je ne comprends point.

Augusta cilla.

— J'ai décidé de vous donner le poème de Richard.

Un grand soulagement envahit Harry. Il faillit descendre de cheval et la prendre dans ses bras. Mais il sut résister à cette impulsion. Suivre ses impulsions lui avait été fatal, jusqu'ici.

— Merci, Augusta. Puis-je connaître la raison de ce revirement ?

— J'ai beaucoup réfléchi. Je n'ai, en effet, guère le choix. Comme vous me l'avez fait remarquer, il y va de mon devoir d'épouse.

— Je vois, laissa tomber Harry désappointé. Je suis désolé que seul le devoir vous ait guidée, madame.

Augusta fronça les sourcils.

— Je ne comprends pas. Quoi d'autre...

— La confiance, par exemple ?

— Bien sûr. Je savais que vous tiendriez votre parole.

Harry s'irrita.

— Et cela vous a pris trois jours ?

— Non. J'ai toujours eu confiance en vous. Vous êtes un homme d'honneur ! Tout le monde sait cela.

— Alors quel était le problème ? demanda-t-il sèchement.

Augusta soutint son regard pendant un bon moment.

— J'avais peur, milord !

— Peur de quoi, mon Dieu ! De ce que vous pourriez apprendre sur votre cher frère ?

— Non. Je ne doute pas de l'innocence de Richard. J'avais peur de ce que vous penseriez de moi, si d'aventure vous concluiez à la culpabilité de mon frère...

Harry parut catastrophé.

— Vous avez cru que la possible traîtrise de Richard pourrait rejaillir sur vous, sur ce que je penserais de vous ?

— Je suis une Ballinger du Northumberland, milord ! Et à ce titre, je suis responsable de l'intégrité de ma famille.

— Mais je suis sûr de votre *intégrité* ! protesta Harry abasourdi qu'elle ait pu croire qu'il la renierait.

— Vous me jugez déjà frivole et casse-cou, je ne voudrais pour rien au monde que vous doutiez de mon honnêteté. Nous sommes liés par le mariage, et la route risque d'être longue... et difficile, si vous mettez en cause l'honneur des Ballinger du Northumberland !

— Diable, madame ! Ce n'est pas le sens de l'honneur qui vous manque, mais un peu d'intelligence.

Harry sauta de son cheval et se précipita sur sa femme.

— *Harry !*

— Est-ce que tous les membres de votre sacro-sainte famille sont aussi obtus ? J'ose espérer que ce n'est pas génétique !

Sur ces mots, il la prit dans ses bras et l'embrassa fougueusement.

— Harry ! Mon cheval... parvint à dire Augusta en maintenant d'une main son tricorne qui tanguait dangereusement.

— Papa ! Papa, que faites-vous à Augusta ? s'écria Meredith affolée en revenant au galop vers eux.

— J'embrasse ta mère, ma chérie ! Veux-tu surveiller sa jument ?

— Oh ! Je vois... Je m'en occupe.

A cet instant précis, Harry se moquait pas mal des chevaux. Tout ce qu'il voulait, c'était emporter sa femme dans sa chambre, sur son lit. Cette querelle avait duré deux nuits et trois jours, et c'étaient deux nuits et trois jours de trop.

— Harry ! Lâchez-moi. Que va penser Meredith ?

— Depuis quand êtes-vous si collet monté, madame ?

— Depuis que je suis devenue mère d'une fillette de neuf ans, monsieur !

Harry éclata de rire.

Ce soir-là, lorsque Harry poussa la porte de la chambre de son épouse, il la trouva prête pour la nuit et assise devant sa coiffeuse.

— Ce sera tout, Betsy, dit aussitôt Augusta.

— Oui, m'dame. Bonsoir Votre Seigneurie, répondit la femme de chambre en souriant.

Augusta se leva et son déshabillé s'ouvrit, révélant une somptueuse et diaphane chemise de nuit. Harry pouvait deviner la forme des seins d'Augusta. Et lorsque son regard s'abaissa, il put deviner bien plus...

Un brutal désir monta en lui.

— Je suppose que vous venez chercher le poème, s'enquit la jeune femme.

Harry secoua la tête, puis sourit lentement.

— Le poème peut attendre, madame. Vous, non !

13

Augusta s'étira, encore toute dolente, au milieu des oreillers. Puis elle se leva pour allumer une bougie et la poser sur la coiffeuse. Derrière elle, Harry grommela quelque chose d'incompréhensible.

— Augusta... Que fais-tu ?

— Je cherche le poème de Richard, répondit-elle en ouvrant sa boîte à bijoux où reposait, à côté du collier de sa mère, le morceau de papier taché et froissé.

— Ça peut attendre demain, marmonna Harry.

— Non. Je préfère en finir maintenant, dit Augusta en lui apportant le billet. Tenez... Lisez !

Harry prit le poème en fronçant les sourcils.

— Une première lecture ne donnera rien. Je dois l'étudier avant de me prononcer.

— Inutile. Cela n'a aucun sens... Je suppose que, sur le point de mourir, il n'avait plus toute sa tête et souffrait de visions.

Harry leva les yeux et Augusta se tut. Elle s'assit sur le bord du lit, ne pouvant détacher son regard de ces abominables traces de sang, et les vers lui revinrent à l'esprit :

La toile d'araignée.

Voyez ces courageux jeunes hommes, derrière les fils
scintillants de l'immense toile...

Voyez leurs épées d'argent briller !
A trois, ils prennent le thé,
puis reviennent servir le dîner
de leur Maître, attablé
au centre de la toile tissée d'or,
buvant le sang de ces jeunes guerriers...
Et qui commande, de trois à neuf,
jusqu'à ce que la flamme vacille.
Maintenant, le pluriel se fait singulier,
tandis que le singulier s'estompe...
Spider, les cartes à la main,
se sait le vainqueur.
Indiscutablement.
Comptez vingt pour trois,
et trois pour un,
jusqu'à ce que la flamme vacille !

Augusta attendait, frémissante, que Harry relise le poème. Lorsqu'il eut fini, il la fixa avec une émotion non dissimulée.

— Avez-vous montré cela à quelqu'un, depuis la mort de votre frère ?

— Oui. Un homme est venu quelques jours après et a demandé à sir Thomas de voir les effets de Richard. Mon oncle s'est exécuté, et l'homme a pu lire ce poème.

— Et qu'a-t-il dit ?

— Que cela n'avait aucun sens ! Qu'il n'était intéressé que par les documents trouvés sur Richard. Que ce dernier devait être à la solde des Français. Lui et mon oncle tombèrent d'accord pour que l'affaire soit classée.

— Vous souvenez-vous de son nom ?

— Crawley, je crois.

Harry eut un mouvement de répulsion.

— Crawley... Oui, bien sûr ! Ce stupide bouffon. Il ne risquait pas d'enquêter.

— Pourquoi ?

— C'était un fou.

— Était ?

— Oui. Il est mort il y a un an. C'était un idiot qui ne connaissait rien de rien à l'espionnage ! Il trouvait cela indigne du gentleman qu'il croyait être... Par là même, il était dans l'incapacité de reconnaître un message codé d'un poème en latin ! Damnation...

Augusta, songeuse, posa son menton dans sa paume.

— Pensez-vous que ces vers soient codés ?

— Sans aucun doute. Demain matin, je me plongerai dans leur décryptage, assura Harry en repliant soigneusement le billet.

— Peut-être est-ce un message que Richard transportait... Peut-être provenait-il d'un espion anglais et non d'un agent français.

— Cela n'a aucune importance, Augusta. Je me moque de savoir ce que votre frère a fait, il y a deux ans. Je ne le juge pas. Vous avez ma parole.

— Je veux bien vous croire, admit Augusta, soulagée de voir Harry se conduire avec autant d'élégance.

— Vous avez froid, ma chérie. Venez vite vous mettre sous l'édredon !

Harry souffla la chandelle et la prit dans ses bras. Ils restèrent ainsi, blottis l'un contre l'autre, pendant un long moment. Augusta était incapable de trouver le sommeil, mais elle ne se demandait plus si elle avait eu raison ou non de donner le poème à Harry.

Aux premières lueurs de l'aube, Augusta sentit, dans un demi-sommeil, son mari se glisser hors du lit. Elle ne bougea pas d'un pouce. Elle l'entendit s'emparer du billet et quitter la chambre sur la pointe des pieds.

Elle s'obligea à attendre le petit matin pour se lever à son tour et se préparer en vue de cette longue journée.

Une journée qui s'annonçait pluvieuse.

Harry réapparut pour le petit déjeuner, se servit copieusement d'œufs brouillés et de rognons, avant de redisparaître dans la bibliothèque. Il n'avait pas dit un mot, et tout le monde dans la maison devina qu'il valait mieux que nul ne se mêle de ses affaires et qu'il était préférable de filer doux.

— Papa était comme ça quand il était plongé dans un de ses manuscrits, expliqua Meredith à Augusta. Ne prenez pas cela comme une offense.

— Je vois... J'essayerai de m'en souvenir, répondit-elle en souriant intérieurement.

— Nos invités arrivent dans trois jours, non ? dit Meredith, les yeux brillant d'impatience.

— Absolument. Et miss Appley viendra sans doute cet après-midi finir votre robe. Rappelez à votre tante d'écourter les leçons. La couturière aura beaucoup de travail avec nous trois.

— D'accord, Augusta, approuva Meredith avant de se rendre à la salle de classe.

Enfin seule, Augusta but lentement son café, ouvrit son courrier et lut les derniers journaux de Londres. Quand elle eut terminé, elle appela la gouvernante et le majordome pour s'entretenir avec eux des extras à engager pour la réception.

La porte de la bibliothèque resta fermée toute la matinée. Aucun son n'en sortait.

N'y tenant plus, Augusta ordonna que l'on selle sa jument et monta revêtir son amazone. En redescendant, elle croisa le majordome qui arborait un air ennuyé.

— J'ai l'impression, madame, qu'il va pleuvoir.

— Ne vous inquiétez pas, Steeples. Un peu de pluie ne me fera pas de mal !

— Êtes-vous certaine de ne pas vouloir qu'un valet vous accompagne ? demanda Steeples, la mine allongée. Je sais que Sa Seigneurie n'apprécie guère que vous montiez seule...

— Steeples, nous sommes à la campagne ! Je ne risque rien. Dites à mon mari que je rentrerai tard.

Steeples inclina la tête, sans cacher sa profonde désapprobation.

— Comme milady voudra !

Augusta pesta en montant sa jument. A Graystone, il était difficile de plaire même au majordome.

Elle galopa pendant presque une heure, jusqu'à ce que son esprit soit libéré. Les cieux tourmentés promettaient un bel orage. Et Augusta aimait les orages. Elle offrit son visage au vent et aux premières gouttes de pluie, se sentant enfin revivre.

Le grondement du tonnerre la surprit. Il était trop tard pour rejoindre le manoir, et elle décida de gagner une petite ferme en ruine qui se trouvait à proximité.

Augusta mit sa jument à l'abri et l'attacha. Puis elle alla se réfugier dans la seule pièce dont les murs tenaient encore debout et regarda la pluie tomber sur le vallon. Il s'écoula une bonne vingtaine de minutes quand brusquement Augusta vit, surgissant de la tempête, un cavalier. Le cheval, lancé au galop, bravait les éclairs et le tonnerre.

L'animal s'arrêta pile devant les ruines, et Harry en descendit, trempé.

— Par tous les diables ! Que faites-vous là au milieu de l'orage ? hurla-t-il en tentant de calmer l'étalon. Décidément, jeune femme, vous avez dix ans d'âge mental ! Où est votre jument ?

— Derrière, à l'abri.

— J'y conduis mon cheval et je reviens...

Quelques minutes plus tard, Harry réapparut, apportant avec lui du petit bois trouvé dans l'étable, puis enleva ses vêtements ruisselants.

— Pouvez-vous m'expliquer ce qui vous a pris ?

Augusta se recroquevilla, avec la brusque sensation que la pièce semblait moins grande maintenant que Harry y dressait sa haute stature.

— J'ai eu envie de me promener à cheval...

— Par ce temps ? s'étonna Harry en vidant l'eau de ses bottes. Et sans valet ?

— Je ne croyais pas en avoir besoin. Comment m'avez-vous retrouvée ?

— Steeples a regardé dans quelle direction vous partiez, et quelques fermiers vous ont vue passer. C'est eux qui m'ont suggéré de venir par là. C'est la seule ruine à des kilomètres à la ronde !

— Quel esprit de déduction, milord ! Mais vous voyez, je suis saine et sauve...

— Là n'est pas la question, madame ! Manquez-vous de jugement à ce point ? On ne monte pas par temps d'orage, protesta Harry en tentant d'allumer le feu. Si vous ne pensez pas à vous, pensez au moins à Meredith !

— A Meredith, pourquoi ? S'est-elle inquiétée ? s'étonna Augusta.

— Non. Elle ignore ce que vous avez fait.

— Alors, je ne vois...

— Vous êtes un mauvais exemple !

— C'est idiot, puisqu'elle ne sait pas...

— Heureusement.

— Oh ! Je comprends... Toutes mes excuses, milord ! Je suis en effet un piètre exemple. Typique des Ballinger du Northumberland. Que n'ai-je été une Ballinger du Hampshire !

Harry se releva, une lueur mauvaise dans le regard. Augusta recula.

— Allez-vous cesser de faire endosser vos défauts à votre famille !

Augusta frémit devant la colère de son mari. Soudain, elle comprit que cette querelle n'était pas uniquement motivée par sa promenade à cheval.

— Certes, milord. C'est clair.

Il passa ses doigts dans sa chevelure humide en un geste de frustration.

— Et cessez de vous tenir comme la dernière des Northumberland, derrière vos remparts, prête à affronter l'ennemi... Je ne suis pas votre ennemi !

— Vous agissez comme tel, pourtant. Comptez-vous me faire la morale tout le reste de notre vie ? Cela risque de devenir ennuyeux, à la fin !

Harry se retourna pour voir si le feu prenait.

— Alors contrôlez vos impulsions.

— Désolée de vous avoir fait courir sous l'orage, Harry, mais vous feriez mieux de me dire ce qui vous tourmente, non ? Avez-vous découvert quelque chose dans le poème de Richard ?

Harry lui fit face, une expression tourmentée sur le visage.

— Nous étions convenus que vous n'étiez en rien responsable des actions de votre frère...

Non ! Ce n'est pas possible ! Richard, tu ne peux être un traître ! songea Augusta qui, aussitôt, retrouva son calme.

— Qu'avez-vous trouvé ? demanda-t-elle sèchement.

— Il semble que ce fameux Spider ait été un membre du *Club de l'épée.*

Augusta fonça les sourcils.

— Je n'ai jamais entendu ce nom.

— Ce n'est guère surprenant. C'était un petit club réservé aux officiers, qui ne se trouvait même pas dans St. James Street. Et qui a été détruit par le feu, il y a deux ans, je crois.

— Je n'ai jamais entendu Richard dire qu'il en faisait partie.

— Peut-être n'en faisait-il pas partie, mais il a découvert que Spider en était membre. Il est dommage qu'il n'ait pas aussi révélé son identité dans son poème.

— Mais si vous aviez la liste des membres, vous pourriez sans doute découvrir qui il est ? N'est-ce pas ?

— Tout à fait. Vous êtes très forte.

— Peut-être ai-je manqué ma vocation... Peut-être aurais-je fait un excellent agent, milord.

— N'y pensez pas, mon cœur. Cette seule idée me donne la chair de poule !

— Qu'allez-vous faire, maintenant ?

— Des recherches. Rencontrer l'ancien propriétaire, lui demander la liste des membres ou s'il se souvient de leurs noms. Peut-être pourrai-je en retrouver quelques-uns.

— Vous semblez déterminé !

— En effet.

Augusta sentit toute l'émotion contenue dans ces deux mots, et elle en eut froid dans le dos. Elle fixa le feu qui prenait derrière Harry.

— Après avoir étudié ce poème, êtes-vous toujours aussi persuadé de la culpabilité de Richard ? demanda-t-elle fiévreusement.

— Je ne sais quoi penser. Il a pu vouloir porter ce billet aux autorités...

— Je vois. Votre honnêteté vous empêche de vous prononcer... Je me ferai ma propre opinion.

Harry inclina la tête, gravement.

— Vous avez raison. Que Richard soit coupable ou non importe peu.

— Croyez-vous ? Je continuerai à le soutenir, comme il l'aurait fait pour moi. Nous, les Ballinger du Northumberland sommes solidaires pour le meilleur et pour le pire ! Je n'abandonnerai aucun des membres de ma famille, même mort !

— Vous avez une nouvelle famille, Augusta, souffla Harry.

— Je ne le pense pas. J'ai une belle-fille qui se refuse à m'appeler maman parce que je ne suis pas aussi jolie que la sienne... et j'ai un mari qui n'ose m'aimer, tant il craint que je ne ressemble à sa première femme !

— Mon Dieu, Augusta ! Cette enfant est jeune. Laissez-lui le temps...

— Et vous, Harry, combien de temps vous faudra-t-il pour décider que je ne suis pas comme les autres ?

En une enjambée, il fut contre elle, la serrant dans ses bras avec toute la tendresse dont il était capable.

— Diable ! Augusta... Que voulez-vous de moi ?

— Je veux ce que j'ai eu dans mon enfance, une vraie famille ! Je veux de l'amour, des rires et toute votre confiance ! s'écria-t-elle en larmes.

Harry la serra encore plus fort.

— S'il te plaît, ma chérie. Ne pleure pas. Tu verras, tout ira bien maintenant. C'est à cause de ce poème... Mais rien n'est changé entre nous.

— Oui, renifla Augusta.

— Ma chérie, reprit-il plus calmement, j'aimerais à l'avenir qu'on ne compare plus nos deux familles. D'accord, les Graystone sont d'un naturel ennuyeux, insensible. Mais cela ne m'empêche pas d'être très attaché à vous, et Meredith finira par vous accepter pour maman.

Augusta renifla une ultime fois, puis redressa la tête.

— Bien sûr ! Je suis désolée d'avoir pleuré. Je ne sais pas ce qui m'a pris... L'orage, sans doute...

Harry sourit et lui tendit un mouchoir.

— Sans doute. Venez vous réchauffer près du feu, le temps que la tempête se calme. Et racontez-moi la fête que vous allez donner.

— Oh ! Ce n'est qu'une petite réception pour distraire une jeune femme frivole... J'espère que vous n'allez pas discuter...

— Augusta ! coupa Harry.

— Désolée, milord, je plaisantais. Parlons plutôt du menu pour le souper que j'ai prévu à la fin du bal...

Harry, à ces mots, prit un air rêveur.

— ... Il y a bien longtemps qu'un bal n'a été donné à Graystone ! J'ai du mal à imaginer...

Les invités commencèrent à arriver tôt dans l'après-midi. Augusta se conduisait en parfaite hôtesse, veillant à ce qu'ils soient bien installés, tout en donnant ses dernières directives aux cuisines et aux domestiques pour qu'ils préparent rapidement quelques chambres d'invités supplémentaires.

Meredith était à ses côtés, l'air sérieux, observant tous ces préparatifs.

— Cela me paraît bien compliqué, non ? demanda l'enfant. Tant de travail pour une fête !

— Bien sûr ! Il est difficile d'obtenir que les choses aient l'air d'aller de soi. Ma mère était parfaite à ce jeu-là. Les Ballinger du Northumberland ont toujours adoré les festivités !

— Ce n'est pas le cas de papa, répliqua Meredith.

— J'espère qu'il s'y fera.

L'après-midi était bien avancé lorsqu'un phaéton arriva, tiré par deux beaux chevaux gris. Augusta, Meredith et la gouvernante, Mrs. Gibbons, se tenaient en haut des marches du perron.

— Je crois, madame Gibbons, déclara Augusta en voyant descendre Peter Sheldrake du gracieux attelage et tendre les rênes au valet, que nous pourrions mettre Mr. Sheldrake dans la chambre jaune.

— A côté de celle de miss Ballinger, madame ? nota la gouvernante sur son carnet.

— Absolument, acquiesça Augusta en venant à la rencontre de Peter. Comme c'est bon de vous revoir, monsieur Sheldrake ! J'espère que la campagne ne vous ennuie pas... Graystone m'a laissé entendre que vous y seriez allergique ?

Une flamme amusée dansait dans les beaux yeux bleus de Peter, tandis qu'il se courbait pour baiser la main d'Augusta.

— Madame, vous avez ma parole que je ne me cacherai point dans un coin de votre salon pour y soupirer d'ennui ! J'ai cru comprendre que votre cousine nous honorerait de sa présence ?

— Elle est arrivée avec son père il y a une heure environ, répondit Augusta avec un petit sourire narquois. Vous connaissez la fille de Graystone, je présume ?

— Je ne l'avais vue qu'une ou deux fois, et j'avais oublié comme elle était jolie ! Quelle charmante toilette, lady Meredith, complimenta Sheldrake.

— Merci, répliqua l'enfant fascinée par le phaéton vert qui brillait au soleil. Quel magnifique attelage, monsieur !

— J'en suis assez content, en effet, admit Peter. J'ai gagné une course avec, le week-end dernier. Aimeriez-vous que je vous emmène faire un tour plus tard ?

— Oh, oui ! souffla Meredith. Rien ne me ferait plus plaisir.

— Alors j'en prends note.

— J'adorerais vous accompagner, intervint Augusta, mais comme vous le savez, Graystone n'appréciera pas ce manquement aux convenances... et il trouvera cela dangereux de surcroît.

— Vous ne courrez aucun danger avec moi, assura Peter. J'irai très doucement.

Augusta éclata de rire.

— Et alors, où serait l'amusement, l'excitation ?

— Si votre mari vous entendait ! Pour Graystone, l'excitation consiste à découvrir le sens d'un nouveau passage dans Cicéron ou Tacite !

Meredith changea de visage.

— Est-ce vraiment dangereux, monsieur Sheldrake ?

— Seulement si on le conduit à tombeau ouvert... Seriez-vous effrayée ?

— Non. Mais papa défend que je fasse des choses dangereuses !

Augusta regarda sa belle-fille.

— J'ai une idée, Meredith. Si nous évitions de dire à votre père à quelle allure ce phaéton a roulé ?

— Très bien, admit-elle sérieusement. Mais si papa me le demande, je serai obligée de lui dire la vérité.

Augusta fronça le nez.

— Oui, bien sûr ! Et vous m'en ferez porter toute la responsabilité...

— Qu'est-ce que c'est ? Une conspiration ? demanda Harry, amusé, en descendant les marches. Si Sheldrake s'avise d'emmener quelqu'un là-dedans, il aura affaire à moi !

— Quelle horreur ! s'esclaffa Peter. Vous n'avez pas la réputation de pardonner les erreurs... Graystone.

— Tant mieux. Je suis certain que Mrs. Gibbons se fera un plaisir de vous montrer votre chambre, Sheldrake. Lorsque vous vous serez rafraîchi, venez me rejoindre dans la bibliothèque. J'ai quelque chose à vous confier.

Meredith fixait son père d'un œil anxieux.

— Pourrai-je vraiment faire un tour avec Mr. Sheldrake, dans son superbe phaéton ?

Harry sourit à Augusta par-dessus la tête de l'enfant.

— Je suppose que Sheldrake a assez de bon sens pour ne pas risquer la vie des deux êtres que j'aime le plus au monde.

Augusta fut heureuse de cette marque d'affection et rougit malgré elle.

— Peut-être que papa nous en achètera un ? s'enquit Meredith pleine d'espoir.

— Ne sois pas ridicule ! grommela Harry. Dépenser de l'argent dans quelque chose d'aussi frivole ! Je suis déjà au bord de la banqueroute avec les dépenses d'Augusta et les tiennes !

Meredith devint pâle et regarda sa robe et les somptueux rubans qui l'ornaient.

— Papa, je suis désolée ! Je ne savais pas que cela coûtait si cher !

— Meredith ! Votre père nous taquine, et d'une façon honteuse ! Nous n'avons en aucune façon touché à son capital, et je suis certaine qu'il adore nos toilettes... n'est-ce pas, Graystone ?

— Elles valent tous les trésors du monde, bien entendu, reprit galamment Harry.

Meredith parut soulagée et reporta son attention sur l'attelage.

— C'est le plus beau phaéton que j'aie jamais vu ! dit l'enfant absolument subjuguée.

— J'ai l'impression que ma fille développe un certain goût pour l'aventure, non ? Tiendrait-elle de sa mère ? demanda-t-il en riant.

Augusta ne sembla apprécier qu'à moitié la plaisanterie.

14

— Je dois dire, Graystone, que le mariage vous va bien ! déclara Peter en se servant un verre de bordeaux.

— Merci, Sheldrake. Je prends cela comme un compliment, car peu d'hommes survivraient à Augusta !

— Cela demande une bonne dose d'énergie, je suppose ? Et je trouve en vous un léger changement, non ? Qui vous aurait cru capable de donner ce genre de fête !

— Oui, qui en effet ? soupira Graystone. Mais Augusta est si contente...

— Et vous êtes heureux de lui faire plaisir. Amusant ! Je vous avais dit qu'elle ne pouvait que vous apporter du bon.

— Je l'admets. Où en êtes-vous avec l'autre miss Ballinger ?

— J'ai réussi à attirer son attention. Ça n'a guère été facile. L'Ange peut être un démon parfois ! Heureusement, ce brave Scruggs m'a aidé à connaître ses goûts, ses opinions... Le nombre de romans que j'ai dû ingurgiter pour pouvoir briller dans les salons ! J'ai même dû me pencher sur une de vos études...

— Très honoré. En parlant de Scruggs, comment va Sally ?

Peter redevint subitement grave.

— Je crains qu'elle n'en ait plus pour très longtemps. Mais les recherches sur Lovejoy l'ont passionnée.

— J'ai reçu votre dernière lettre qui ne mentionnait rien d'important.

— Son passé est sans tache, c'est certain. Aucune famille. Son domaine est bien géré, bien que Lovejoy n'y prête guère attention. Quelques actions dans les mines. Il a eu une brillante carrière d'officier, il aime jouer aux cartes, il plaît aux femmes, n'a pas d'amis... C'est tout !

Harry se servit un verre de vin à son tour.

— Encore un de ces ex-officiers qui essaye de tromper son ennui en jouant aux dames ! ironisa-t-il.

— Sans doute espérait-il vous provoquer en duel. Certains hommes raffolent de ce sport ! dit Peter en faisant la grimace.

— Possible. Je pencherais plutôt pour le fait qu'il ait voulu m'empêcher d'épouser Augusta. Il voulait la discréditer à mes yeux...

— Peut-être la voulait-il pour lui ?

— Sally m'a juré qu'il ne s'intéressait pas à elle auparavant.

— Il y a des hommes qui ne veulent que les femmes des autres, lui rappela Peter.

Harry, perdu dans ses pensées, ne releva pas.

— Merci, Sheldrake. J'ai quelque chose à vous dire de fort intéressant... J'ai trouvé une partie de l'énigme Spider !

— Par tous les diables ! s'écria Peter qui faillit briser son verre d'émotion. Qu'avez-vous découvert sur ce bâtard ?

— Il était membre de l'ancien *Club de l'épée*. Vous vous souvenez ?

— Mais il a brûlé il y a bien deux ans, non ?

— Exactement, approuva Graystone en sortant le poème d'un tiroir. Il nous faudrait la liste des anciens membres.

— Ah ! Vous ne cesserez de m'étonner. Puis-je vous demander où vous avez trouvé cela ?

— Non. Il vous suffira de savoir que vous auriez pu avoir ce billet il y a deux ans, si Crawley n'avait pas fait obstruction.

Peter ne put retenir un juron.

— *Crawley !* Cet abruti...

— Hélas !

— Bon, ce qui est fait est fait. Dites-moi ce que cela signifie ?

Harry se mit à faire les cent pas, les mains derrière le dos, cherchant ses mots.

Betsy tentait d'agrafer le fermoir du collier de rubis de sa maîtresse, quand des coups furent frappés à la porte. Elle alla ouvrir et se rembrunit en voyant la jeune Melly montrer des signes d'affolement.

— Qu'y a-t-il ? demanda Betsy avec impatience. Sa Seigneurie est pressée d'aller retrouver ses invités !

— Désolée de vous déranger. C'est miss Fleming... Sa Seigneurie voulait que je l'aide à s'habiller ce soir, mais miss Fleming refuse tout net ! Je crois qu'elle a la frousse...

A ces mots Augusta se retourna vivement, entraînant ses jupes de moire dorée en un joli mouvement.

— Que se passe-t-il, Melly ?

— Miss Fleming veut pas porter sa nouvelle robe... Elle dit que la couleur lui va pas !

— Je vais lui parler. Betsy, viens avec moi ! Melly va aider les autres.

Augusta se précipita chez Clarissa, manquant de heurter un jeune homme portant la livrée noir et argent des Graystone, qu'elle n'avait jamais vu.

— Mais qui êtes-vous ?

— Pardon, Votre Seigneurie. Je suis le nouveau valet, Robbie. J'ai été engagé il y a deux jours, pour le bal.

— Je vois. Descendez vite aux cuisines, ils ont besoin d'aide !

— J'y cours, Votre Seigneurie.

Quand Augusta se retrouva devant la porte de miss Fleming, elle se mit à tambouriner.

— Clarissa ? Qu'est-ce qui se passe ? Ouvrez. Nous n'avons plus beaucoup de temps !

Clarissa daigna enfin ouvrir, pas encore habillée et faisant triste figure.

— Je ne viendrai pas, madame. Ne m'en veuillez pas.

— Quelle idiotie ! Vous viendrez. Avez-vous oublié que je devais vous présenter mon oncle, ce soir ?

— Impossible, madame.

— C'est votre robe, n'est-ce pas ? Choisissez-en une autre.

Clarissa se mit à pleurer.

— Aucune ne va !

— Laissez-moi regarder, dit Augusta en ouvrant la porte de la garde-robe qui révéla un échantillon chatoyant de robes de bal.

— Exactement ce que j'avais commandé.

— Ce que *vous* aviez commandé ! Madame, je comprends que vous me donniez votre opinion, mais de là à choisir les couleurs ! J'avais bien dit à cette idiote de couturière que je n'aimais que les teintes sombres !

— Cette robe améthyste est parfaite, riposta Augusta. Vous serez divine dedans ! Faites-moi confiance... Allez, dépêchez-vous. Betsy va vous aider.

— Je ne peux porter une telle tenue ! hurla Clarissa, affolée.

Augusta la fixa avec sévérité.

— Rappelez-vous deux choses, miss Fleming. La première est que vous faites partie de notre famille et Graystone apprécierait que vous soyez vêtue en conséquence... Vous ne voudriez pas l'indisposer ?

— Oh ! Mon Dieu, non... Mais...

— La seconde est que mon oncle, tout homme de lettres qu'il soit, est habitué au style élégant de Londres.

Elle était persuadée que son oncle serait bien embarrassé de remarquer ne serait-ce qu'une seule toilette, mais elle voulait que Clarissa fasse tout de même bonne impression.

Ce que cette dernière souhaitait aussi, d'ailleurs. Il ne suffisait pas d'une complicité intellectuelle, elle devait aussi plaire.

— Je comprends, dit enfin Clarissa. Je ne pensais pas que votre oncle eût une opinion sur les toilettes féminines...

— C'est normal, souffla Augusta. Il a passé sa vie à étudier les Anciens... Songez à Cléopâtre, à ses drapés !

— Oh ! Je vois ce que vous voulez dire...

Augusta sourit.

— Cette robe sera parfaite. Betsy arrangera vos cheveux à la grecque. Vous ressemblerez à l'une de ces déesses de l'Antiquité ce soir !

— Vraiment ?

— N'est-ce pas, Betsy ?

La soubrette fit une petite révérence.

— Absolument, madame !

— Je compte sur vous. Je dois me sauver maintenant. Sa Seigneurie doit se demander où je suis passée.

Augusta grimpa quatre à quatre les marches et fit irruption dans sa chambre où l'attendait Harry, l'air furieux.

— Où étiez-vous, madame ?

— Je suis désolée, Harry, s'excusa Augusta en découvrant combien son mari était élégant dans son habit de soirée. Clarissa ne voulait pas s'habiller. J'ai dû lui dire que vous vous attendiez à ce qu'elle soit très élégante.

— Je n'ai que faire de la tenue de Clarissa !

— N'en parlons plus. Où est Meredith ? Je lui avais dit de venir à la demie, pour que nous puissions descendre ensemble.

— Idiotie ! Meredith est trop jeune.

— Idiotie ! Elle a aidé à la préparation de ce bal, il est normal qu'elle soit là. Mes parents me permettaient de descendre et me présentaient aux invités. Ne vous inquiétez pas, elle sera au lit de bonne heure.

Harry prit un air dubitatif, mais renonça à se battre pour si peu. Son regard s'abaissa enfin sur la somptueuse toilette de sa femme.

— J'ai l'impression, madame, que le décolleté de votre robe est un peu trop échancré, non ?

— La couturière a eu un malheureux coup de ciseaux et n'a pas eu le temps de réparer, milord, expliqua brièvement Augusta.

— Un coup de ciseaux, s'étonna Harry en s'approchant jusqu'à toucher un de ses seins.

— Cessez, Harry !

Il s'arrêta, le regard brillant.

— Je crois que l'idée vient de vous, et je m'en assurerai !

Augusta battit des cils, puis éclata de rire.

— Allez-vous prendre mes mesures, monsieur ?

— Très soigneusement.

Un coup frappé à la porte évita à Augusta de répondre. Elle ouvrit et trouva Meredith qui se tenait sur le seuil, l'air sérieux, dans sa robe de dentelle blanche agrémentée de nœuds.

— Mon Dieu ! Meredith, vous êtes exquise ! N'est-ce pas, milord ?

— Un diamant de la plus belle eau ! Les femmes de ma vie vont, ce soir, éclipser toutes les autres !

Meredith reprit des couleurs sous les compliments de son père.

— Vous êtes très beau aussi, papa ! Et vous aussi, Augusta.

— Alors, descendons accueillir nos invités, conseilla Harry.

Ils prirent le grand escalier en se tenant tous trois par la main, et pour Augusta ce fut un pur moment de bonheur.

— Nous formons une vraie famille, souffla-t-elle à son mari en entrant dans le salon, où nombre de personnes se pressaient.

Harry lui jeta un étrange regard, mais déjà Augusta se mêlait aux invités, passant de l'un à l'autre, présentant Meredith, s'assurant que chacun avait à boire.

Enfin, elle put rejoindre le groupe formé par Harry, sir Thomas, Claudia et Sheldrake.

Peter parut soulagé de la voir.

— Merci, madame, d'être là ! Je commençais à me perdre dans les détails de la guerre de Troie...

Claudia, toujours aussi évanescente, portait ce soir-là une longue robe de gaze azur, mêlée de fils d'argent.

— Je crains que père et Graystone ne soient partis dans leur sujet favori. Mr. Sheldrake bâille d'ennui...

— Non, miss Ballinger, pas en votre présence ! Mais les infimes détails de batailles oubliées ne font pas partie des sujets qui me passionnent.

Augusta regarda sa cousine s'empourprer.

— Meredith et moi avons des discussions passionnantes sur certains points d'Histoire, n'est-ce pas, ma chérie ?

Le visage de l'enfant s'éclaira tout à coup.

— Oh ! oui... Augusta m'a fait remarquer quelque chose à propos de la Pléiade...

Sir Thomas cessa de parler et fixa Meredith.

— Et de quoi s'agit-il, petite ?

— Du rôle des femmes. A cette époque, elles se battaient avec autant de fierté et de courage que les hommes qui avaient appris, d'ailleurs, à les redouter. Elle dit que leurs exploits ne sont pas assez connus, et tante Clarissa est d'accord !

Un ange passa.

— Mon Dieu ! murmura sir Thomas. Je n'y avais jamais pensé.. Quelle singulière idée !

Harry fronça les sourcils.

— J'admets que je n'avais jamais vu l'Histoire sous cet angle !

Meredith hocha la tête, d'un air grave.

— Et les monstres, papa. Les Sirènes, Circé, la Méduse et les autres...

— Les Amazones, ajouta Claudia pensive. Dieu sait si les Anciens les ont combattues ! Et on nous raconte que les femmes sont le sexe faible !

— Je n'ai jamais sous-estimé les femmes, riposta Peter, une petite étincelle dans le regard.

— Moi non plus, dit Harry. Mais je préfère les femmes douces dans l'ensemble...

— C'est plus facile ! riposta Augusta.

Sir Thomas paraissait songeur.

— Vous savez, Graystone, c'est une idée intéressante. Curieuse, mais intéressante ! Nous ne savons que peu de choses sur ces femmes de l'Antiquité... Quelques noms de reines... Quelques bribes de poésie, bien sûr.

— Comme les poèmes de Sappho, intervint Augusta.

— J'ignorais que vous lisiez cela ! s'étonna Harry.

— Je suis de nature frivole, monsieur, plaisanta Augusta.

— D'accord, mais Sappho !

— Elle a parfaitement décrit les sensations amoureuses...

— Bon sang ! Elle n'écrivait que pour les femmes... Harry s'arrêta net en voyant les yeux écarquillés de sa fille.

— Je suppose que l'amour est universel, remarqua Augusta pensive. N'est-ce pas, milord ?

— Le sujet est clos.

— Bien sûr, milord, répondit Augusta en voyant Clarissa arriver. Oh ! Regardez... Miss Fleming ! N'est-elle pas éblouissante ce soir ?

Tous se retournèrent pour voir la nouvelle arrivante qui se tenait, hésitante, au milieu des invités. Sa robe de satin améthyste et son chignon lui seyaient à la perfection. Elle se tenait très droite, prête à affronter le danger.

— Incroyable ! laissa tomber Harry stupéfait. Jamais vu tante Clarissa comme ça...

Sir Thomas était saisi. Il murmura.

— Augusta, qui avez-vous dit que c'était ?

— Une Graystone. Fort intelligente. Vous allez la trouver intéressante, à n'en point douter, mon oncle... Elle fait des recherches sur le sujet que nous venons d'aborder...

— Vraiment ? J'aimerais beaucoup lui parler.

Augusta ne put s'empêcher de sourire.

— Certainement. Je vais aller la chercher.

— Bonne idée, marmonna sir Thomas.

Augusta se précipita sur Clarissa, avant que celle-ci, cédant à la panique, ne veuille regagner sa chambre.

— Je dois avouer, Augusta, que ta réception est brillante ! déclara Claudia le lendemain soir, alors que les deux cousines fendaient la foule qui s'était amassée dans la salle de bal. Cet après-midi sur la plage a été très amusant.

— Merci.

Les musiciens attaquaient une ballade folklorique, et les danseurs envahissaient la piste. D'élégants Londoniens se mêlaient à l'aristocratie locale. Tout le voisinage, à plusieurs lieues à la ronde, avait en effet été convié. Et un superbe buffet avait été dressé avec du champagne en abondance.

Parfaitement consciente que c'était l'événement de la saison, Augusta avait tenu à ce que tout soit parfait. Le résultat était au-delà de ses espérances. Le sens de la fête des Ballinger du Northumberland coulait bel et bien dans ses veines.

— Je suis si contente que toi et oncle Thomas vous ayez pu venir. Je voulais tant vous remercier de ce que vous avez fait pour moi, depuis la mort de Richard !

— Non, Augusta. C'était normal.

— Vous avez été si gentils avec moi. Je crains de n'avoir su montrer ma gratitude.

— Tu nous as remerciés d'une telle façon ! Je le comprends seulement maintenant...

— J'ai été un boulet pour vous.

— Ne redis jamais cela ! Tu as pu être surprenante, expansive, mais jamais une charge. Tu nous rendais la vie facile et drôle ! Tu m'as introduite dans le monde. Tu m'as fait connaître *Pompeia* et lady Arbuthnott... et Peter Sheldrake.

— Ah ! Ce cher Mr. Sheldrake qui n'a d'yeux que pour toi ! Comment le trouves-tu ?

Claudia se mit à fixer les rubans de satin de ses mules du soir.

— J'ai peur de le trouver tout à fait charmant... en dépit de ses taquineries. Je subodore que sous ses dehors machiavéliques, c'est un homme intelligent. Il cache son côté sérieux.

— Certes. C'est un ami de Graystone, après tout. Moi, je l'aime beaucoup. Vraiment. Je trouve que vous iriez très bien ensemble.

— Tu pars du principe que les contraires s'attirent ?

— Oui, regarde mon mariage ! Graystone est mon opposé.

— En effet. Es-tu heureuse, Augusta ?

Augusta hésita, ne voulant pas entrer dans une discussion qui s'avérerait difficile. Ses sentiments étaient trop complexes, trop nouveaux... Elle ignorait si elle arriverait un jour à obtenir ce qu'elle voulait de Harry. Apprendrait-il enfin à l'aimer comme elle le désirait ? Apprendrait-il à lui faire confiance ?

— Augusta ? insista Claudia !

— J'ai tout ce qu'une femme peut désirer, répondit enfin Augusta.

— Bien sûr ! Le comte est un beau parti, dit Claudia, hésitante. Mais je me demandais si tu avais à redire...

— Sur le mariage ou sur les maris en général ? Claudia ! Serais-tu en train de penser au mariage, toi aussi ?

La rougeur de sa cousine passa inaperçue dans la pénombre de la terrasse où leurs pas les avaient conduites. Et sa voix d'ordinaire si posée devint aiguë.

— Je n'ai eu aucune demande. De toute façon, Sheldrake devrait en faire part à père auparavant.

— Comme Graystone ! Quelle drôle d'idée. (Augusta se prit à rire.) Mr. Sheldrake n'est pas aussi vieux jeu... Je parie qu'il te le demandera d'abord à toi.

— Tu crois ?

— Absolument. Que voulais-tu savoir sur les maris ?

— Eh bien...

— La première chose à savoir, reprit Augusta d'un ton docte, c'est qu'ils veulent être les maîtres à bord. L'idée d'un maréchal de camp donnant ses ordres à son capitaine d'épouse n'est pas pour leur déplaire...

— Je vois. Ce n'est guère encourageant.

— Si, si. Mais il faut savoir que les hommes sont un peu lents d'esprit...

— Lent d'esprit ? Graystone ? Lui si intelligent et cultivé !

Augusta balaya l'objection d'un geste de la main.

— Évidemment, pour citer la date exacte de la bataille d'Actium, il est imbattable ! Mais pour comprendre ce que c'est que de diriger une maison, il n'a guère de sens commun !

— Peut-être. Maintenant que j'y songe... Père est toujours plongé dans ses études et n'entend rien à la charge d'une maison, mais il croit dur comme fer qu'il en est le chef.

— C'est un trait propre à tous les hommes. Et les femmes ne font rien pour les détromper, car c'est le seul moyen qu'elles aient pour qu'ils soient toujours aimables.

— Fascinant !

— Oui, n'est-ce pas ? Le second trait est leur aptitude à régenter les femmes de leur entourage : leur décolleté est trop plongeant, elles partent à cheval sans valet, la forme de leur nouveau chapeau...

— Augusta !

— De plus, je préviendrais toute femme tentée par l'idée de se marier que ces messieurs sont volontiers bornés et têtus et qu'ils s'accrochent à leur opinion comme la pauvreté sur le monde ! Et comme ils ne sont guère aptes à s'en faire une nouvelle...

— Augusta !

Augusta leva sa main gantée. Elle n'en avait pas fini.

— Je conseillerais à toute femme désirant se marier de choisir son futur époux comme elle choisirait un cheval.

— *Augusta !*

— Que le sang soit bleu, la dentition bonne. Évite ceux qui ont tendance à botter ! Les paresseux, les butés, les fortes têtes ne sont pas non plus à conseiller ! En résumé, choisis-en un que tu puisses mener à la longe...

Claudia réprima une formidable envie de rire.

— Augusta ! hoqueta-t-elle enfin. Juste derrière toi...

Le sentiment d'un imminent désastre tomba sur Augusta. Elle se retourna doucement et vit Harry et Peter Sheldrake qui se tenaient à cinq pas de là. Peter avait du mal à cacher son amusement.

Harry, quant à lui, s'appuyait négligemment contre un tronc d'arbre et l'écoutait avec un intérêt poli. Mais son regard paraissait légèrement soupçonneux.

— Bonsoir, ma chère ! Je vous en prie, continuez... Nous ne voudrions pas vous interrompre !

— Ce n'est rien, riposta Augusta avec l'aplomb de Cléopâtre face à César. Nous discutions des qualités d'un bon cheval, n'est-ce pas, Claudia ?

— Oui, répondit rapidement cette dernière. C'est exact. Augusta est devenue une autorité en la matière. Elle me contait par le détail leur dressage, leurs qualités...

Harry acquiesça.

— Augusta ne cessera de m'étonner. Elle connaît tant de choses sur des sujets si divers ! dit-il en tendant la main vers sa femme. Je crois que l'orchestre joue une valse, madame... Voulez-vous me faire l'honneur de cette danse ?

C'était un ordre, à n'en point douter. Augusta ne s'y trompa pas. Le bras passé sous celui de son époux, elle se dirigea vers la salle de bal.

15

— J'ignorais, ma chérie, que vous fussiez si experte en chevaux ! railla Harry en l'entraînant dans une valse.

Il regardait Augusta, et cette dernière lui apparaissait la sensualité même, si légère, si fine, si féminine... Une vague de désir le submergea, et il l'imagina reposant sur les oreillers de dentelle, les cheveux éparpillés et les yeux pleins d'un désir contenu.

Brusquement, Harry se rendit compte que jusqu'à présent, danser avait été un devoir pour lui, un devoir social auquel il avait dû se plier. Mais avec Augusta, danser devenait un plaisir.

A vrai dire, beaucoup de choses devenaient plaisantes avec Augusta.

— Harry, vous devriez avoir honte de me taquiner ainsi ! Qu'avez-vous entendu exactement ? demanda Augusta d'un air soupçonneux.

Ses joues avaient légèrement rosi, et les lumières des chandeliers faisaient briller son collier de rubis.

— Pas mal de choses et fort intéressantes, ma foi ! Avez-vous l'intention d'écrire un manuel sur l'art de dresser les maris ? s'enquit-il avec un sourire en coin.

— J'aimerais avoir ce talent. Tous mes proches, sans exception, écrivent ! Et ce genre d'ouvrage devrait connaître un grand succès.

— Certainement, madame. Mais si je ne doute point de votre talent, en ce qui concerne vos qualifications...

— Comment ? se rebella aussitôt Augusta. Mais j'ai beaucoup appris durant ces quelques semaines de mariage...

— Pas assez pour écrire un livre, rétorqua Harry d'un ton pédant. D'après ce que j'ai pu entendre, vous commettez de grossières erreurs. Vos théories sont fumeuses et votre logique est confuse... Mais n'ayez crainte, je me ferai un plaisir de continuer votre instruction, et aussi longtemps que cela sera nécessaire.

Elle le fixa, incertaine de la conduite à adopter. Puis elle prit le parti d'en rire, à la grande surprise de Harry.

— Comme c'est aimable à vous, milord ! Peu de professeurs auraient votre patience.

— Ah ! Ma chérie, je suis un homme patient. Sur bien des sujets... répondit-il alors qu'une nouvelle vague de désir le submergeait.

Il aurait voulu pouvoir lui prouver sa passion sur-le-champ.

— En parlant d'éducation, reprit Augusta, avez-vous remarqué la merveilleuse entente qui règne entre mon oncle et votre tante ? Ils sont inséparables depuis qu'ils se sont rencontrés.

Le regard de Harry survola les danseurs pour se poser sur Clarissa, resplendissante dans une robe de moire bordeaux. A l'évidence, elle entretenait sir Thomas de son sujet favori, l'Histoire enseignée aux jeunes filles. Mais ce dernier la fixait avec une lueur dans la pupille qui n'avait rien d'académique.

— J'ai l'impression très nette que vous avez manigancé cette rencontre...

— Exactement. J'étais persuadée qu'ils étaient faits l'un pour l'autre. Et maintenant, si mon autre projet prend forme, je serai satisfaite d'avoir donné cette réception.

— Quel autre projet ? Que nous préparez-vous, madame ?

— Vous le saurez bien assez vite, milord, dit Augusta avec un petit air supérieur.

— Augusta, vous complotez quelque chose... Racontez-moi ça tout de suite ! La pensée que vous êtes encore partie dans un de vos stupides projets me donne le frisson.

— Mon idée est sans danger, rassurez-vous, monsieur.

— Rien de ce que vous imaginez n'est sans danger !

— Merci, milord.

Harry grommela et l'entraîna sur la terrasse.

— Harry, où allons-nous maintenant ?

— J'ai à vous parler et je pense que le moment est bien choisi, répondit-il tout à coup sérieux.

— Quelque chose ne va pas ?

Il lui prit la main pour la conduire dans le parc à l'abri des oreilles indiscrètes.

— J'ai décidé d'accompagner Sheldrake demain, à Londres. Je voulais que vous le sachiez...

— A Londres ? Sans moi ! s'écria Augusta, outrée. Que voulez-vous dire ? Vous n'entendez pas me laisser seule, ici, à la campagne... Nous ne sommes mariés que depuis quelques semaines !

Harry avait pressenti ce genre de scène.

— Sheldrake et moi avons parlé du poème, et nous avons mis sur pied un plan d'action. Il nous faut retrouver certains des membres du *Club de l'épée.*

— Je savais que le poème était à l'origine de tout. Je le savais ! Et vous lui avez dit qui l'avait écrit ! cria-t-elle les yeux pleins de colère. Harry, vous m'aviez juré !

— Damnation ! Je ne suis pas parjure. Sheldrake ne sait rien. Il a l'habitude de travailler pour moi sans me poser de questions !

— Il travaillait pour vous ? glapit-elle. Êtes-vous en train de me dire que Sheldrake était un de vos agents ?

Harry regretta d'avoir choisi ce moment pour lui parler. Mais en discuter dans leur chambre ce soir n'était pas non plus une bonne idée, avec tous ces invités qui dormaient au manoir et qui n'auraient pas manqué d'entendre ses cris.

— Oui, mais j'aimerais que vous baissiez le ton, madame ! Quelqu'un pourrait entendre. Et ceci est une affaire privée... Est-ce clair ?

— Certes. Vous me jurez n'avoir rien dit ?

— Je vous ai déjà donné ma parole d'honneur, madame. J'apprécie votre confiance...

— Autant que moi la vôtre, rétorqua Augusta. J'en ai assez de votre suspicion ! Vous me faites penser à Némésis.

— A qui ? s'écria Harry, abasourdi par cet exemple d'intuition féminine.

— A Némésis ! Vous attendez le moindre faux pas, vous attendez que je fasse mes preuves !

— Augusta, c'est faux !

— Vraiment ? Il est vrai que vous ne me surveillez pas. Il est vrai que lorsque je contemple les portraits de vos ancêtres, je ne crains pas d'être comparée à elles. Il est vrai aussi que je ne me prends pas pour Pompeia, attendant que César la dénonce parce qu'il estime qu'elle n'est pas au-dessus de tout soupçon !

Harry, atterré, regardait sa femme en proie à une rage aveugle. Il l'attrapa par les épaules.

— Augusta ! J'ignorais que vous fussiez si perturbée par...

— Non, bien sûr ! Il est normal que vous tiquiez sur la profondeur de mon décolleté, que vous vous mettiez en colère parce que je me promène à cheval sans mon valet, que vous me culpabilisiez envers Meredith !

— Cela suffit, Augusta ! Votre imagination vous joue des tours. Cessez de lire vos romans, cela vous tourne la tête ! Et calmez-vous, vous devenez hystérique...

— Non ! cria-t-elle, les mains sur les hanches. Je ne suis pas hystérique, je n'ai point mes vapeurs, je ne perds pas mon sang-froid ! Je vais bien, Harry. Je suis juste en colère.

— C'est évident. Je dirais même que vous êtes enragée. Depuis combien de temps gardiez-vous ça pour vous ? Me comparer à César dénonçant Pompeia, j'aurai tout entendu !

— Depuis le début, milord, siffla-t-elle. J'avais pris un risque en vous épousant, car je savais que je n'obtiendrais jamais votre amour !

— Amour ? Augusta, nous étions en train de parler de confiance.

— Cette sorte de confiance découle naturellement de l'amour, Harry.

Harry lui souleva gentiment le menton. Il désirait la réconforter et, en même temps, trouvait absurde d'avoir à le faire. Il lui avait offert tout ce qu'il pouvait donner à une femme. S'il restait quelque chose, ce quelque chose était soigneusement enfermé dans les profondeurs de son cœur, et n'était pas près d'en sortir.

— Augusta, vous m'êtes très chère, je vous désire et je vous fais confiance comme à aucune autre femme. Vous avez tout ce que j'ai à donner, n'est-ce pas suffisant ?

— Non, riposta-t-elle en sortant un petit mouchoir de dentelle pour se moucher. Mais apparemment, je devrai m'en contenter. Bien, tout est dit. Après tout, je n'ai pas à me plaindre, j'étais d'accord, je connaissais les risques...

— Augusta ! Vous êtes par trop émotive. Ce n'est pas normal !

— Vous n'entendez rien aux émotions, milord ! Les Northumberland se laissent conduire par leurs émotions...

A l'évocation de ces figures du passé, le sang de Harry ne fit qu'un tour. Il attrapa fermement son épouse.

— Augusta, si vous me jetez encore une fois vos satanés ancêtres à la figure, je ne réponds plus de moi ! Est-ce clair ?

La stupeur se peignit sur le visage de la jeune femme, mais elle se ressaisit vivement.

— Oui, milord.

Harry essaya de se calmer, furieux de s'être laissé aller.

— Je vous présente mes excuses, dit-il sèchement. Mais savoir continuellement que je ne pourrai arriver à la cheville de vos illustres parents m'excède à un point !

— Je l'ignorais.

— Surtout lorsque vous me faites remarquer mes insuffisances. Mais retournons au sujet qui nous préoccupe, ce satané poème.

Augusta resta un instant silencieuse à observer son mari.

— Je vous crois, milord. Sans aucun doute. Vraiment. Mais parler de Richard me met toujours les nerfs à fleur de peau... Je perds la tête.

— Je m'en suis rendu compte, dit Harry en la serrant dans ses bras. Je suis désolé, ma chérie, mais vous devriez laisser votre frère où il est et cesser de vous demander ce qu'il a pu faire ou ne pas faire.

— Vous me l'avez déjà dit, murmura-t-elle. Et cela commence à devenir pénible !

— Très bien, dit-il tendrement. Il reste que je dois découvrir ce que signifie ce poème. Nous ne serons pas trop de deux pour arpenter la ville. Il faut être efficace, et j'irai à Londres, demain.

— D'accord. Allez-y...

Harry se sentit soulagé qu'elle accepte ainsi. Il sourit avec bienveillance.

— Parfait. C'est ainsi qu'une épouse doit se comporter.

— Zut ! Laissez-moi finir. Vous irez à Londres, c'est certain, mais soyez assuré que Meredith et moi vous accompagnerons.

— Diablesse ! lança-t-il furieux. Mais la saison est finie, vous vous ennuierez.

— Pas du tout. Ce sera un voyage éducatif pour votre fille. Je lui montrerai la ville et ses monuments. Nous ferons les librairies, les musées. Vauxhall Gardens. Ce sera très amusant.

— C'est un voyage d'affaires !

— Les deux peuvent se combiner, Graystone. Il faut être efficace !

— Bon sang ! Je n'aurai guère de temps à vous consacrer...

— Nous n'en espérons pas tant, milord, dit Augusta avec un petit sourire déterminé. Meredith et moi savons parfaitement nous amuser seules.

— Justement, l'idée de vous savoir seule avec une enfant de neuf ans, qui n'a jamais quitté la campagne m'est intolérable. C'est non ! Retournons à nos invités, maintenant.

Et sans attendre la réponse qu'il redoutait, Harry prit sa femme par le bras et se dirigea vers le manoir.

De la musique et des rires leur parvenaient par les portes-fenêtres grandes ouvertes. Augusta était étrangement calme. Harry, qui s'était attendu à des cris et des larmes, bien dans le style Northumberland, en fut pour ses frais. Peut-être avait-elle enfin compris qu'il ne plaisantait pas. Peut-être avait-elle enfin admis qu'il était le maître et qu'il entendait être obéi. Cela avait dû être un choc pour elle, après l'attitude libérale qu'il avait eue à son égard. C'était dommage, mais c'était ainsi.

Harry serait extrêmement occupé à Londres et ne pourrait s'occuper d'elle et de Meredith. Et il était inconcevable qu'Augusta sorte seule le soir. Surtout le soir.

C'était là qu'elle était la plus dangereuse... Harry se souvint d'Augusta s'introduisant à minuit dans la bibliothèque de certains gentlemen, d'Augusta déguisée en rat d'hôtel et fracturant des tiroirs de bureau, d'Augusta dansant avec de sales types du genre de Lovejoy, d'Augusta perdant des fortunes aux cartes et d'Augusta gémissant dans un attelage, à la nuit tombée...

Tout cela suffisait à rendre fou le plus compréhensif des maris !

Harry en était là de ses pensées lorsqu'il marcha sur quelque chose de mou, qui s'avéra être un gant.

— Tiens ! Quelqu'un aura perdu ça, dit Harry en se baissant pour le ramasser.

Ce faisant, il remarqua des pieds qui dépassaient des buissons. Des bottes rutilantes et de jolies mules du soir, d'un bleu très pâle.

— Enfin, perdu est un grand mot, ironisa-t-il. Laissé tomber, plutôt !

— Pourquoi dites-vous ça, Harry ? demanda Augusta qui brusquement aperçut à son tour les deux personnages cachés dans les lilas.

Se sentant découvert, Peter Sheldrake sortit en jurant doucement. Il tenait par la main une Claudia furieuse et rougissante. La jeune fille tenta immédiatement de remettre de l'ordre dans sa toilette.

— Je crains que ce ne soit mon gant que vous avez trouvé là, Graystone, dit Peter avec un sourire peu amène.

— Vraiment ?

— Oh ! Après tout... Autant que vous soyez les premiers informés, fit avec philosophie Sheldrake en posant un regard énamouré sur Claudia. Miss Ballinger a accepté ma demande. Je parlerai à son père demain, avant de partir pour Londres.

Augusta parut aux anges et tomba dans les bras de sa cousine.

— Oh ! Claudia... C'est merveilleux !

— Merci, dit la jeune fille, qui tentait de se remettre de ses émotions. J'espère que père consentira...

— C'est évident, l'assura Augusta avec une certaine satisfaction. Je savais que Mr. Sheldrake serait parfait pour toi. Je le savais depuis le début...

Harry prit un air pensif comme s'il se souvenait de quelque chose.

— Ah ! Voilà ce que vous mijotiez !

— Bien sûr. Ils sont merveilleux, n'est-ce pas ? Et songez comme ce mariage sera avantageux pour ma cousine...

— Avantageux ? coupa Harry les sourcils froncés.

— Évidemment. Claudia gagne sur les deux tableaux : un beau et galant mari doublé d'un excellent majordome !

Un ange passa.

Puis Peter poussa un sombre gémissement, et Harry pensa que sa femme ne cesserait de l'étonner.

— Bravo, ma chère. Pourtant Peter a donné le change...

Claudia ouvrit de grands yeux en comprenant brutalement de quoi il s'agissait.

— *Scruggs !* cria-t-elle furieuse. Vous êtes le Scruggs de *Pompeia* ! Je savais que je vous connaissais... Comment avez-vous pu m'abuser ainsi, Sheldrake ! Vous devriez avoir honte, monsieur !

Peter lança un regard noir à Augusta.

— Écoutez, Claudia, ma chérie... Je jouais Scruggs uniquement pour rendre service à un ami...

— Vous auriez pu me le dire. Au lieu de jouer les mal embouchés ! J'ai envie de vous tordre le cou ! tonna Claudia qui prit un air de princesse outragée. Laissez-moi vous dire, monsieur, que je ne suis pas certaine de vouloir me fiancer à un malappris tel que vous !

— Claudia, soyez raisonnable ! C'était juste un petit jeu sans conséquence...

— J'attends vos excuses, monsieur Sheldrake. Et à genoux ! A genoux ! vous m'entendez ?

Sur ces mots, Claudia ramassa ses jupes et s'enfuit vers la grande maison ruisselante de lumières.

Peter regarda Augusta qui riait à n'en plus finir.

— Eh bien, madame, je suppose que vous êtes satisfaite ! Vous avez mis fin à mes fiançailles avant même qu'elles ne soient officielles...

— Mais non, monsieur Sheldrake. Vous devrez juste vous montrer plus entreprenant. Elle mérite des excuses. Moi aussi, d'ailleurs... Quand je songe à toute la sympathie que je vous accordais. Vos rhumatismes, allons donc !

— Vous venez d'avoir votre vengeance, madame.

Harry contemplait le spectacle, les bras croisés sur la poitrine.

— Quand avez-vous compris qui j'étais ? reprit Peter, désabusé.

— La nuit où vous nous avez promenés dans les rues de Londres. J'ai reconnu votre voix lorsque vous avez déconseillé à Graystone cette petite escapade.

— Vous devriez plutôt me remercier pour cette nuit-là, riposta Peter, cela vous a permis de vous marier !

— Ça, c'est votre opinion ! s'exclama Augusta.

— Ah oui ? Eh bien, laissez-moi vous dire...

— Suffit ! cria Harry furieux du tour que prenait la discussion.

Rappeler à Augusta les conditions de leur mariage précipité était bien la dernière chose que Harry voulait. Il avait assez de problèmes avec elle, sans lui donner des armes contre lui.

— Vous vous conduisez comme des enfants, reprit-il sévèrement. Nous avons des invités !

Peter grommela.

— Je suppose que je n'ai plus qu'à présenter mes excuses à l'Ange. Croyez-vous que je doive vraiment le faire à genoux ?

— C'est certain, dit Augusta.

— Je savais que sous cette façade angélique ne pouvait se cacher qu'une forte femme ! bredouilla Peter.

— Évidemment, rétorqua Augusta. Sans être une Ballinger du Northumberland, Claudia n'en est pas moins une Ballinger !

Lorsque le calme fut enfin revenu sur le manoir plongé dans l'obscurité, Harry entreprit de faire le point.

Il avait peur de la présence de sa femme à Londres.

Il avait peur qu'elle ne rencontre là-bas des amis plus spirituels, plus aptes à comprendre et à encourager son incroyable caractère.

Il avait peur qu'elle ne replonge dans ses sorties effrénées, peur qu'elle ne rencontre un homme qui répondrait à son tempérament passionné...

Peur qu'elle ne rencontre l'homme à qui elle donnerait son cœur !

Même si Augusta ne faillissait point à son honneur. Elle

était femme à rester fidèle à son mari tout en ayant donné son cœur à un autre.

Évidemment, Harry possédait sa loyauté et ce superbe corps qui répondait si bien au sien... Mais ce n'était pas assez.

Ce n'était plus assez.

Harry tenta désespérément de sonder son cœur et n'y trouva, tout d'abord, que ténèbres et désespoir. Puis il aperçut quelque chose qu'il avait cru enterré depuis longtemps.

Il voulait gagner l'amour de cette sauvageonne, de cette Ballinger du Northumberland.

— Harry ?

Il tourna la tête et découvrit Augusta sur le seuil de sa chambre, vêtue de sa seule chemise de nuit.

— Oui, Augusta ?

— Je suis désolée d'avoir mal réagi pour Londres. Je comprends que notre présence puisse vous gêner. Que cela puisse diminuer votre efficacité... Je sais combien vous désirez retrouver ce Spider !

Harry sourit et leva la main.

— Tout ceci n'est plus rien à côté des deux femmes de ma vie. Venez là, Augusta.

Elle s'assit sur ses genoux. Elle était douce et chaude et si féminine... Le désir qu'il avait d'elle afflua à nouveau.

— Vous feriez mieux d'aller vous coucher si vous partez tôt demain, dit-elle avec un petit rire de gorge.

— J'ai changé d'avis.

— Pardon ?

Il respira la divine odeur de sa peau, dans le creux de son cou.

— Sheldrake ira devant. Nous partirons le lendemain. Je suppose qu'il vous faut une bonne journée pour faire vos malles, non ?

Augusta le regardait, dubitative.

— Vous nous emmenez ? Vraiment ?

— Vous aviez raison, ma chérie, de dire que vous aviez un droit sur ce poème. Et puis, j'avoue ne pas supporter l'idée de dormir seul...

— Je vous sers de bouillotte, en quelque sorte, ironisa Augusta.

— Entre autres choses.

— Oh ! Harry ! Vous ne vous en repentirez pas, je vous le jure. Je serai parfaite, un modèle de vertu, un amour de femme ! Je prendrai soin de Meredith, je lui éviterai tout danger... Nous ne ferons rien que de très instructif ! Je...

— Chut ! mon amour. Ne faites pas de promesses inconsidérées, souffla-t-il avant de l'embrasser pour la faire taire.

Puis il souleva doucement la fine lingerie, et la caressa du bout du doigt, lentement, longuement.

— Harry, que faites-vous ? Mon Dieu !

La jeune femme sentait monter en elle des spasmes de plaisir. Elle renversa la tête et soupira. Ses longs cheveux se répandirent et Harry, pour la première fois de sa vie, se sentit aussi libre et aussi vaillant que tous les Ballinger du Northumberland que la terre ait jamais portés.

16

Il s'écoula quatre jours avant qu'Augusta n'emmène Meredith à *Pompeia*. Ce fut la gouvernante de lady Arbuthnott qui leur ouvrit la porte. Scruggs était invisible. Augusta s'enquit de lui.

— Mr. Scruggs est indisposé et risque d'être absent un bout de temps.

Augusta réprima un sourire. Son emploi du temps chargé et la désapprobation marquée de sa fiancée ne permettaient sans doute plus à ce pauvre Peter d'endosser son costume et ses favoris.

La gouvernante fit entrer les visiteuses.

— De toute façon, on ne pouvait compter sur lui et son absence ne changera rien, ici ! Dois-je emmener mademoiselle dans la cuisine pour prendre le thé, ou va-t-elle rendre aussi visite à lady Arbuthnott ?

La fillette lança un regard suppliant à sa belle-mère.

— Meredith reste avec moi, répondit Augusta en entrant dans le salon.

— Bien, madame.

— Et voilà, ma chérie. Bienvenue à *Pompeia*.

Le club était animé cet après-midi-là, bien que la saison fût close. Augusta salua ses amies, s'arrêtant pour échanger quelques mots au passage tout en se dirigeant vers le fauteuil de lady Arbuthnott, au fond du salon.

Rosalind Morrissey coupa court à sa conversation pour sourire à Meredith.

— *Pompeia* rajeunit ses membres de jour en jour !

Meredith rougit.

— On ne doit jamais négliger l'occasion d'instruire les enfants ! plaisanta Augusta. Permettez-moi de vous présenter ma belle-fille. Elle est mon invitée.

Elles papotèrent quelques instants, puis continuèrent leur progression. Meredith écarquillait les yeux d'émerveillement, notant tous les détails, des tableaux aux journaux posés sur les tables.

— Est-ce que les clubs de papa ressemblent à ça ?

— Je suppose. Bien qu'on n'y croise que des gentlemen et que les paris ne soient pas aussi élevés à nos tables de jeu qu'à celles des établissements de St. James Street. Mais nonobstant quelques détails mineurs, je pense avoir bien saisi leur atmosphère.

— J'aime beaucoup ces tableaux. Surtout celui-là.

Augusta suivit son regard.

— C'est un portrait d'Hypatia d'Alexandrie. Elle écrivait des traités de mathématiques et d'astronomie.

Meredith réfléchit un instant à cette information, puis affirma :

— J'aimerais écrire un livre plus tard.

— Cela pourrait être une bonne idée.

A ce moment, Augusta vit lady Arbuthnott se tourner vers elle. Et brutalement le chagrin succéda à la joie de revoir sa vieille amie, car la santé de Sally s'était considérablement dégradée au cours du mois.

Elle prenait toujours grand soin de sa personne, mais l'élégance de sa robe ne pouvait cacher la transparence maladive de sa peau et son apparence d'extrême fragilité. On lisait dans ses yeux l'acceptation stoïque de la souffrance. Augusta sentit les larmes affluer, mais contint son émotion pour ne pas peiner son amie.

Elle se précipita et l'étreignit doucement.

— Oh ! Sally, que c'est bon de vous revoir ! Je me suis tellement inquiétée.

— Je suis toujours là, comme vous pouvez le voir, répondit Sally d'une voix étonnamment ferme. Et plus occupée que jamais, grâce à votre bourrique de mari, dit-elle avec une pointe d'ironie. Graystone est un homme si pointilleux.

— Vous aidez Graystone ? Vous aussi ? s'étonna Augusta. J'aurais dû le deviner. Vous faisiez partie de son...

Elle s'arrêta, soudain consciente de la présence de Meredith.

— Bien sûr, ma chérie ! Vous n'étiez pas sans connaître mon passé mouvementé, répondit Sally en émettant un faible rire. Mais présentez-moi donc cette jeune personne... C'est bien la fille de Graystone, n'est-ce pas ?

Augusta acquiesça et Meredith fit la révérence.

— La ressemblance est frappante. Les mêmes yeux et le même sourire intelligents. Comme elle est jolie. Allons, Meredith, prenez des gâteaux sur le buffet.

— Merci, lady Arbuthnott.

Sally regarda l'enfant courir vers le plateau de pâtisseries, de l'autre côté de la pièce. Puis elle se tourna lentement vers Augusta.

— Quelle charmante petite fille.

— Et aussi avide d'apprendre que son père. Elle vient de me dire qu'elle voulait écrire un livre.

— Et pourquoi pas ? Connaissant Graystone, j'imagine que son éducation est au-dessus de tout soupçon. J'en frémis même d'avance.

Augusta rit et s'assit aux côtés de son amie.

— N'ayez crainte, Sally. Je pourvois au manque de frivolités... Nous avons commencé un programme intensif d'aquarelles et de lecture de romans. J'ai aussi loué les services de sa gouvernante pour lui enseigner l'Histoire qu'elle ne trouvera pas dans les manuels de son père.

Sally se mit à rire.

— Oh ! mon indomptable Augusta ! Je savais que vous seriez un trésor pour Graystone. Et lui aussi, certainement, sinon il ne vous aurait jamais mise en tête de liste.

— En tête de liste ? Je pensais être bonne dernière... un palliatif en quelque sorte.

Augusta se servit du thé et emplit la tasse de Sally. En reposant la théière, elle remarqua la petite bouteille de tonique que lady Arbuthnott gardait près d'elle, à présent.

— Vous n'avez jamais été un palliatif. Bien au contraire. Graystone ne pensait qu'à vous, et ce dès votre première rencontre.

— Oui, comme on pense à une piqûre d'abeille !

— Vous vous sous-estimez, ma chère, répondit Sally en riant. Mais au fait, j'ai à me plaindre de vous... Me voilà privée d'un excellent majordome !

— Ce n'est pas ma faute. Adressez vos doléances à ma cousine.

— C'est ce que j'ai cru comprendre en lisant l'annonce de leurs fiançailles, hier matin, dans le *Post*. Ils forment un beau couple.

— Oncle Thomas était ravi.

— Sheldrake est un chenapan, mais j'ai toujours pensé qu'il souhaitait s'acheter une conduite. Il n'a cessé d'errer dans Londres, depuis la fin de la guerre, sans trouver à s'occuper. Se marier et gérer les propriétés de son père lui donnera un but.

— Je partage votre opinion.

Sally prit le tonique et en ajouta deux gouttes à son thé, non sans remarquer l'air triste de son amie, à qui elle sourit.

— Pardonnez-moi, Augusta. Comme vous l'avez sans doute deviné, je souffre vraiment ces derniers temps.

— Sally, puis-je faire quelque chose ? Je vous en prie, dit la jeune femme en lui prenant la main.

— Hélas ! ma chérie, je dois affronter la maladie seule, répondit Sally avec tristesse.

— Sally ?

— N'ayez crainte... Et puis, je n'ai plus un moment à moi avec les recherches de Graystone sur ce fameux *Club de l'épée*. Dieu sait que j'adore ce genre de travail ! J'ai renoué avec des gens que j'avais perdus de vue depuis deux ans. Il est étonnant de voir combien ils sont encore nombreux à vouloir se remettre à la tâche.

Augusta se détendit un peu. Elle observa Meredith qui se tenait derrière Cassandra Padbury et qui la regardait écrire. Sans doute s'agissait-il de l'ultime mise au point de son poème épique.

— Mon mari est prêt à tout pour obtenir les informations qu'il souhaite, chuchota Augusta.

— Oui, Graystone est un homme d'une grande détermination. Il veut la peau de Spider ! L'idée du *Club de l'épée* est intéressante, et assez logique...

— Que savez-vous de ce club ?

— Pas grand-chose, admit Sally en haussant légèrement les épaules. Il n'a duré qu'un temps. Il attirait de jeunes officiers, à l'ego sur-développé, qui cherchaient un club à leur image. L'endroit a brûlé un an après son ouverture, et ça s'est fini là. Je n'ai retrouvé aucun des anciens membres, seulement la trace d'un domestique. Il pourrait se souvenir de quelques noms...

Augusta en oublia toutes ses appréhensions.

— Fascinant ! Lui avez-vous parlé ?

— Pas encore. Mais un rendez-vous a été pris, dit Sally en scrutant la jeune femme. Vous êtes personnellement concernée par ce que Graystone a entrepris, n'est-ce pas ?

— Je m'y intéresse, admit Augusta d'un ton évasif, car je sais que c'est important pour lui.

— Je vois.

Sally resta un moment silencieuse avant de se décider à parler.

— Augusta, ma chérie, vous savez que le livre des paris est toujours ouvert à la page du jour ?

— Bien sûr. Pourquoi ?

— Si un jour vous le trouviez fermé, apportez-le à Graystone et assurez-vous qu'il l'ouvre.

— Sally, que racontez-vous ? dit-elle, étonnée de son ton grave.

— Simple précaution... Je sais que cela paraît plus mystérieux que cela ne l'est en vérité. Mais promettez-moi que ce livre parviendrait à Graystone s'il arrivait quelque chose.

— Je vous le promets. Mais ne pouvez-vous me dire de quoi il s'agit ?

— Pas encore, ma chère, pas encore. Graystone sait que je préfère vérifier mes informations avant de les lui transmettre. Votre époux ne tolère aucune erreur, dit Sally en souriant à un vieux souvenir. Demandez à votre ami Scruggs... Je me rappellerai toujours l'épisode de la femme de l'officier français... Mais c'est une vieille histoire.

— Je vois.

Augusta but son thé avec lenteur, consciente, une fois encore, d'être mise à l'écart. Elle savait bien qu'elle n'avait pas sa place dans le cercle intime formé par Sally, Peter et Harry.

Ce sentiment d'exclusion s'était développé à la mort de son frère et n'avait fait qu'empirer. Elle pensait s'en être défaite en recréant une famille. Meredith s'habituait à sa présence et Harry lui avait donné l'impression d'être désirée, du moins physiquement. Mais Augusta voulait plus. Elle voulait, elle aussi, faire partie du cercle magique...

Elle voulait être tout à la fois la femme et l'amie de Harry.

— Harry, Peter et vous formez une famille, en quelque sorte.

Sally la regarda avec surprise.

— Je n'y avais jamais songé... Sans doute. Bien que très différents, nous avons vécu ensemble de dangereuses aventures. Nous avions besoin les uns des autres, nos vies en dépendaient. Cela a forgé un lien puissant entre nous.

— Oui. J'imagine...

Harry était assis à son bureau, lorsqu'il entendit le vacarme causé par l'arrivée de sa fille et de sa femme.

Il était temps !

Augusta n'était là que depuis deux jours, et déjà elle avait couru la ville en tous sens, avec Meredith sur les talons.

Quand Harry était rentré, une heure auparavant, personne n'avait pu lui dire où elles se trouvaient exactement. Craddock, le majordome, croyait qu'elles s'étaient rendues au British Museum.

Il vint à leur rencontre dans le hall. Meredith se précipita vers lui, les yeux brillant de plaisir.

— Papa, papa, vous ne devinerez jamais où nous sommes allées.

Harry lança un coup d'œil soupçonneux à Augusta, qui enlevait une vaste capeline bordée de grosses pivoines mordorées, un sourire innocent aux lèvres, avant de tourner toute son attention vers sa fille.

— Je préférerais que tu me le dises, en effet.

— Dans un club privé, papa.

— Un quoi ?

— Identique aux vôtres, papa. Sauf qu'il est réservé aux femmes. C'était passionnant ! Tout le monde m'a parlé très gentiment. Une des dames écrivait un livre sur les Amazones. N'est-ce pas extraordinaire ?

— Certes, répondit sèchement Harry en jetant un regard furieux à Augusta qui feignit de l'ignorer.

Meredith ne se rendit compte de rien et continua le récit de ses aventures.

— Et il y avait des tableaux de femmes célèbres sur le mur. Comme Cléopâtre. Augusta m'a dit qu'elles seraient de très bons exemples pour moi. Et j'ai rencontré lady Arbuthnott qui m'a priée de manger autant de gâteaux que je le désirerais.

— Cela m'a tout l'air d'avoir été une véritable expédition, Meredith. Tu dois être exténuée.

— Oh, non. Pas le moins du monde.

— Toutefois, madame Biggsley va te conduire dans ta chambre. Je dois parler à ta mère.

— Oui, papa.

Obéissante comme à l'accoutumée, mais débordante d'enthousiasme, Meredith monta en compagnie de sa gouvernante.

Harry jeta un regard noir à Augusta.

— Voulez-vous me suivre dans la bibliothèque, madame ? J'ai deux mots à vous dire.

— Mais certainement. Quelque chose ne va pas ?

— Nous discuterons de cela en privé, madame.

— Mon Dieu ! Vous êtes encore en colère contre moi, n'est-ce pas ?

Augusta le suivit sagement, et s'assit face à son bureau. Harry reprit sa place et posa ses mains bien à plat devant lui, sans rien dire. Il voulait que sa femme sente l'ampleur de son mécontentement.

— Vraiment, milord, commença Augusta en enlevant ses gants, je n'aime guère cet air sombre... C'est extrêmement embarrassant. Pourquoi ne pas me dire ce que vous avez sur le cœur ?

— Ce que j'ai sur le cœur, madame ? Vous n'aviez pas à emmener cette enfant à *Pompeia* !

Elle contre-attaqua immédiatement.

— Vous ne vous opposeriez pas à une visite à lady Arbuthnott, je suppose ?

— Là n'est pas le problème, et vous le savez bien. Je suis ravi que Meredith rencontre Sally, mais je ne veux pas que vous exposiez ma fille à l'ambiance de ce satané club. Nous savons quel genre de timbrées fréquentent cet endroit.

— Des timbrées ! s'exclama Augusta, furieuse. Que voulez-vous insinuer, milord ? Pensez-vous que nous soyons des femmes de petite vertu ? Croyez-vous que je vais tolérer une telle insulte ?

Harry commençait à perdre son sang-froid.

— Je ne prétends pas que vous soyez des courtisanes. J'entends par là que les timbrées qui fréquentent ce club ont une fâcheuse tendance à oublier la modestie qui sied à leur sexe, et qu'elles se targuent d'être des originales. Or, je sais par expérience que leur originalité frise le scandale. *Pompeia* ne peut être un bon exemple pour ma fille.

— Je vous rappelle, milord, que vous avez épousé un de ses membres.

— Précisément. Voilà ce qui m'autorise à les juger. Je vais être clair, Augusta. Je vous ai donné la permission de m'accompagner à Londres, alors que vous saviez que je ne pourrais m'occuper de vous ni surveiller vos sorties. Vous m'aviez promis d'être raisonnable et de vous comporter en femme responsable, surtout envers Meredith.

— Je l'ai été. Meredith ne courait absolument aucun danger.

— Je ne parlais pas de danger physique.

Augusta lui jeta un regard menaçant.

— Parleriez-vous de dangers moraux, milord ? Si vous pensiez que *Pompeia* puisse avoir une si mauvaise influence sur votre précieuse fille, pourquoi avoir épousé un de ses membres fondateurs ? Ce satané club, comme vous l'appelez, était mon idée.

— Damnation, Augusta, vous déformez délibérément mes propos !

Harry était furieux d'avoir laissé la conversation dégénérer en querelle. Il fit un effort surhumain pour recouvrer son calme.

— Je ne doute pas de l'honnêteté de ces femmes.

— C'est heureux.

— Je leur reproche plutôt leur audace.

— Combien en connaissez-vous pour dire cela ? Est-ce que votre jugement est impartial ?

— Ne me prenez pas pour un idiot, madame. Je connais parfaitement la liste des membres de ce club.

Augusta n'en croyait pas ses oreilles.

— Vraiment ?

— Bien sûr. Je l'ai examinée attentivement dès que j'ai envisagé de vous épouser, reconnut Harry.

— C'est parfaitement honteux ! s'écria Augusta en se levant d'un bond et en commençant à arpenter furieusement la pièce. Vous avez enquêté à *Pompeia* ? Attendez que Sally l'apprenne. Elle sera furieuse.

— A votre avis, qui m'a fourni cette liste ? D'ailleurs, les renseignements de Peter et de Sally m'avaient conduit à penser que vous ne couriez aucun danger moral... Cela ne signifie en rien que j'approuve que vous y soyez allée avec Meredith.

— J'ai un certain mal à saisir votre logique, mais...

— Je vous ordonnerais bien de quitter ce club si Sally n'était pas si malade. Mais je sais combien elle aime *Pompeia* et vos visites.

— Vous êtes trop bon, milord.

— Mais Meredith ne doit pas vous accompagner. Est-ce clair ?

— Limpide, dit-elle entre les dents.

— A l'avenir, vous me laisserez un emploi du temps détaillé de vos journées. Je ne veux plus rentrer chez moi et apprendre qu'on ne sait où vous êtes passées.

— Un emploi du temps, très bien, milord. Vous aurez cet emploi du temps. Désirez-vous autre chose ? s'enquit Augusta d'une voix glaciale.

Harry soupira. Il pianotait sur le bureau et observait d'un œil maussade Augusta qui faisait les cent pas dans la pièce. Il regrettait cette dispute. Et pourtant, il fallait mater cette tigresse !

— Non, je crois que cela sera tout, madame.

Elle s'arrêta brutalement et lui fit face.

— Puisque vous en avez fini, milord, j'ai une faveur à vous demander.

— De quoi s'agit-il, fit-il en souriant, désireux de se montrer magnanime et d'apaiser son épouse.

Augusta agrippa le rebord du bureau et se pencha pour le regarder droit dans les yeux.

— Harry, puis-je vous aider dans votre enquête ?

Harry tomba des nues.

— Bon sang !

— S'il vous plaît, Harry. Je sais que je ne vous serai d'aucune utilité, mais je peux assister Sally...

— Non ! vous n'avez aucune expérience, coupa-t-il froidement.

Et Dieu m'est témoin, moins vous en aurez, mieux je me porterai...

— Mais, Harry...

— J'apprécie votre offre, Augusta. Mais je vous assure que vous seriez plus une gêne qu'autre chose, fit-il d'un ton radouci.

— Mais, milord, je suis concernée par cette affaire, autant que vos amis et vous. J'ai le droit de savoir ! Je veux aider !

— Non, Augusta, n'insistez pas, répliqua Harry qui se saisit d'une plume pour couper court à l'entretien. Bonsoir. J'ai beaucoup à faire et serai absent une partie de la nuit. Je dînerai au club avec Sheldrake.

Augusta se redressa lentement, au bord des larmes.

— Bien, milord.

Elle se dirigea vers la porte. Harry se retint à grand-peine de s'élancer après elle pour la prendre dans ses bras. Mais il devait se montrer ferme.

— Augusta ?

— Oui, milord ?

— N'oubliez pas de me laisser votre emploi du temps pour demain.

— Si je trouve quelque chose d'assez ennuyeux et d'assez convenable pour Votre Grâce, je ne manquerai pas de lui en faire part.

Harry sursauta quand elle claqua la porte en sortant.

Il resta un long moment à contempler les jardins par la

fenêtre. Comment lui avouer la raison pour laquelle il avait refusé son aide... C'était bien assez qu'elle soit furieuse contre lui. Il pouvait affronter sa colère, pas son chagrin. Et celui-ci serait inévitable si elle s'investissait dans cette enquête et apprenait la vérité...

En effet, après avoir déchiffré le poème de Richard Ballinger, Harry estimait que les rumeurs qui couraient sur la mort du jeune homme étaient fondées. Le dernier descendant des Ballinger du Northumberland était sans doute un traître.

Plus tard, cette même nuit, Harry et Peter descendirent d'une voiture pour s'enfoncer au cœur d'un des quartiers les plus sordides de Londres. Il pleuvait depuis une heure et la chaussée glissait. La lune se reflétait sur les pavés gras.

— Savez-vous, Sheldrake, que je m'inquiète de vous voir si bien vous orienter dans cette partie de Londres ?

Harry aperçut une paire d'yeux rouges luire dans l'obscurité. De sa canne, il chassa l'animal, un rat aussi gros qu'un chat. La créature sortait d'un tas de déchets marquant l'entrée d'une ruelle étroite. Peter ricana.

— Autrefois, vous ne vous offusquiez guère de ma manière d'obtenir des informations.

— Vous allez devoir renoncer à ces menus plaisirs lorsque vous serez marié, ironisa Graystone. Je ne pense pas que Claudia Ballinger apprécierait cet endroit.

— C'est exact. Mais lorsque j'aurai épousé miss Ballinger, j'espère passer mes soirées à d'autres occupations que la visite des bas-quartiers de la ville. Ah ! voilà notre ruelle. L'homme nous attend à la taverne qui se trouve au bout...

— Vous lui faites confiance ?

Peter haussa les épaules.

— Non, mais c'est un point de départ. Je vous ai dit que ce Bleeker avait été témoin de l'incendie du club. Nous verrons vite s'il nous ment.

Une lumière blafarde et peu engageante filtrait des impostes de la taverne. Harry et Peter entrèrent dans une salle enfumée et surchauffée. L'atmosphère était morose, et les clients disséminés devant des tables de bois mal dégrossi.

Certains levèrent la tête à leur entrée, une lueur malsaine dans le regard. Ils remarquèrent vite les vêtements usés et les bottes éculées des deux nouveaux venus. Harry perçut presque le soupir de regret qui leur échappa, lorsqu'ils comprirent qu'ils n'en tireraient rien.

— Voici notre homme, dit Peter en se frayant un chemin parmi les tables. Près de la porte du fond. Il porte un foulard rouge autour du cou, comme convenu.

Bleeker avait tout l'air d'un amateur de gin. Ses petits yeux porcins étaient constamment en mouvement, son nez vineux attirait le regard, et il portait une casquette crasseuse, enfoncée sur son front luisant.

Lorsque Bleeker les salua d'une voix traînante, Harry nota sa dentition incomplète, jaunie par le tabac.

— Vous z'êtes les types qui voulaient en savoir plus sur l'incendie du club, s'pas ?

— Tout à fait, dit Harry en se glissant sur le banc au côté de Bleeker.

Peter resta debout, scrutant avec une feinte nonchalance la pièce enfumée.

— Que pouvez-vous nous dire sur cette nuit-là ?

— Faudrait payer d'abord, répondit Bleeker avec un sourire entendu.

— Uniquement si les informations sont bonnes.

— Sont bonnes, z'inquiétez pas, dit Bleeker qui prit une mine de comploteur. J'ai vu le gars qui a allumé le feu. J'étais dans l'allée, en face du club, attendant un d'mes potes. J'm'occupais de mes affaires, voyez. Puis d'un coup, j'ai entendu un boucan pas possible. J'ai r'gardé et y avait des flammes dans tout le bâtiment !

— Continuez, dit Harry calmement.

— Comment j' sais que j' vais toucher le magot ?

Harry posa quelques pièces sur la table.

— Vous aurez le reste si j'estime que vos informations ont quelque intérêt.

— Mon Dieu, v'z êtes dur en affaires, vous alors !

Bleeker se rapprocha, soufflant son haleine fétide dans le nez de Harry.

— Très bien. Y a deux hommes qui sont sortis en courant du club. Le premier, y tenait son estomac et saignait comme un cochon. L'a traversé la rue et l'est tombé juste devant mon nez.

— Quelle heureuse coïncidence, murmura Harry.

Bleeker ignora la remarque, tout excité par son récit.

— J'suis resté planqué et l'autre gars est arrivé en vitesse. L'a cherché dans la rue, jusqu'à ce qu'il trouve le type qui saignait. Il l'a r'gardé. J'ai bien vu qu'il tenait un couteau...

— Fascinant. Continuez.

— Alors le pôve type a gueulé : « Tu m'as tué, Ballinger, tu m'as tué ! Pourquoi t'as fait ça ? J'aurai jamais dit qui t'étais. J'aurais jamais dit qu't'étais Spider. » Puis, le pôve gars est mort et l'autre s'est carapaté. J'peux vous dire que j'ai pas traîné non plus.

Harry resta silencieux un moment, puis il se leva et murmura à Peter :

— Partons, mon ami, nous perdons notre temps.

Bleeker paniqua.

— Eh, et l'argent ? Vous aviez promis de m'payer ce que je savais !

Harry jeta avec mépris quelques pièces sur la table.

— C'est assez pour vos mensonges. Demandez le reste à celui qui vous a prié de raconter ces inepties.

— Des mensonges ? Quels mensonges ? Je vous ai dit que la foutue satanée vérité ! cria ce dernier, furieux.

Harry ne répondit pas, conscient des têtes qui se tournaient vers eux.

— Vous préférez la porte du fond, je suppose ? Celle de l'entrée me semble bien loin, suggéra-t-il à Peter.

— Excellent. J'ai toujours cru aux vertus de la retraite stratégique, approuva Peter avec un petit sourire en coin.

Il se précipita pour ouvrir rapidement le chemin.

— Après vous, milord.

Harry déboucha dans la ruelle, suivi par Peter qui venait de claquer la porte au nez de Bleeker et de sa horde d'ivrognes.

— Diable ! cria Harry lorsqu'une mystérieuse silhouette émergea des ténèbres.

Le clair de lune se refléta sur la lame au moment même où l'homme se jetait sur Harry.

17

Harry fit tournoyer sa canne et frappa violemment l'avant-bras de son assaillant. Le couteau vola et se perdit dans l'obscurité.

Harry, d'un geste sûr, fit pivoter le pommeau d'un quart de tour. Une lame en jaillit. L'agresseur sauta de côté.

— Sacré Bon Dieu ! gueula-t-il.

L'homme recula encore et trébucha sur un monceau d'ordures. Son pied glissa sur la chaussée mouillée, et il tomba en les couvrant d'injures.

— Nous ferions mieux de partir, dit joyeusement Peter, sans un regard pour la victime de Harry. Je pense que nous allons avoir de la compagnie dans quelques instants.

— Je n'avais nullement l'intention de traîner, répliqua Harry en rengainant sa lame.

Peter le guida sans hésiter dans le dédale des petites rues. Harry le suivait d'un bon pas.

— J'ai l'impression, souffla Peter tout en courant, que ce n'est pas la première fois que nous nous trouvons dans cette situation ! Je finis par me demander si vous laissez un pourboire suffisant !

— Absolument.

— Vous n'êtes qu'un radin, Graystone !

— Pour ma part, cria Harry qui talonnait son ami, j'ai remarqué que ces ennuis n'arrivaient que lorsque vous me serviez de guide. Je me demande s'il existe un rapport logique entre ces deux faits !

— C'est idiot, votre imagination vous joue des tours.

Heureusement Peter connaissait bien les bas-fonds de la ville, et bientôt ils se retrouvèrent dans la relative sécurité d'une rue animée, sains et saufs.

Harry héla une voiture qui venait de déposer un groupe de jeunes dandys éméchés. Fatigué par leur course, Harry se laissa choir sur la banquette en poussant un soupir de soulagement.

Puis, silencieux, il regarda par la vitre les rues des quartiers plus respectables qu'ils traversaient. A ses côtés, Peter l'observait tranquillement.

— Une histoire intéressante, n'est-ce pas ? dit-il finalement.

— Certes, marmonna Harry.

— Quelle conclusion en tirez-vous ?

Harry réfléchit au récit de Bleeker.

— Je ne suis pas très sûr...

— Les dates concordent, dit Peter lentement. Ballinger s'est fait tuer le lendemain de l'incendie... Il a pu le provoquer pour couvrir sa fuite et tuer un témoin. Puis se faire assassiner par un bandit, la nuit suivante.

— Oui...

— Spider s'est retiré peu après la chute de Napoléon en 1814. Exactement à l'époque où Ballinger a été assassiné, en mars. On n'a plus entendu parler de Spider pendant la période des Cent-Jours.

— Spider était trop malin pour suivre Napoléon cette fois-là. Il n'y eut que Napoléon pour ne pas voir que sa tentative pour reprendre le trône en 1815 était une cause perdue d'avance. Spider l'avait certainement compris. Il sera resté en dehors de toute cette affaire.

— Vous avez peut-être raison, dit Peter avec une grimace. Vous avez un réel talent pour deviner les mouvements de cet enfant de... Mais le résultat est le même. Spider a disparu de la scène au printemps 1814. Si nous n'avons plus entendu parler de lui, c'est peut-être parce qu'il était tombé sous les balles d'un bandit de grand chemin. Richard Ballinger a pu être Spider.

— Hum.

— Même de brillants espions peuvent se trouver au mauvais endroit au mauvais moment. Ils ne sont pas plus protégés contre les bandits que le commun des mortels.

— Hum, hum.

— Je déteste vous voir de cette humeur, Graystone, grogna Peter. Où est passé votre sens de la repartie ?

Harry daigna enfin regarder son ami.

— Je n'ai pas besoin de vous rappeler que rien de tout cela ne doit parvenir aux oreilles d'Augusta, n'est-ce pas, Sheldrake ?

— Allons, Graystone, je tiens à vivre jusqu'à ma nuit de noces ! J'ai assez de sens commun pour ne pas contrarier Augusta et encourir votre colère ! Et puis, je considère Augusta comme une amie, reprit-il plus sérieusement. Elle est un membre de ma future belle-famille. Je ne désire pas plus que vous qu'elle puisse souffrir des actes de son frère.

Une demi-heure plus tard, l'attelage déposait Harry devant sa demeure. Il souhaita une bonne nuit à Peter et rentra chez lui.

Craddock, étouffant un bâillement, lui ouvrit et l'informa que lady Graystone s'était retirée pour la nuit dans ses appartements.

Harry passa alors dans la bibliothèque et se servit un verre de cognac. Il se posta à la fenêtre et resta un long moment à réfléchir au récit de Bleeker.

Une fois son verre vide, il se dirigea vers son bureau et fronça les sourcils à la vue d'une feuille placée bien en évidence. L'écriture ronde était, à n'en point douter, celle d'Augusta.

EMPLOI DU TEMPS POUR JEUDI

1) Matinée : se rendre chez Hatchards ou tout autre libraire.

2) Après-midi : assister à l'ascension du ballon de Mr. Mitford.

Une note était griffonnée au bas de la liste : *J'ose espérer que ceci aura votre entière approbation !*

Décidément, l'humeur d'Augusta était perceptible jusque dans sa correspondance.

Une large foule s'était assemblée dans le parc, sous un ciel d'été limpide, pour observer l'ascension du ballon à air chaud de Mr. Mitford. Meredith était ravie, et ne cessait de poser toutes sortes de questions auxquelles Augusta ne savait pas toujours que répondre.

— Comment le ballon s'élève-t-il ?

— Eh bien, parfois on utilise de l'hydrogène mais c'est plutôt dangereux. Mr. Mitford utilise de l'air chaud, aujourd'hui. L'air est chauffé par ce grand feu que vous voyez là-bas et permettra au ballon de s'élever. Vous voyez ces sacs de lest qu'ils chargent dans la nacelle ? Mr. Mitford les jettera par-dessus bord pour rendre l'appareil plus léger, lorsque l'air se sera refroidi. Ainsi, il pourra parcourir de longues distances.

— Est-ce que les passagers du ballon auront chaud lorsqu'ils s'approcheront du soleil ?

— En fait, dit Augusta en fronçant légèrement les sourcils, j'ai entendu dire que les gens avaient très froid là-haut.

— Comme c'est bizarre. Pourquoi donc ?

— Je n'en ai pas la moindre idée, Meredith. Vous devriez demander à votre père.

— Puis-je monter avec Mr. Mitford et son équipage ?

— Non, chérie, j'ai peur que Graystone n'approuve pas cette idée. Pourtant ce serait une sacrée aventure, n'est-ce pas ! ajouta-t-elle avec un sourire malicieux.

— Oh, oui ! soupira Meredith en regardant avec adoration le ballon aux couleurs vives.

L'excitation montait autour de la nacelle, alors que le ballon se remplissait d'air chaud. Des cordes retiendraient l'appareil à terre jusqu'à ce que sonne l'heure du lâcher. Mr. Mitford, un homme mince et énergique, hurlait des ordres et des conseils à toute une armée de vaillants gaillards.

— Que tout le monde recule ! cria-t-il d'une voix autoritaire.

Il monta dans la nacelle avec deux passagers et commanda d'un geste à la foule de s'éloigner des cordes. On lâcha les amarres. Le ballon monta de quelques mètres. Et une clameur s'éleva. Meredith était enchantée.

— Regardez, Augusta ! Ils s'en vont. Oh, comme j'aimerais être avec eux !

— Moi aussi, approuva la jeune femme, la tête en l'air en retenant son chapeau de paille jaune d'une main.

Brusquement, elle sentit que quelqu'un tirait sa jupe, mais n'y prêta guère attention, tant la foule était dense. Mais la seconde fois, elle se retourna pour se retrouver devant un gamin qui lui tendait d'une main sale un bout de papier plié.

— Vous z'êtes lady Graystone ?

— Oui, pourquoi ?

— C'est pour vous, dit l'enfant en lui mettant le papier dans la main avant de disparaître dans la foule.

— Par tous les Saints ! s'écria Augusta en regardant le billet avec étonnement.

Meredith n'avait rien remarqué, toute à son spectacle.

Augusta déplia le papier, mue par un sombre pressentiment. Le message était court et anonyme.

Si vous voulez connaître la vérité sur votre frère, soyez dans l'allée derrière votre demeure ce soir à minuit. N'en parlez à personne ou vous ne saurez rien.

— Augusta, c'est tout simplement la chose la plus extraordinaire que j'aie jamais vue, s'extasia Meredith, les yeux toujours fixés sur le ballon. Où allons-nous demain ?

— Au théâtre Astley, murmura Augusta d'un ton absent en mettant la note dans son réticule. Si j'en crois l'article du *Times*, nous devrions assister à des spectacles équestres et à des feux d'artifice.

— Cela risque de ne pas être aussi bien que l'ascension de ce ballon, répondit Meredith en jetant un dernier regard sur l'engin qui survolait la ville. Papa viendra-t-il avec nous à l'Astley ?

— J'en doute, votre père est très occupé en ce moment. Rappelez-vous que nous sommes supposées nous amuser toutes seules.

— Et nous nous débrouillons très bien, constata Meredith avec ce curieux sourire qu'elle tenait de son père.

— Extraordinairement bien.

Harry ouvrit la porte de la bibliothèque au moment où Augusta et Meredith rentraient. Ses yeux croisèrent ceux de sa femme, et il lui sourit doucement.

— Comment était cette ascension de ballon ?

— Très intéressante et fort éducative, répondit froidement la jeune femme.

Elle pensait au message caché dans son réticule et mourait d'envie de le relire dans l'intimité de sa chambre.

— Oh, papa, c'était incroyable ! Et Augusta m'a acheté un mouchoir-souvenir avec le ballon de Mr. Mitford brodé dessus. Et elle m'a dit que vous pourriez m'expliquer pourquoi les gens ont si froid lorsqu'ils se rapprochent du soleil...

— Oh ! elle a dit ça, dit-il amusé par le babil de sa fille. Croit-elle que je possède la réponse ?

— Voyons Graystone, ironisa Augusta, vous connaissez toutes les réponses. Sortirez-vous encore ce soir, milord ?

— Malheureusement. Je rentrerai tard.

— Très bien, milord. Je vous souhaite le bonsoir.

Sans attendre de réponse, elle monta dans sa chambre. Par-dessus son épaule, elle aperçut Meredith tirer son père par la manche.

— Papa ?

— Viens dans la bibliothèque, je vais essayer de répondre à tes questions.

Augusta entendit la porte se fermer. Aussitôt, elle retroussa ses jupes et courut dans sa chambre. Une fois dans son sanctuaire, elle s'assit pour ouvrir son réticule.

Si vous voulez connaître la vérité sur votre frère...

Peut-être que, pour une fois, Graystone ne connaissait pas toutes les réponses. Elle lui montrerait ! Elle prouverait l'innocence de son frère et confondrait Harry par son intelligence.

Après mûre réflexion, Augusta décida que le plus sûr chemin pour sortir de la maison était de passer par la fenêtre de la bibliothèque. Elle pouvait aussi emprunter la porte des cuisines, mais le quartier des domestiques en était trop proche, et elle aurait pu réveiller quelqu'un.

Ce n'était pas sorcier de s'échapper par cette fenêtre. Après tout, elle avait déjà accompli le chemin inverse, lors de sa petite visite nocturne à Harry, le soir de ses fiançailles. D'ailleurs, elle ne comprenait pas que Harry l'ait épousée après cet exploit si peu digne d'une jeune femme bien élevée ! Sa loyauté avait sans doute fait pencher la balance du bon côté, quand il avait pris cette décision.

Elle se laissa tomber sur le sol, laissant la fenêtre ouverte. Enveloppée dans sa cape noire, elle resta à l'écoute un moment.

Puis, rassurée par le silence, elle s'avança avec prudence vers la grille du jardin. Il lui faudrait garder la tête froide face à son mystérieux visiteur. Mais elle pourrait toujours crier à l'aide, si nécessaire. Ses voisins, ou les domestiques, étaient à portée de voix.

Elle tendit à nouveau l'oreille, mais ne perçut ni murmure ni bruit de pas. Augusta ouvrit la grille qui grinça et appela doucement. Pas de réponse. Seules les lumières de chez lady Arbuthnott éclairaient l'allée. Les roues d'une voiture crissèrent, un instant, dans la nuit.

— Il y a quelqu'un ? demanda Augusta en scrutant avec inquiétude les ténèbres. S'il vous plaît ? Parlez, qui que vous soyez !

Elle avança un pied hors du jardin protecteur et ne tarda pas à buter contre quelque chose de dur et de rectangulaire. Elle le prit et s'aperçut que cela ressemblait à un livre.

Au même moment, Augusta perçut un bruit de sabots qui s'éloignaient dans l'allée. Elle se retourna à temps pour voir disparaître un cavalier et sa monture.

Ce mystérieux individu l'avait espionnée dans l'obscurité et avait attendu qu'elle prenne le livre pour s'enfuir. Augusta eut peur rétrospectivement. Elle regagna le jardin en toute hâte et verrouilla la grille. Le livre à la main, elle courut se réfugier dans la maison. Des branches lui fouettèrent le visage, ses cheveux se dénouèrent, et elle perdit quelques épingles dans sa course folle.

S'arrêtant pour reprendre son souffle, Augusta jeta le volume par la croisée ouverte et l'entendit tomber sur le tapis. Puis, elle se hissa sur le rebord de la fenêtre. Alors qu'elle s'apprêtait à poser le pied dans la pièce, la lampe du bureau s'alluma.

— Oh, non ! s'exclama-t-elle.

Harry, assis dans son fauteuil, la regardait, les yeux mi-clos, le visage impénétrable.

— Bonsoir, Augusta. Je constate que vous me rendez encore une de vos visites indues.

— Mon Dieu, Harry ! Je ne vous savais pas de retour...

— De toute évidence. Entrez, madame, ce doit être fort inconfortable d'être ainsi perchée.

— Je sais ce que vous pensez, milord, mais je peux tout vous expliquer.

— J'y compte bien. Entrez, vous dis-je !

Augusta se sentit vaguement inquiète. Elle enjamba la fenêtre puis remit ses jupes en place. Elle gardait un œil sur le livre tombé sur le tapis, tout en enlevant sa cape.

— J'ai bien peur que mon histoire ne vous paraisse quelque peu curieuse.

— Avec vous, c'est toujours le cas.

— Oh, Harry, vous êtes en colère ?

— Très !

Le cœur d'Augusta se serra.

— C'est ce que je craignais, dit-elle en se baissant pour prendre le volume.

— Asseyez-vous, Augusta.

— Bien, milord.

Elle prit place en face de lui et redressa le menton.

— Je sais que cela peut prêter à confusion, Graystone... commença-t-elle.

— Cela pourrait, en effet. Il me serait très facile, par exemple, de conclure que vous revenez d'un rendez-vous galant.

Les yeux d'Augusta s'agrandirent d'horreur.

— Juste ciel ! Harry, ce n'est pas cela du tout.

— Je suis soulagé de l'entendre.

— C'était une supposition parfaitement ridicule.

— Vraiment ?

Augusta se raidit, piquée par cette insinuation.

— En fait, milord, je menais ma propre enquête.

— Une enquête ?

Vraiment, son entêtement dépassait les bornes !

— Sur la mort de mon frère, bien sûr ! riposta-t-elle.

— Que le diable vous emporte, madame ! explosa Harry.

Augusta se recroquevilla dans son fauteuil.

— Pourtant...

— Par tous les Saints ! J'aurais dû m'en douter... Vous aurez ma mort sur la conscience, un jour, madame. Quel idiot ! Et moi qui croyais que vous reveniez de *Pompeia* !

— Oh ! non. Ça n'a rien à voir avec *Pompeia*. Je devais rencontrer un homme, voyez-vous. Seulement, il n'était pas là. Ou plutôt si, mais il ne s'est pas montré pendant...

— Vous venez de me dire qu'il n'y avait pas d'homme dans cette affaire, coupa Harry, sinistre.

— Pas comme vous l'entendez, reprit-elle en essayant de garder son calme. Ce n'était pas un rendez-vous amoureux ! Laissez-moi tout vous raconter, et vous comprendrez.

— Je doute de jamais vous comprendre, Augusta, mais allez-y, contez-moi votre histoire... Succinctement. Ma patience a des limites, et les faits ne jouent pas en votre faveur !

— Je vois, dit-elle en se mordant les lèvres. Eh bien, aujourd'hui, au parc, un petit garçon m'a donné un message qui disait que si je me rendais dans l'allée de derrière, à minuit, je connaîtrais la vérité sur mon frère. Voilà.

— Et voilà ! Dieu tout-puissant ! dit Harry en enfouissant sa tête dans ses mains. Je vais finir dans un asile, c'est certain. Je finirai à Bedlam...

— Harry ! Vous vous sentez bien ?

— Oh ! Je vais très bien... Je suis seulement sur le point de devenir fou !

Harry se leva d'un bond et vint se placer devant le bureau. Il croisa les bras et fixa Augusta d'un air glacial.

— Reprenons avec méthode. Qui vous a envoyé ce message ?

— Je ne sais pas. Comme je vous l'ai dit, il est resté caché dans le noir, à m'observer, et a disparu aussitôt le livre pris. Je n'ai pu le voir de près.

— Donnez-moi ce livre !

Harry le feuilleta quelques instants tandis qu'Augusta se contorsionnait pour pouvoir regarder elle aussi les pages recouvertes d'une fine écriture.

— C'est une sorte de journal intime ! s'exclama-t-elle.

— En effet.

— Doucement, vous tournez les pages trop vite. Je ne peux pas lire...

— De toute façon, c'est écrit en code. Et en code totalement obsolète...

— Ah, oui ? Pourrez-vous le déchiffrer ? Est-ce que cela a un rapport avec mon frère ? A votre avis...

— Augusta ! Taisez-vous, s'il vous plaît. Asseyez-vous et laissez-moi quelques minutes. Je n'ai pas revu ce code depuis bien longtemps.

Augusta lui obéit et resta tranquille, les mains jointes sur les genoux, dissimulant sa curiosité. Harry retourna à son bureau et ouvrit le gros carnet à la première page qu'il étudia très attentivement. Puis il tourna avec lenteur les feuillets suivants. Enfin, il jeta un coup d'œil aux dernières pages.

Augusta était sur le point de laisser éclater son impatience lorsque Harry releva la tête pour la regarder. Ses yeux gris brillaient d'un éclat métallique qu'elle ne lui avait jamais vu auparavant.

— Eh bien, milord ? souffla-t-elle.

— Ce sont des dépêches envoyées par divers courriers, pendant la guerre. J'en ai reconnu certaines, que mes agents avaient interceptées et décodées.

Augusta fronça les sourcils.

— Mais quel rapport avec mon frère ?

— Ce carnet est strictement confidentiel ! Il ne peut appartenir qu'à celui qui l'a rédigé...

— Mais qui en est l'auteur ? insista Augusta.

— Un seul homme a eu connaissance de toutes ces dépêches, de tous ces noms de courriers et d'agents français... Spider lui-même.

Augusta sentit la panique l'envahir.

— Mais Harry, en quoi cela peut-il impliquer Richard ?

— Je pense... que quelqu'un essaye de nous faire croire que votre frère n'était autre que Spider.

— Non, c'est impossible ! cria Augusta en se levant d'un bond. Cela n'est qu'un mensonge !

— Asseyez-vous, Augusta, dit Harry doucement.

— Non ! protesta-t-elle, si désireuse d'obtenir son aval qu'elle se pencha au-dessus du bureau. Je me fiche bien de ces prétendues preuves. Vous m'entendez ? Mon frère n'était pas un traître... Milord, vous devez me croire. Aucun Ballinger du Northumberland ne trahirait son pays. Richard n'était pas Spider.

— Je suis d'accord avec vous, dit Harry avec lenteur.

Abasourdie, Augusta se laissa retomber sur son siège.

— Vous êtes d'accord ? Vous ne pensez pas que ce recueil appartienne à Richard ? D'ailleurs, la preuve en est que ce n'est pas son écriture. Je peux vous le jurer !

— Cela ne prouve rien. Un homme intelligent s'appliquerait à écrire différemment, surtout pour tenir un journal aussi dangereux.

— Mais Harry...

— En fait, coupa ce dernier, il y a d'autres raisons qui font qu'il m'est difficile, sinon impossible, de croire que Richard ait pu être Spider...

Augusta sourit doucement, tandis qu'une vague de soulagement la submergeait.

— J'en suis heureuse, milord, riposta-t-elle aussitôt. Je ne peux vous dire ce que cela signifie pour moi. Je n'oublierai jamais votre gentillesse, et soyez assuré que vous aurez droit à mon éternelle gratitude.

Harry l'observait en silence, pianotant des doigts sur la couverture du livre.

— Naturellement, j'apprécie de vous entendre dire cela, madame, reprit-il tout en rangeant le carnet dans le tiroir de son bureau.

Qu'il prit grand soin de fermer à double tour.

Le sourire d'Augusta était rayonnant. Puis elle s'éclaircit la gorge avant de répondre.

— N'en doutez plus jamais ! dit-elle avec un sourire. Maintenant que vous avez déchiffré ce terrible poème et ce recueil de dépêches, maintenant que votre analyse logique est venue à bout de vos sombres pressentiments... Puis-je vous poser une question, milord ?

— Certes.

— Pourquoi croyez-vous brusquement à l'innocence de mon frère ? demanda-t-elle, souhaitant de tout son cœur que Harry lui réponde que c'était son affection pour elle qui avait été la raison de ce changement.

— La réponse est évidente, Augusta.

— Mais encore ? le supplia-t-elle.

— Je vis depuis quelques semaines déjà avec une Ballinger du Northumberland, et j'en suis venu à connaître assez bien le caractère et les habitudes de cette branche... Je n'ai pas été sans noter certains traits communs...

Il s'arrêta et haussa les épaules.

Augusta ne comprenait pas où il voulait en venir.

— Oui, Harry ? Je vous prie, continuez.

— Je vais être franc, madame. Aucun Ballinger du Northumberland n'aurait les qualités requises pour devenir un brillant espion. Encore moins un espion capable d'échapper à nos recherches pendant des années, un espion capable de garder sa véritable identité secrète !

— Qu'êtes-vous en train d'insinuer, Harry ?

— J'insinue que le Ballinger de base, et surtout celui du Northumberland, dont faisait partie votre frère, est bigrement trop sentimental, indiscret, imprudent, impétueux et stupide pour faire ne serait-ce que la moitié d'un bon espion. Quant à devenir un maître-espion, n'en parlons pas !

— Oh ! hoqueta Augusta, le souffle coupé.

Puis la jeune femme prit pleinement conscience de l'insulte, qui la frappa de plein fouet. Elle se leva d'un bond, absolument hors d'elle.

— Comment osez-vous ? Comment... Excusez-vous sur-le-champ, monsieur.

— Ne soyez pas ridicule ! Je ne vais pas m'excuser pour n'avoir dit que la stricte vérité.

Augusta le fixait, folle de rage.

— Bien. Vous ne me laissez pas le choix, milord. Vous venez d'insulter ma famille... une fois de trop. Et en tant que dernière Ballinger du Northumberland, j'exige réparation pour ces remarques injurieuses !

Harry n'en croyait pas ses oreilles. Il se leva lentement, et quand il retrouva la parole, sa voix était d'une douceur trompeuse.

— Je vous demande pardon ?

— Vous m'avez parfaitement entendue, monsieur, répliqua Augusta encore tremblante de l'outrage infligé, mais essayant de garder la tête haute. Je vous provoque en duel ! Vous avez le choix des armes.

Harry la fixait toujours, éberlué.

— C'est bien ainsi que ça se déroule ? reprit-elle avec mépris. Je vous défie, vous choisissez les armes. Exact ?

— Exact, madame. Oui, ce sont les règles. Je choisirai donc les armes et l'endroit de la rencontre, puisqu'il en est ainsi.

— Harry...

Augusta sentit brusquement la situation lui échapper. Elle n'aimait pas la lueur implacable de son regard. Harry s'approcha et Augusta se prépara à une retraite stratégique.

— Monsieur ? Que comptez-vous faire...

Harry continuait d'avancer. Elle recula d'un pas, prête à s'enfuir. Mais il était trop tard. Déjà, il la chargeait sur son épaule comme un vulgaire sac de farine et sortait de la bibliothèque, se dirigeant vers le hall d'entrée.

— Harry, reposez-moi à terre tout de suite ! cria Augusta en lui martelant le dos de ses poings.

Elle tenta de lui envoyer des coups de pied, mais sans succès. Il resserra l'étau autour de sa taille, afin d'empêcher tout mouvement.

— Vous vouliez un duel, madame. Vous en aurez un. Nous utiliserons les armes dont la nature nous a dotés, et le champ de bataille sera mon lit. Je vous assure qu'il n'y aura aucune pitié avant votre reddition complète !

— Bon sang ! Mais ce n'est pas ainsi que je l'entendais...

— C'est bien dommage.

Harry avait déjà gravi la majeure partie de l'escalier lorsque Craddock émergea du quartier des domestiques. Le majordome avait dû s'habiller en toute hâte, sa chemise était ouverte et il tenait encore ses chaussures à la main. Il regarda ses maîtres avec stupéfaction.

— J'ai entendu du bruit, milord, bafouilla-t-il, très mal à l'aise. Quelque chose ne va pas ?

— Tout va bien, Craddock. Lady Graystone et moi allions tout simplement nous coucher, dit-il en remettant Augusta d'aplomb sur son épaule. Occupez-vous donc des lampes, pendant que vous y êtes.

— Bien, Votre Seigneurie.

Augusta entr'aperçut la figure du majordome lorsque Harry atteignit le palier. Craddock luttait vaillamment contre le fou rire. Elle grogna, dégoûtée.

Harry congédia son valet de chambre d'un mot :

— Dehors !

L'homme disparut, mais Augusta put voir, avant que la porte ne se referme, son large sourire. Elle fusilla Harry du regard quand il la déposa doucement sur le lit, avant de s'asseoir à ses côtés et de commencer d'ôter ses bottes.

Augusta se redressa aussitôt. Sa colère retombait déjà pour faire place au bon sens. Elle se rendait compte qu'elle avait dépassé les limites.

— Harry, je m'excuse de vous avoir lancé ce défi stupide. Je me rends compte qu'une femme ne peut agir ainsi. Mais aussi, vous me mettez hors de moi !

— Ce n'est rien, comparé à l'effet désastreux que vous avez sur moi, madame.

La seconde botte atterrit sur le plancher. Harry se leva pour achever de se déshabiller.

Augusta s'aperçut alors de la force de son désir. Une chaleur, ô combien familière, commença de l'envahir.

Je l'aime tant... songea-t-elle avec une certaine amertume. C'était vraiment trop injuste qu'il possédât un si grand pouvoir sur elle.

— Maintenant, ma chère femme, nous pouvons commencer le duel.

Harry la rejoignit sur le lit et lui retroussa ses jupes jusqu'à la taille, d'un geste rapide. Puis il la saisit par les hanches, les yeux brillants, tandis qu'il se penchait sur elle.

— Vous me ferez des excuses, si je gagne ? murmura-t-elle lorsque leurs peaux se touchèrent.

— Je ne vous ferai aucune excuse, madame. Vous m'avez demandé satisfaction et je vous jure que vous l'aurez ! Bien sûr, j'aurai aussi la mienne...

18

Augusta remua dans le grand lit. Elle était consciente de l'inhabituelle présence d'un corps masculin à ses côtés, et se sentait détendue et heureuse.

Elle ouvrit les yeux sur une lune pâle qui brillait faiblement au travers de la croisée. Elle s'étira lentement, redonnant vie à ses longues cuisses fuselées. C'était toujours ainsi lorsque Harry lui faisait l'amour... Cette impression d'avoir chevauché un étalon sauvage en une course effrénée. Ou bien plutôt, était-ce celle d'avoir été chevauchée par un cavalier fougueux... Cette dernière idée la fit sourire.

— Augusta ?

— Oui, Harry ? demanda-t-elle en venant se pelotonner contre lui.

— Il y a quelque chose que je désire savoir à propos d'hier.

— Quoi donc, chéri ?

Elle s'émerveillait toujours du changement d'humeur qu'occasionnaient leurs séjours dans le grand lit. C'était le seul endroit où elle ne se sentait pas sur la défensive, ni d'humeur belliqueuse.

— Pourquoi ne pas m'avoir apporté le message immédiatement cet après-midi ? Pourquoi m'avoir dissimulé un rendez-vous aussi dangereux ?

— Je doute que vous puissiez comprendre, répondit-elle en soupirant.

— Essayez donc.

— Vous risqueriez de me désapprouver.

— Vous avez sans doute raison. Mais expliquez-moi tout de même, ordonna-t-il d'une voix douce. Avez-vous eu peur que ces informations portent préjudice à votre frère ?

— Oh ! non, s'empressa-t-elle de répondre. Au contraire, je pensais que cette preuve blanchirait le nom de Richard.

— Pourquoi ne pas m'avoir fait confiance, dans ce cas ? Vous connaissiez l'intérêt que je portais à tout cela, n'est-ce pas ?

Elle releva la tête.

— Je voulais vous prouver que je pouvais être aussi efficace que vos amis !

— Sally et Sheldrake ? C'était une folie, Augusta ! Ils ont de l'expérience et n'ont nul besoin qu'on prenne soin d'eux. Vous ne connaissez rien au métier d'espion.

— Justement, dit-elle en s'asseyant. Je veux apprendre. Je veux faire partie de votre cercle d'intimes. Je veux avoir avec vous les mêmes liens que ceux que vous avez avec Peter et Sally !

— Mais Augusta, vous êtes ma femme ! riposta-t-il, exaspéré. Nous sommes liés par ce lien plus intimement que par n'importe quel autre, je vous assure.

— Le seul moment où je me sente proche de vous, c'est quand nous partageons la même couche. Comme en ce moment, et ce n'est pas suffisant car, même là, il subsiste une distance, malgré tout.

— Il n'y a aucune distance entre nous à ces moments-là, répondit-il gentiment en lui caressant la hanche. Dois-je vous le prouver de nouveau ?

Elle s'écarta volontairement de lui.

— Il existe une distance puisque vous ne m'aimez pas, dit-elle. Vous ressentez une certaine passion physique pour moi. C'est complètement différent.

Harry haussa les sourcils.

— Vous parlez en expert !

— Toute femme connaît instinctivement la différence entre l'amour et le désir.

— Allons-nous recommencer cette vieille querelle au sujet de cette inénarrable intuition féminine ?

— Non, rétorqua Augusta, furieuse. Mais j'ai décidé que comme je ne pouvais avoir votre amour, je voulais avoir votre amitié ! Votre véritable amitié... Je veux être de vos intimes. Comprenez-vous, milord ?

— Non. Cela n'a aucun sens.

— Je veux sentir que je fais partie de ce cercle magique... Saisissez-vous, milord ? Je veux entrer dans votre vraie famille.

— Damnation ! Augusta, vous êtes par trop émotive ! s'exclama-t-il en lui saisissant le menton et en la fixant intensément. Écoutez-moi bien, jeune femme, vous faites partie de ma famille, et sans l'ombre d'un doute. Ne l'oubliez jamais ! Cependant, vous n'avez rien d'un espion surentraîné, et je ne veux plus que vous vous exposiez comme ce soir. Est-ce clair ?

— Mais j'ai fait du bon travail, Harry, avouez-le. Je vous ai apporté une preuve importante... Oh ! Et autre chose, milord ! Quelqu'un s'est donné beaucoup de mal pour nous faire croire que Spider et mon frère ne faisaient qu'un et pour que vous en déduisiez que Spider était mort depuis deux ans. Cela soulève des perspectives intéressantes, non ?

Harry ne put réprimer une grimace.

— Certes. Cela veut surtout dire que Spider est bien vivant et qu'il désire que les gens croient le contraire. Il doit donc occuper une place éminente dans la société et désirer continuer à mener sa nouvelle vie. Il aurait beaucoup à perdre si son identité se trouvait être révélée. Et cela ne le rend que plus dangereux !

Augusta réfléchit un instant.

— Oui, je vois ce que vous voulez dire.

— Plus je songe aux événements de ce soir, ma chérie, plus je pense que vous avez frôlé la mort de bien près. Je suis impardonnable.

Augusta s'inquiéta. Ce ton de voix chez Harry ne présageait jamais rien de bon. En général, les ordres suivaient, et sans appel.

— Oh ! Ne vous blâmez pas, milord. C'était un malheureux accident qui n'aura pas de suite. Et si je reçois encore un message anonyme, je vous l'apporterai aussitôt. Je vous en donne ma parole d'honneur !

Il la regarda, l'œil en coin.

— Je vais prendre des mesures à cet effet, Augusta. Vous et Meredith ne pourrez dorénavant quitter la maison sans moi ou une escorte de deux valets. Je choisirai les domestiques personnellement et préviendrai Craddock de ma décision.

— Parfait, milord. Parfait ! admit Augusta avec un soupir de soulagement.

Elle avait craint bien pire. Il aurait pu lui interdire de sortir sans lui. Comme il était souvent absent, cela aurait signifié un emprisonnement pur et simple, pour elle et Meredith. Elle l'avait échappé belle !

— Me suis-je bien fait comprendre ?

Augusta acquiesça, en femme soumise.

— De plus, ajouta délibérément Harry, vous ne sortirez pas le soir, avec ou sans escorte.

Voilà qui était trop, et Augusta réagit au quart de tour.

— Harry, vous allez trop loin ! Meredith et moi sortirons avec une armée de valets, si vous le souhaitez, mais vous ne pouvez nous confiner dans la maison chaque soir...

— Je suis désolé, répondit-il, non sans gentillesse. Je ne pourrai pas me concentrer sur mon enquête si je ne vous sais pas en sécurité.

— Alors, vous annoncerez vous-même à votre fille que nous n'irons pas à l'Astley demain.

— Vous vouliez l'emmener là-bas ? Je ne suis pas sûr que cet endroit soit franchement indiqué... Cet amphithéâtre est réputé pour ses spectacles équestres et ses mélodrames stupides. On y voit des femmes dansant sur des chevaux lancés à plein galop ! Cela n'a rien d'éducatif pour une jeune enfant, non ?

— Je pense au contraire que Meredith adorera, rétorqua-t-elle d'un ton acide. Et moi aussi !

— Eh bien, dans ce cas, je pense que je vais trouver le temps de vous accompagner, dit-il d'une voix douce.

Augusta n'en crut pas ses oreilles. Il capitulait !

— Vous feriez ça ?

— N'ayez pas l'air si étonné, ma chérie. Étant sorti vainqueur du duel, je peux me montrer généreux avec le vaincu.

— Vainqueur ? Qui vous a déclaré vainqueur ?

Elle attrapa un oreiller et se mit à le marteler de coups de poing.

Le rire de Harry était rauque, comme encore troublé par le désir.

Le spectacle à l'Astley n'était pas aussi mauvais que Harry l'avait craint. Ce n'étaient pas les écuyères, la musique ou l'inepte mélodrame, avec ses feux d'artifice et ses barytons, qui l'intéressaient, mais bien plutôt la vue de sa femme et de sa fille, penchées sur la balustrade de la loge pour ne pas perdre une miette du spectacle.

Augusta avait raison. Meredith adorait le spectacle. Harry s'aperçut que sa fille si sérieuse, trop sérieuse peut-être, s'était épanouie ces dernières semaines. Elle avait l'air de découvrir enfin les plaisirs de l'enfance.

Il se mit à douter — ce qui lui arrivait rarement — de la sagesse d'une de ses décisions les plus mûrement pesées : l'éducation stricte qu'il avait fait donner à Meredith depuis toutes ces années avait peut-être été trop sévère... Aucune place n'avait été faite aux innocents plaisirs et aux jeux. Cela avait été un tort, très certainement.

Il observait sa fille, bouche bée devant une amazone qui virevoltait dans un cerceau multicolore, pour atterrir sans dommage sur le dos d'un cheval au galop.

Cette nouvelle vie lui réussissait, pensa Harry. Mais il aurait de la chance si elle n'avait pas l'idée, un jour, de vouloir rejoindre l'équipage du ballon de Mr. Mitford, ou la troupe des écuyères de l'Astley !

Son regard se posa ensuite sur sa femme qui montrait à Meredith le traître de la pièce. La lumière du chandelier mettait en valeur la chaude couleur de sa chevelure. Et il se rappela le désespoir qui perçait dans ses paroles, la veille.

Je voudrais avoir le sentiment de faire partie...

Il savait qu'elle combattait sans cesse cette impression d'exclusion. Elle était la dernière des Ballinger du Northumberland et avait été très seule depuis la mort de son frère. Il comprenait enfin sa souffrance.

Mais comment pouvait-elle se croire exclue de leur petite famille ? Elle devait se rendre compte de l'affection grandissante de Meredith, du fait que cette dernière ne la quittait plus. Certes, l'enfant ne semblait pas encore décidée à l'appeler mère, mais cela n'avait pas grande importance.

Et cette tendance à se mettre dans tous ses états, parce qu'il ne tombait pas à genoux pour lui proclamer son amour éternel. Encore un exemple de sa sentimentalité exacerbée ! Harry estimait avoir amplement démontré son affection. Et sa confiance. Il pouvait à peine croire à quel point il était tolérant avec sa nouvelle comtesse ! Tout autre homme, en la voyant escalader une fenêtre à minuit, l'eût immédiatement soupçonnée d'avoir un amant, et y aurait cru dur comme fer.

Et puis cette façon qu'elle avait de passer du repentir à la promesse, de la promesse à la colère, et de le provoquer en duel ! Elle lisait trop de romans, c'était là son problème.

Bien sûr, il l'avait écartée de son enquête. Parce qu'elle manquait d'expérience, ce qui était une raison suffisante en soi, mais surtout parce qu'il voulait la protéger des accusations portées contre son frère.

Harry se demanda s'il avait bien fait de l'exclure ainsi... Car, que ça lui plaise ou non, elle était impliquée dans cette affaire. Peut-être que la dernière des Ballinger du Northumberland était en droit d'apprendre la vérité.

La musique du final vint clore la représentation. Les chevaux et les acteurs firent un tour d'honneur sous les applaudissements.

Pendant tout le trajet du retour, Meredith ne cessa de parler.

— Papa, pensez-vous que je pourrais apprendre à monter comme la dame en rose ?

— Je ne crois pas que ce talent te serait très utile, dit Harry qui remarqua l'air amusé de sa femme. On est rarement amené à chevaucher debout sur une selle dans Hyde Park !

Meredith accepta ce raisonnement, pourtant logique, avec un froncement de sourcils.

— Je suppose que non, énonça-t-elle gravement. Mais c'était merveilleux quand le poney a rattrapé la dame !

— Absolument.

— Qu'avez-vous préféré, papa ?

— Le décor, répondit-il en souriant à Augusta.

Lorsqu'ils arrivèrent, Harry retint sa femme par le bras.

— Restez un moment, je vous prie. Rentre, Meredith. Augusta te rejoindra.

— Oui, papa.

Meredith sauta à bas de la voiture pour aller régaler les valets du récit des merveilles de la soirée.

Augusta attendait, intriguée.

— Je vais rejoindre Sheldrake à mon club.

— Encore cette enquête, je suppose.

— Oui. Toutefois, nous nous réunirons à trois, plus tard

chez Sally. Nous allons comparer nos impressions et échanger nos informations. Vous pourriez venir, si vous le souhaitez.

Augusta ouvrit de grands yeux.

— Vraiment, Harry, je peux ?

— Vous avez certains droits sur cette affaire, ma chérie. J'ai peut-être eu tort de vous exclure.

— Comment pourrai-je jamais vous remercier ?

— Eh bien... Hum ! toussota Harry, pris de court lorsque Augusta lui sauta dans les bras.

Elle le serrait encore avec ivresse, lorsque la porte de l'attelage fut ouverte, offrant un spectacle inattendu au valet de pied et au cocher.

— A quelle heure pensez-vous revenir, Harry ?

— Aux alentours de trois heures du matin.

Il écarta avec douceur ses bras de son cou, sachant qu'il réagissait déjà aux voluptueuses courbes de son corps.

— Soyez dans la bibliothèque. Nous prendrons le raccourci par le jardin.

— Je vous attendrai.

Son sourire rayonnait plus que toutes les lumières de l'Astley.

Harry attendit de la voir entrer dans la maison, puis ordonna au cocher de le conduire à son club. Pendant tout le trajet, il tenta de se persuader qu'il avait agi sagement en introduisant Augusta dans son petit groupe.

Sans doute avait-il eu raison, mais cela allait contre tous ses principes. Harry regarda distraitement par la vitre, pris d'un vague sentiment d'angoisse.

Peter Sheldrake, impeccablement vêtu comme à son habitude, sortait de la salle de jeu lorsque Harry entra dans le club. Peter tenait à la main une bouteille de bourgogne, qu'il agita joyeusement à la vue de son ami.

— Oh ! Oh ! Je vois que vous avez survécu à cette soirée... Prenez un verre et racontez-moi les merveilles de l'Astley. J'y ai emmené des neveux, il y a des années, et je n'ai su que faire pour les empêcher de sauter sur le dos des chevaux !

Harry sourit et suivit Peter dans un coin tranquille.

— J'ai été confronté au même problème, ce soir, je le crains. Meredith m'a inquiété... et Augusta ne vaut pas mieux, d'ailleurs.

— Comprenez-la, dit Peter d'une voix moqueuse. Être comtesse de Graystone n'est rien comparé aux plaisirs de la voltige devant une foule en délire. Pensez aux applaudissements et aux encouragements. Pensez aux gentlemen qui vous admirent du haut des loges.

Graystone fit la grimace.

— Suffit ! De toute façon, la vie d'Augusta risque de devenir intéressante, maintenant.

— Oh ! dit Peter en avalant une gorgée de bourgogne. Comment ? Allez-vous lui permettre enfin d'exhiber son décolleté ? J'en frémis !

Harry jeta un coup d'œil hargneux à Peter en se demandant s'il s'était montré aussi tyrannique que ça avec Augusta...

— Nous verrons ce que vous en penserez lorsque vous serez marié, riposta-t-il.

Peter se contenta de ricaner.

— Je vous disais donc, reprit Harry, qu'Augusta va se joindre à nous ce soir, pour notre réunion.

Sheldrake faillit s'étouffer avec son bourgogne. Il fixa Harry, incrédule.

— Diable ! Vous lui avez permis de venir ? Pensez-vous que ce soit sage, Graystone ?

— Absolument pas.

— Comme tout semble indiquer la culpabilité de son frère, cela risque d'être douloureux pour elle, non ?

— Il est évident que Ballinger était impliqué dans cette affaire, d'une manière ou d'une autre. Mais, faites-moi confiance, Sheldrake, lorsque je vous affirme que Richard ne pouvait pas être Spider.

— Si vous le dites, dit Sheldrake plus que sceptique.

— Je suis catégorique. Ces soi-disant preuves nous ont été fournies par quelqu'un qui veut nous faire croire que Spider est mort il y a deux ans.

Harry lui conta rapidement la découverte du carnet par Augusta.

— Mon Dieu ! Il est authentique ? Ce n'est pas un piège au moins ?

— Tout ce qu'il y a de plus authentique. Et vraiment, Sheldrake, j'en frissonne rien que de songer à Augusta et à cet homme caché dans les buissons !

— Je comprends.

Harry allait entrer dans les détails, lorsqu'il aperçut Lovejoy qui traversait la pièce dans leur direction. Ses yeux verts reflétaient une menace à peine voilée.

Tant de ces hommes, dangereux et pleins d'ennui, secoués par la guerre, hantaient les rues de Londres, pensa Harry en le dévisageant.

— Bonsoir, Graystone, Sheldrake. Je suis surpris de vous voir ici, ce soir. Je pensais que vous tiendriez compagnie à ces dames. Félicitations, d'ailleurs, Sheldrake. C'est assez égoïste de votre part de nous priver d'une des dernières héritières de Londres. Il ne nous reste plus grand-chose...

— Certain que vous en trouverez une à votre convenance, murmura Sheldrake.

Harry, quant à lui, se plongea dans la contemplation de son verre.

— Que désirez-vous, Lovejoy ?

— Je voulais vous prévenir d'une vague de cambriolages en ville. On s'est introduit dans ma bibliothèque, il y a quelques semaines.

Le visage de Harry était impénétrable.

— Vraiment ? L'avez-vous signalé au magistrat ?

— Rien de ce qui a été volé n'est irremplaçable.

Lovejoy leur adressa un sourire froid et tourna les talons. Harry et Peter restèrent silencieux quelques minutes.

— Je crains que vous n'ayez à vous occuper de ce Lovejoy... observa finalement Peter.

— Oui, cela devient urgent. Je ne comprends pas pourquoi il m'a pris pour cible.

— Au départ, je pense qu'il ne souhaitait que séduire Augusta. Et il a sans doute compris que vous l'aviez empêché de poursuivre son petit jeu en récupérant la reconnaissance de dette. Il doit vouloir prendre sa revanche. Comme vous étiez absent, ces temps-ci, il n'en a pas eu l'opportunité.

— Je vais garder un œil sur lui.

— Cela vaudrait mieux. A l'entendre, j'ai l'impression qu'il compte utiliser Augusta pour se venger.

Harry finit de boire son verre de bourgogne.

— Je suis toujours persuadé qu'il y a plus dans le jeu de Lovejoy que ce qu'on voit, reprit Harry après un temps de réflexion. Il serait temps de lui rendre à nouveau visite.

— Je vous accompagnerai. Cela peut être intéressant. Mais pas ce soir, votre emploi du temps est déjà assez chargé.

— Vous avez raison. Une autre fois. Le travail nous attend...

Augusta faisait les cent pas dans la bibliothèque, lorsque les deux hommes la rejoignirent. Elle s'était habillée pour la circonstance. Un manteau de velours noir recouvrait une robe de même couleur, et elle portait des gants et des bottines, plus adaptées que ses délicates chaussures à des sorties nocturnes.

La jeune femme avait envoyé se coucher tous les domestiques quelques heures auparavant et avait attendu, seule et impatiente. Le bonheur d'être conviée à se joindre aux trois amis la submergeait.

Enfin, elle entrait dans ce cercle d'initiés !

Enfin, elle allait partager cette merveilleuse amitié. Résoudre un mystère avec eux, et apprendre à Harry à respecter son intelligence. Enfin, il la verrait comme une amie, une femme en qui il aurait confiance, avec qui il pourrait partager ses secrets !

Le bruit d'une porte que l'on ouvrait discrètement dans le hall stoppa net ses pensées. Elle entendit un murmure de voix masculines et des bottes résonner sur le carrelage. Elle courut vers l'entrée de la bibliothèque, et découvrit un Harry maussade et un Peter grimaçant. Ce dernier esquissa une révérence.

— Bonsoir, madame. Puis-je me permettre de vous féliciter sur votre tenue ? Ce velours noir, ces bottes... Quelle audace ! Elle est splendide, n'est-ce pas, Graystone ?

Harry fronça les sourcils.

— Elle ressemble plutôt à un bandit de grand chemin. Partons. Allons, dépêchons !

Il les fit sortir en les poussant avec sa canne d'ébène.

— Nous n'empruntons pas la fenêtre ? demanda Augusta.

— Certainement pas. Nous passerons par les cuisines, comme des gens normaux et civilisés !

La jeune femme fronça le nez en regardant Peter d'un œil complice.

— Est-il toujours aussi grognon lorsqu'il est sur une enquête ? lui demanda-t-elle malicieusement.

— Toujours. C'est un rabat-joie. Il n'a aucun sens de l'aventure, expliqua Peter avec un malin plaisir.

Harry leur lança un regard meurtrier.

— Taisez-vous tous les deux ! Je ne veux pas réveiller le personnel !

— Oui, monsieur, répondit Peter.

— Oui, milord, dit Augusta de concert.

Le trio traversa le jardin sans incident, éclairé par le clair de lune et par la lumière chaude qui tombait de la fenêtre de la chambre de lady Arbuthnott.

A mesure qu'ils approchaient, Augusta s'aperçut que le reste de la demeure était plongé dans l'obscurité.

— Sally nous attendrait-elle à la porte de l'office ? demanda-t-elle.

— Oui, répondit Peter. Puis elle nous emmènera dans sa bibliothèque pour que nous puissions y discuter à notre aise.

Arrivé à la grille de lady Arbuthnott, Harry s'arrêta.

— C'est ouvert !

— Elle a dû envoyer un domestique, dit Peter en poussant un des lourds battants. Je ne pense pas qu'elle ait encore la force de marcher seule jusque-là, la pauvre chérie.

— Il est étonnant qu'elle préside encore *Pompeia*, murmura Augusta.

— Ce club la maintient en vie. Ainsi que le plaisir d'une dernière enquête pour Graystone, confia Peter.

— Silence ! ordonna Harry.

Augusta s'enveloppa dans son manteau et suivit Harry. Peter fermait la marche.

Quand Harry s'arrêta brusquement, Augusta manqua bien de lui rentrer dedans. Elle réussit toutefois à garder l'équilibre.

— Harry ? Que se passe-t-il ?

— Quelque chose ne tourne pas rond.

Le ton de Harry alarma Augusta. Elle vit qu'il tenait sa canne d'une étrange manière.

— Des problèmes ? demanda doucement Peter dans l'obscurité, toute trace de plaisanterie ayant disparu de sa voix.

— La porte des cuisines est ouverte, et il n'y a ni lumière ni signe de Sally. Ramenez Augusta à la maison. Rejoignez-moi dès qu'elle sera en sécurité.

— Compris, dit Peter.

Il prit le bras d'Augusta, mais cette dernière se dégagea avec une certaine brusquerie.

— Harry, non. Laissez-moi venir avec vous. Sally a peut-être besoin de moi. Elle est sans doute gravement malade et...

Augusta cria quand son pied buta dans ce qui lui sembla être une robe chiffonnée devant les buissons d'aucubas.

— Oh, mon Dieu. Non ! cria-t-elle. Pas Sally !

— Augusta ? Que se passe-t-il ?

Harry se retourna en toute hâte. Mais Augusta était déjà à genoux, écartant frénétiquement l'épais feuillage des aucubas.

— C'est Sally. Oh, Harry ! Je sais que c'est elle... Elle a dû s'évanouir. Sally !

Augusta tentait de desserrer la somptueuse robe de brocart de son amie, tâtant son corps. Ses gants noirs furent immédiatement souillés de sang. Un rayon de lune éclairait malencontreusement le manche d'une dague enfoncée jusqu'à la garde dans la poitrine de lady Arbuthnott.

— Mon Dieu ! Non, pas ça ! hurla Harry en se précipitant dans les buissons.

Il se laissa tomber aux côtés de sa vieille amie et lui saisit le poignet.

— Elle vit, annonça-t-il.

— Merci, mon Dieu... murmura Peter en s'agenouillant à son tour près de Sally. (Il fixa la dague et jura.) Ce bâtard me le payera !

— Sally ? appela Augusta en lui saisissant la main.

Elle fut horrifiée par son contact glacé. Elle sut alors que Sally était en train de mourir. C'était horrible.

— Augusta ? Est-ce vous, chérie ? (La voix de Sally n'était qu'un murmure.) Je suis heureuse... Si heureuse de vous voir. Ce n'est guère plaisant de mourir seule, vous savez ? C'est ce que je craignais le plus...

— Nous sommes tous à vos côtés, Sally, dit Harry. Peter, Augusta et moi. Vous n'êtes plus seule.

— Mes amis, dit Sally en fermant les yeux. C'est mieux ainsi. J'avais trop mal, si mal... Je n'aurais pu continuer longtemps... Mais j'aurais préféré choisir ma fin...

Les yeux d'Augusta s'emplirent de larmes. Elle serra la main de son amie avec force, comme si sa seule volonté pouvait la garder en vie.

— Sally, qui a fait ça ? demanda Harry. Spider ?

— Oh oui ! Ce doit être lui... N'ai pu voir son visage... Mais il savait pour la liste... Savait que je l'avais... par le cuisinier.

— Quel cuisinier ? demanda Harry d'une voix très douce.

— Du *Club de l'épée*... Me l'a donnée ce matin.

— Que Spider brûle en enfer ! murmura Harry. Je m'assurerai personnellement qu'il puisse le payer. Sally, soyez-en assurée.

— Oh ! Je sais, Graystone... Cette fois, vous l'aurez. J'ai toujours su... que vous régleriez vos comptes avec lui. Un jour...

Elle se mit à tousser de façon effrayante.

Augusta serra encore plus fort la petite main. Ses larmes se mêlaient au sang de son amie. Une fois déjà, elle avait tenu ainsi quelqu'un dans ses bras et avait vu le filet de vie devenir une minuscule flamme, vaciller et disparaître. Rien n'était plus terrible au monde que cette sorte de veille.

— Augusta ?

— Sally, vous allez tellement me manquer. Vous avez été une si merveilleuse amie.

— Vous aussi, ma très chère Augusta. Vous m'avez tellement donné. Sans le savoir... Vous devez me laisser, maintenant. Il est temps...

— Sally !

— N'oubliez pas d'ouvrir le livre, Augusta.

— Non, je n'oublierai pas, promit-elle entre ses dents.

Sally n'était plus.

19

Harry berçait Augusta qui pleurait dans ses bras. Rien n'était plus atroce que cette incapacité à soulager les êtres que l'on aime. Il envia à Augusta cette faculté qu'elle avait d'exprimer son chagrin aussi spontanément. Il ne réussissait, pour sa part, qu'à ruminer sa vengeance.

Il serra plus étroitement sa femme et attendit que la tempête s'apaise. Ils se tenaient dans le vaste hall de la demeure de lady Arbuthnott, sombre et silencieuse.

Il se forçait à ne penser qu'à sa vengeance.

Augusta commençait à se calmer, lorsque Harry, regardant par-dessus son épaule, vit Peter arriver.

— Apparemment, il a eu le temps de fouiller sa chambre et la bibliothèque, annonça-t-il. Elles sont sens dessus dessous, contrairement aux autres pièces de la maison. Il a dû entendre quelque chose ou être dérangé avant d'avoir fini. Il devait penser que Sally une fois morte, personne ne trouverait la liste.

— C'est une grande demeure, difficile à fouiller complètement. Rien d'autre ? demanda Harry calmement.

Peter hocha la tête, l'air déterminé.

— Non. Un des domestiques est parti chercher le magistrat. J'ai fait transporter le corps de Sally dans sa chambre. Dieu ! Qu'elle était frêle... Elle n'a dû vivre que par la simple force de sa volonté, ces dernières semaines.

— Elle me manquera tant, sanglota Augusta.

— Elle nous manquera tous, assura Harry en lui caressant les cheveux. Je lui serai toujours reconnaissant.

— A cause de sa bravoure pendant la guerre ? demanda Augusta en séchant ses larmes avec le mouchoir de Harry.

— Elle était courageuse, certes, mais je n'oublierai jamais que c'est elle qui m'a suggéré de rencontrer votre oncle. Sally disait que je devrais vous ajouter à ma liste.

— Vraiment ? Comme c'est étrange ! Pourquoi pensait-elle que je ferais une bonne épouse ?

— Je me le suis aussi demandé, dit-il avec un léger sourire. Elle pensait qu'une femme moins conforme à mes préjugés me rendrait heureux.

— Sally vous connaissait bien, Graystone, dit Peter.

— C'est ce que je crois, dit Harry en repoussant doucement Augusta. Mes amis, nous la pleurerons plus tard. Les autorités vont statuer que Sally a été assassinée par des cambrioleurs. Il n'y a aucune raison de les détromper.

— D'accord, acquiesça Peter. De toute façon, la police ne peut nous être d'aucune aide.

— Nous devons trouver cette liste ! dit Harry avec détermination.

Il jeta un coup d'œil autour de lui en pensant combien cette maison était vaste et combien cela leur prendrait de temps pour la fouiller de fond en comble.

— Je connais certaines de ses habitudes, reprit-il. Elle cachait toujours les choses dans les endroits les plus évidents.

Augusta se moucha.

— Le livre... laissa-t-elle tomber.

— Quel livre ? demanda Harry surpris...

— Le livre des paris, rétorqua Augusta en se dirigeant vers le salon. Sally m'a fait promettre de vous le remettre le jour où je le trouverais exceptionnellement fermé, et de m'assurer que vous l'ouvririez... Et vous l'avez entendu juste avant qu'elle ne... meure.

Harry échangea un regard avec Peter qui se contenta de hausser les épaules et d'emboîter le pas à Augusta.

La porte était fermée. Augusta entra dans la grande salle silencieuse et alluma une lampe.

Malgré lui, Harry ne put s'empêcher d'examiner la pièce. Bien qu'il eût rendu de nombreuses visites à Sally, cette dernière ne l'avait jamais admis dans ce salon, uniquement réservé au club et aux femmes. Elle n'en violait pas les règles, disait-elle, et ce, quelle que soit l'heure.

— C'est étrange, n'est-ce pas ? chuchota Peter à côté de Harry. Je n'avais jamais passé le seuil de cette pièce, vous savez. Et le seul fait d'y jeter un simple coup d'œil, de temps à autre, m'intimidait.

— Je comprends !

Harry regarda attentivement les peintures et en reconnut certaines. Elles représentaient des femmes légendaires ou mythiques qui avaient survécu dans la mémoire collective, en dépit de ce qu'Augusta appelait les préjugés historiques à l'égard du sexe faible. Harry se demanda brusquement combien de ces femmes avaient été oubliées ou simplement ignorées, au nom de ces préjugés.

— On se demande ce que les membres de *Pompeia* faisaient ici... et de quoi elles parlaient, en l'absence de toute présence masculine, non ? Sally me disait que c'était très surprenant, chuchota Peter.

— A moi, que c'était parfois très cru ! répondit Harry sur le même ton.

Augusta se dirigeait vers un piédestal d'époque gréco-romaine, sur lequel reposait un grand livre recouvert de cuir.

— Est-ce le célèbre livre des paris ? demanda Harry en traversant la pièce pour rejoindre Augusta.

— En effet. Et il est fermé. Exactement comme elle l'a dit, répondit Augusta en le feuilletant lentement.

Harry lut quelques lignes.

Miss L.B. parie à miss R.M. dix livres que cette dernière ne récupérera pas son journal à temps pour éviter un désastre.

Miss B.R. parie cinq livres à miss D.N. que lord G. demandera la main de l'Ange avant la fin du mois.

Miss F.O. parie dix livres à miss C.P. que miss A.B. rompra ses fiançailles avec lord G. avant deux mois...

— Mon Dieu ! s'exclama Harry. Dire que les hommes pensent avoir une vie privée !

— Les membres de *Pompeia* adorent parier, milord. Je suppose que le club va fermer ses portes à présent. Il me manquera... C'était comme un second foyer pour moi. Rien ne sera plus pareil...

Harry était sur le point de rappeler à Augusta que son foyer était à Graystone, maintenant, lorsqu'il aperçut un bout de papier, glissé entre deux pages.

— Laissez-moi voir ça !

Il s'en empara pour l'examiner. Peter vint lire par-dessus son épaule, et Augusta tordit le cou pour tenter d'y jeter un coup d'œil.

— C'est bien une liste de noms, annonça Harry. Sans doute, celle des membres du *Club de l'épée*. C'est l'écriture de Sally, en tout cas.

— Je ne reconnais aucun d'entre eux, dit Peter en faisant la moue.

— Rien d'étonnant à cela, expliqua Harry en s'approchant de la lampe. Sally a utilisé un vieux code dont elle se servait pour m'adresser ses messages.

— Combien de temps vous faudra-t-il pour le déchiffrer ? Il y a au moins dix noms.

— Cela ne sera pas long. Mais après, il faudra identifier lequel d'entre eux se trouve être Spider.

Harry plia la feuille de papier et la mit en sécurité dans sa poche.

— Partons, reprit-il. Nous avons beaucoup à faire avant que le jour ne se lève.

— Puis-je vous aider ? demanda Augusta.

— Oui. Rentrez et réveillez les domestiques. Je veux que vous et Meredith soyez parties à sept heures tapantes pour le Dorset.

— Sept heures ! s'indigna-t-elle. Mais je ne peux quitter Londres, alors que vous êtes sur le point de retrouver l'assassin de Sally et, sans doute, la véritable identité de Spider ! Autorisez-moi à rester.

— C'est hors de question. Spider connaît l'existence de cette liste et sera prêt à tout pour la récupérer. C'est trop dangereux.

Harry la prit par le bras et se dirigea vers la porte.

— Peter, est-ce que votre fiancée aimerait séjourner dans le Dorset ? reprit-il.

— C'est une excellente idée. Je serais rassuré, et Augusta aurait de la compagnie.

— J'aimerais que vous cessiez de décider à ma place. Je suis capable de réfléchir seule, répliqua Augusta. Et je suis tout à fait certaine de ne pas vouloir aller dans le Dorset.

— Vous irez pourtant, répliqua Harry calmement.

— Harry...

Il chercha un argument imparable et, quand il l'eut trouvé, parla d'une voix qui n'admettait aucun refus.

— Je m'inquiète aussi pour Meredith, chérie. Je veux que ma fille soit en sécurité. Nous avons affaire à un monstre, et j'ignore jusqu'où il peut aller.

Augusta sembla brusquement atterrée.

— Meredith en danger ? Mais pourquoi Spider s'en prendrait-il à elle ?

— C'est évident ! Si Spider nous sait à ses trousses, il voudra utiliser Meredith pour m'atteindre.

— Oh ! Je comprends. Votre fille est votre seule faiblesse, et il le sait.

Non, Augusta... J'ai deux points faibles. Et vous êtes le second !

Mais Harry se tut. Il fallait qu'elle continue à penser que Meredith était son principal souci et qu'il comptait sur elle pour la protéger. C'était dans sa nature de défendre les innocents et les faibles.

— Augusta, s'il vous plaît. J'ai besoin de votre aide. Je

ne pourrai me concentrer sur Spider que si vous éloignez ma fille de Londres.

— Oui, bien sûr, Harry, dit-elle brusquement consciente de ses responsabilités. Je la protégerai, dussé-je y laisser ma vie.

— Et prenez soin de vous ! ordonna Harry en lui caressant la joue.

— C'est promis.

— Vous aurez besoin d'aide. Des hommes armés vont vous accompagner et resteront avec vous à Graystone jusqu'à mon arrivée.

— Pourquoi ? s'exclama-t-elle, déconcertée.

— Il ne s'agit que de deux domestiques de confiance, mais qui sauront quoi faire s'il survient un problème.

— Vous serez en sûreté à Graystone, renchérit Peter. Tout le monde y connaît tout le monde, et aucun étranger n'y passe inaperçu. Et puis il y a les chiens. Personne ne peut s'introduire dans la maison sans qu'ils donnent l'alarme.

— C'est exact, confirma Harry. Et Claudia sera avec vous.

— Je n'y compterais pas trop à votre place, ironisa-t-elle. Ma cousine prête, à sept heures du matin !

— Elle sera prête ! paria Peter.

— Hum... Je suis certaine que Claudia sera ravie de ce départ intempestif...

A sept heures, tout était prêt. Harry se tenait sur les marches du perron et faisait ses adieux à sa fille. Meredith était déçue de quitter la ville et ses plaisirs, et rappela à son père qu'elle n'avait pas encore vu les jardins de Vauxhall.

— Je t'y emmènerai dès ton retour, lui promit Harry.

Meredith sourit, satisfaite, et le serra très fort dans ses petits bras.

— Ce serait bien, papa. Au revoir.

— Au revoir, Meredith.

Harry installa sa fille dans la grosse berline de voyage, puis se tourna vers Augusta. Il sourit en voyant combien cette dernière parvenait à être élégante, même lors d'un départ précipité pour la campagne.

— Tout est-il en ordre ? demanda-t-elle en le fixant sans ciller.

— Oui. Votre cousine vous attend chez son père. Vous passerez la nuit dans une auberge, et serez à Graystone demain après-midi. Vous me manquerez, ajouta-t-il après un silence.

Augusta eut un pâle sourire.

— Moi aussi, milord. Nous vous attendrons. Soyez très, très prudent, Harry.

— Je vous le promets.

Elle acquiesça, puis impulsivement se mit sur la pointe des pieds et l'embrassa sur les lèvres, devant Meredith et les domestiques qui s'étaient rassemblés autour de la voiture. Harry allait l'enlacer, mais elle reculait déjà.

— Je vous aime, Harry, murmura-t-elle.

— Augusta...

Harry tendit instinctivement la main vers elle, mais il était trop tard : elle était montée dans la voiture.

Harry suivit des yeux la berline qui s'éloignait. Il répétait, comme une litanie, les simples mots d'amour d'Augusta. *Je vous aime, Harry*...

C'était comme une musique, et sous la douce mélopée son cœur, qu'il croyait fermé à jamais, s'ouvrit enfin.

Seigneur ! Moi aussi, je vous aime Augusta ! Je viens seulement de comprendre à quel point vous faisiez partie de moi...

Lorsque la berline eut tourné le coin de la rue, il regagna la bibliothèque. Il s'assit à son bureau et ne mit guère de temps à déchiffrer la liste de Sally.

Puis il étudia les onze noms qu'il avait trouvés. Certains étaient morts pendant la guerre. D'autres, qu'il connaissait, n'avaient ni le caractère ni l'intelligence de Spider. Quelques-uns lui étaient parfaitement inconnus. Peter saurait le renseigner sans doute.

Ce fut le dernier nom qui attira son attention...

Il était toujours assis, à fixer la liste, lorsque Sheldrake fut introduit dans la bibliothèque.

— Elles sont parties, annonça Peter en s'affalant dans un fauteuil. Je viens d'installer Claudia dans la berline. Meredith me charge de vous dire, à nouveau, au revoir, et de vous rappeler qu'elle aimerait aussi retourner à l'Astley !

— Et Augusta ? demanda Harry d'une voix qu'il voulait calme et détachée.

— Elle m'a assuré qu'elle prendrait soin de Meredith.

— C'est vraiment une femme à qui l'on peut confier son honneur, ou sa fille, sans crainte aucune...

— Oui, acquiesça Peter avec un regard entendu. Alors, avez-vous trouvé quelque chose d'intéressant ?

Sans un mot, Harry lui tendit la feuille. Il vit Peter se raidir en lisant le dernier nom.

— Lovejoy ! Mon Dieu ! Évidemment, tout concorde... Pas de famille, pas de passé, pas d'amis intimes. Il a compris que nous avions repris nos recherches et a essayé de nous faire croire que Richard Ballinger était bien Spider.

— Il a sans doute découvert que la liste des membres du *Club de l'épée* était entre les mains de Sally.

— Et il est venu la récupérer. Mais Sally était réveillée et nous attendait. Elle l'a surpris et il l'a tuée ! Ce sale bâtard ! jura-t-il avant de s'asseoir. Eh bien, Graystone, qu'allons-nous faire ?

— Je vais aller lui rendre une petite visite, un de ces soirs !

— Je vais avec vous. Ce soir ?

— Si possible.

Mais ce fut impossible. Lovejoy passa la soirée chez lui, avec des amis. Harry et Peter surveillèrent sa maison, cachés dans une voiture, mais les lumières de la bibliothèque de Lovejoy ne s'éteignirent qu'à l'aube.

La nuit suivante, toutefois, Lovejoy se rendit à son club, et les deux hommes purent pénétrer dans le bureau par la fenêtre, peu après minuit.

— Ah ! Voici la mappemonde dont vous m'aviez parlé, murmura Peter en se dirigeant vers le globe.

— Oubliez-la, dit Harry en soulevant un coin du tapis. Lovejoy l'a ouverte devant moi, lorsque je lui ai rendu visite. Il l'utilise pour ranger des documents de moindre importance. Spider aurait un autre coffre, mieux dissimulé.

— Certes... Il n'y a rien ici, dit Peter en jetant un coup d'œil à l'intérieur du globe, puis en inspectant méthodiquement les boiseries du mur.

Vingt minutes plus tard, Harry trouva le mécanisme secret qu'il cherchait, sous une latte du plancher.

— Sheldrake, regardez ! fit Harry en extirpant une boîte en métal de la cachette...

Il se tut aussitôt, en entendant les pas d'un domestique qui rentrait certainement d'une virée nocturne.

— Nous ferions mieux d'examiner ça ailleurs...

— D'accord, dit Peter qui se dirigeait déjà vers la fenêtre.

Une heure plus tard, assis confortablement à son bureau, Harry ouvrit la boîte de métal. Son regard fut tout de suite attiré par des pierres précieuses qui brillaient de mille éclats.

— Drôle de façon de se faire payer ! remarqua Peter.

Harry fouilla avec impatience dans le tas de joyaux, et ses doigts rencontrèrent une liasse de papiers qu'il sortit. Il les parcourut rapidement, puis ouvrit un petit carnet et vit que la plupart des notes concernaient des dates et des heures sans grande signification. Seule la dernière note était intéressante. Et beaucoup plus troublante.

— Qu'avez-vous trouvé ? s'enquit Peter en s'approchant.

Harry lut tout haut :

— Lucy Ann. Weymouth. Cinq cents livres. Juillet.

— Qu'est-ce que ça veut dire ? Est-ce que ce sale bâtard a une petite amie à Weymouth ?

— J'en doute. Pas à cinq cents livres par mois.

Harry réfléchit en silence.

— Weymouth est à moins de huit miles de Graystone et possède un port important.

— Tout le monde sait cela. Et alors ?

— Le *Lucy Ann* est un bateau, pas une femme ! Spider a payé quelqu'un, sans doute le capitaine du vaisseau, cinq cents livres, pour juillet.

— Nous sommes en juillet. Pourquoi tant d'argent pour un bateau ?

— Pour pouvoir fuir rapidement en cas de nécessité... Spider a toujours aimé les voies maritimes pour quitter les pays où il était devenu indésirable.

— C'est exact. Je me souviens...

Harry ferma le carnet, soudain saisi d'angoisse.

— Nous devons le retrouver. Maintenant. Ce soir.

— Allons-y, Graystone.

Mais Lovejoy avait si bien brouillé sa piste que Harry et Peter mirent trente-six heures à comprendre que Spider avait déjà quitté Londres.

La première nuit au manoir de Graystone, Augusta la passa à contempler le plafond. Le sommeil la fuyait. Elle percevait chaque craquement, chaque grincement de la grande demeure.

Avant de se coucher, elle avait accompagné le valet dans sa ronde et surveillé que toutes les portes et les fenêtres étaient bien verrouillées. Puis elle avait lâché les chiens.

— Sa Seigneurie a fait installer des serrures spéciales, il y a quelques années, lui avait dit Steeples.

Pourtant, Augusta n'arrivait pas à dormir.

Elle finit par repousser les couvertures et enfila son déshabillé. Puis elle alluma une chandelle, glissa ses pieds dans une paire de pantoufles et sortit dans le hall. Elle allait voir si Meredith dormait bien.

A mi-chemin, elle aperçut la porte de la chambre de la fillette ouverte. Augusta, protégeant la flamme de sa bougie, se mit à courir.

— Meredith ?

Son lit était vide. Augusta s'efforça de rester calme, de ne pas paniquer. L'enfant avait pu se lever pour prendre un verre d'eau ou grignoter quelque chose dans les cuisines.

Augusta dévala l'escalier et aperçut de la lumière filtrer sous la porte de la bibliothèque. Elle ferma les yeux et prit une profonde inspiration.

En entrant dans la pièce, la jeune femme remarqua immédiatement que Meredith était pelotonnée dans le fauteuil de son père. Ainsi installée, l'enfant paraissait fragile et menue. Une lampe était allumée à ses côtés et un livre reposait sur ses genoux. Elle leva la tête à l'arrivée d'Augusta.

— Bonsoir, Augusta. Avez-vous du mal à dormir, vous aussi ?

— En effet, répondit cette dernière avec un sourire destiné à cacher son immense soulagement. Qu'est-ce que vous lisez ?

— J'essaie de lire *L'Antiquaire*. Mais c'est difficile. Il y a beaucoup de mots compliqués...

— C'est vrai, admit Augusta en posant sa bougie sur le bureau. Voulez-vous que je vous le lise à haute voix ?

— Oh ! oui. J'adorerais.

— Mettons-nous sur le sofa. Nous y serons mieux et vous pourrez suivre, proposa Augusta. Mais je vais d'abord allumer un feu. Il fait frisquet ici.

Quelques minutes plus tard, elles étaient confortablement installées devant une bonne flambée. Et Augusta lut à voix basse ce nouveau roman de Walter Scott, plein d'héritiers kidnappés, de chasses au trésor et d'aventures périlleuses.

Bientôt, Meredith bâilla et se blottit contre l'épaule d'Augusta. Quelques chapitres plus tard, la petite fille était endormie.

Pendant un long moment, la jeune femme resta là, à contempler les flammes. Elle avait le sentiment presque palpable d'être la mère de cette enfant, le sentiment d'avoir à la protéger comme le ferait une véritable maman.

Elle se sentait mère, mais aussi épouse, car seule une femme pouvait éprouver cette horrible sensation d'incertitude en attendant le retour de son mari.

La porte de la bibliothèque s'ouvrit doucement et Claudia entra. Elle sourit à l'image d'Augusta et de Meredith, blotties sur le sofa.

— L'insomnie règne dans cette maison, apparemment, murmura Claudia en s'asseyant à son tour.

— En effet. Tu t'inquiètes pour Peter ?

— J'ai peur qu'il ne prenne trop de risques... Il était tellement en colère après la mort de Sally !

— Harry était hors de lui. Il essayait de le cacher, mais je le voyais à son regard. C'est un homme émotif sous ses dehors calmes et froids.

Claudia sourit.

— Je te crois. Peter aussi, sous son masque rieur et espiègle. C'est un homme sentimental... Comment ai-je pu me laisser abuser par les apparences si longtemps ?

— Parce qu'il est habitué à cacher ses pensées intimes. Tout comme Harry. Ils ont appris à se protéger des émotions inutiles, parce que c'était nécessaire pendant la guerre.

Harry a appris à se protéger dès son plus jeune âge, malheureusement...

Augusta repensa aux femmes infidèles de la galerie des portraits.

— Cela a dû être difficile, reprit Claudia.

— La guerre ? demanda Augusta. Ce sont des hommes bons et ils ont dû en souffrir, bien sûr !

— Oh ! Augusta. J'aime tant Peter... murmura Claudia, les genoux ramenés sous son menton et le regard fixé sur le feu. Je suis folle d'inquiétude !

— Je sais, ma chérie.

Augusta se sentit plus proche de sa cousine que jamais elle ne l'avait été pendant toutes ces années passées ensemble. C'était une sensation très agréable.

— Claudia, as-tu déjà songé que, bien que nous venions de deux branches différentes, nous partageons les mêmes ancêtres ?

— Oui, admit Claudia avec une petite grimace.

Augusta se mit à rire. Doucement.

Les deux cousines restèrent longtemps devant le feu, avec Meredith qui dormait paisiblement entre elles.

La nuit suivante, Augusta, folle d'inquiétude, faillit bien perdre la raison. Elle ne s'assoupissait que pour passer d'un cauchemar à l'autre.

Brutalement, elle se réveilla, les paumes moites, le cœur battant à tout rompre, avec l'impression d'étouffer sous les couvertures.

Luttant contre la panique, Augusta rejeta aussitôt ses draps et sauta hors du lit. Elle respirait avec difficulté et tenta, en vain, de se calmer.

Attrapant sa robe de chambre, elle sortit dans le couloir en courant et se précipita vers la chambre de Meredith, pour vérifier que cette dernière était bien dans son lit.

Or le lit était vide, la fenêtre grande ouverte. La brise nocturne gonflait les rideaux, refroidissant la chambre.

Le clair de lune était suffisant pour lui permettre de voir une solide corde accrochée au rebord de la fenêtre et qui pendait jusqu'au sol.

Meredith avait été kidnappée.

20

En moins de dix minutes, Augusta avait rassemblé tous les habitants du manoir dans le vaste hall d'entrée. Même les chiens étaient présents. Réveillés par le vacarme, ils étaient sortis de la cuisine, personne n'ayant pensé à les enfermer ou à les faire sortir dans le parc.

Claudia se tenait aux côtés d'Augusta, dans un état d'extrême nervosité. Steeples, le majordome, et Mrs. Gibbons, la gouvernante, attendaient avec anxiété les instructions de leur maîtresse. Clarissa Fleming et les domestiques étaient sous le choc. Chacun se tournait vers Augusta, voyant en elle le chef incontesté.

Augusta, quant à elle, était anéantie. Elle avait failli à sa promesse de protéger Meredith, alors qu'elle avait donné sa parole de le faire au péril de sa vie, si nécessaire.

Augusta se jura de retrouver sa belle-fille. En cette heure de crise, et pour une fois dans son existence, elle se devait d'être calme, logique et rapide, d'écarter toute émotion et de penser aussi méthodiquement que Harry l'aurait fait.

— Puis-je avoir votre attention, s'il vous plaît ! ordonna-t-elle à la foule des domestiques qui se turent aussitôt. Vous savez tous ce qui est arrivé. Lady Meredith a été enlevée...

Une des bonnes se mit à pleurer.

— Silence ! Je vous prie, intima Augusta. Ce n'est pas le

moment de pleurer. J'ai bien réfléchi. La fenêtre n'a pas été forcée et a manifestement été ouverte de l'intérieur. Les chiens n'ont pas aboyé. J'ai inspecté la maison avec Steeples et Mrs. Gibbons, et nous n'avons découvert aucune trace d'effraction. J'en arrive, par conséquent, à cette conclusion...

Chacun retint son souffle et fixa Augusta.

— Ma fille a été enlevée par quelqu'un d'ici ! Vous êtes nombreux, certes, mais pouvez-vous voir qui manque ?

Un brouhaha accueillit ses paroles. Chacun s'épiait. Puis un cri retentit, au fond de la salle.

— Robbie n'est pas là ! cria la cuisinière. Robbie, le nouveau valet de pied !

A cette nouvelle, les sanglots de la petite bonne placée au bout de la file des domestiques redoublèrent. Augusta lui lança un regard sévère.

— Depuis quand ce Robbie est-il à notre service ? demanda-t-elle à Steeples.

— Quelques semaines après le mariage de Sa Seigneurie, madame. Lorsque nous avons engagé des extras pour la soirée. Alors, nous avons décidé de le garder. Il affirmait avoir de la famille au village. Il prétendait avoir travaillé dans une grande maison à Londres et vouloir vivre à la campagne. Il avait d'excellentes références, ajouta Steeples, affligé.

— Fournies par Spider, sans doute, dit Augusta à sa cousine.

— Tu crois ?

— Cela me semble logique. Qu'y a-t-il, Lily ? demanda-t-elle à la jeune bonne en pleurs.

— J' crains qu'il ait eu d' mauvaises intentions, dit cette dernière. Mais j' pensais qu'il voulait simplement pincer l'argenterie. J'ai jamais pensé qu'il ferait ça, m'dame, j' vous le jure !

— Venez dans la bibliothèque, Lily. Je veux vous parler en privé. Commencez les recherches immédiatement, dit

Augusta au majordome. Je pense que Robbie est à pied, n'est-ce pas ?

— Aucun cheval ne manque à l'écurie, intervint un lad. Mais p'tét' bien qu'y en avait un qui l'attendait dehors.

— Bien, acquiesça Augusta. Très bien. Voici ce que vous allez faire, Steeples. Faites seller tous les chevaux, y compris ma jument. Ceux qui savent monter partiront en premier. Les autres iront à pied, avec des torches et les chiens. Envoyez quelqu'un au village pour réveiller les habitants. Puis dépêchez un messager à Londres pour prévenir Sa Seigneurie. Nous devons agir vite.

— Bien, madame.

— Miss Fleming vous aidera à organiser les recherches. Vous voulez bien, Clarissa ?

— Assurément, riposta cette dernière avec une expression belliqueuse.

— Très bien. Allons-y !

Steeples donnait les dernières recommandations à ses troupes, tandis que Claudia suivait sa cousine dans la bibliothèque, où elle écouta attentivement Lily raconter ce qu'elle savait du fameux Robbie.

— J'pensais qu'il m'aimait bien, m'dame. Il m'apportait toujours une fleur ou un petit cadeau. J'pensais vraiment qu'il me faisait la cour. Mais je me posais des questions sur des choses qu'il faisait.

— Pourquoi ? Pensiez-vous qu'il préparait un mauvais coup ?

— Robbie a dit qu'il aurait plein d'argent bientôt, dit-elle en reniflant. Il a dit que ce serait assez pour débuter dans la vie, qu'il achèterait une petite maison et qu'il vivrait comme un prince. Je riais, mais il avait l'air sérieux, alors je l'croyais presque des fois.

— Vous a-t-il dit autre chose ? la pressa Augusta. Réfléchissez, ma petite. La vie de ma fille est en jeu.

Lily lui jeta un regard abattu et baissa les yeux.

— Pas quelque chose qu'il a dit, m'dame. Des choses

qu'il faisait quand il croyait que personne le regardait. J'l'ai vu observer très attentivement la maison. C'est pour ça que je croyais qu'il voulait chiper l'argenterie. J'allais le dire à Mrs. Gibbons, je vous le jure, c'est vrai ! Mais j'étais pas sûre. Et je voulais pas que Robbie soit renvoyé s'il faisait rien de mal.

Augusta se détourna et alla à la fenêtre, cherchant vainement à percer l'obscurité. L'aube allait bientôt se lever. Steeples avait suivi ses ordres, avec diligence. On menait les chevaux devant la maison, les chiens aboyaient d'excitation. Déjà, les serviteurs armés de torches pénétraient dans les bois.

Oh ! Meredith. Mon enfant. Ma chérie. N'ayez crainte, je vous retrouverai...

Augusta chassa vite le désespoir qui l'envahissait de nouveau et se força à penser avec logique.

— Il n'a pu aller loin, la nuit, même à cheval. Meredith le retarde. Son poids ralentit sa course... Et en plein jour, les habitants des villages le remarqueront et lui poseront des questions... Par conséquent, je pense qu'il a l'intention de se cacher le jour et de voyager la nuit.

— Il ne peut pas s'arrêter dans une auberge avec la fille de Graystone, renchérit Claudia. Les gens se montreraient trop curieux. Et il y a fort à parier que Meredith demanderait de l'aide, par tous les moyens.

— Tu as raison. Très bien, nous pouvons raisonnablement considérer que Robbie a choisi un endroit où cacher Meredith jusqu'à ce qu'il prenne contact avec Spider. Il ne doit pas y avoir beaucoup de lieux de ce genre dans les environs.

Lily releva la tête, toutes traces de larmes disparues.

— Y a le vieux cottage Dodwell. Y a personne qu'y habite parce qu'il a besoin de réparations, m'dame. Robbie m'y a emmenée une fois. Bête que j'étais, reprit-elle, en pleurs à nouveau, je pensais qu'il allait me d'mander en mariage ! Il voulait juste faire une promenade, en fait.

— Une promenade plutôt longue.

Augusta se souvenait de ce cottage. Elle s'y était abritée lors d'une tempête. Elle se souvenait aussi très bien de la mauvaise humeur de Graystone qui l'avait cherchée longtemps et lui avait raconté que c'était la seule chaumière inhabitée de toutes ses terres.

— Oui, m'dame, beaucoup trop long, je lui avais dit, s'empressa d'acquiescer Lily. Nous avons marché presque deux heures pour y aller. Puis, il a fait que r'garder. Il a dit que c'était assez et qu'on devait revenir. J'avais rudement mal aux pieds au retour.

— Est-ce que ce cottage est isolé ? s'enquit Claudia. Ferait-il une bonne cachette ?

— Oui. Cela vaut la peine de vérifier. Mais tous les hommes sont déjà partis à la recherche de Meredith, y compris ceux que Graystone nous avait choisis comme escorte. Je m'habille et je file au cottage Dodwell moi-même.

Claudia atteignit la première la porte.

— Je viens avec toi, affirma-t-elle. Je serai vite prête.

— Je ferais bien de demander à Steeples de nous trouver un pistolet.

— Tu saurais t'en servir ? s'étonna Claudia.

— Richard m'a appris.

Aux premières lueurs de l'aube, Augusta et Claudia arrêtaient leurs montures dans les bois, derrière le cottage Dodwell. Elles virent aussitôt qu'un cheval était attaché dans la vieille grange.

— Mon Dieu ! murmura Claudia. Il est vraiment là, avec Meredith. Nous devons aller chercher de l'aide.

— Nous n'avons pas le temps, dit Augusta en mettant pied à terre et en confiant les rênes de sa jument à Claudia. Nous ne sommes d'ailleurs pas sûres que Robbie soit là. Il peut s'agir d'un voyageur ou d'un vagabond qui s'est abrité ici, pour la nuit. Je vais voir qui se trouve à l'intérieur.

— Augusta, tu ne devrais pas y aller seule !

— Ne t'inquiète pas. J'ai un pistolet. Attends ici. Si les choses tournent mal, va à la ferme la plus proche. Les habitants du coin viendront toujours au secours d'une Graystone !

Augusta sortit son arme et la tint fermement tout en se dirigeant vers le cottage.

Elle atteignit l'arrière de la maison sans attirer l'attention de son occupant, car la ruine n'offrait aucune fenêtre de ce côté et la grange fournissait un abri supplémentaire.

Le cheval qui y était attaché regarda Augusta passer sans montrer d'intérêt. Elle réfléchit quelques instants, puis entra et détacha l'animal.

La vieille jument clopina docilement, guidée par Augusta. Au coin du bâtiment principal, Augusta s'arrêta et frappa avec force la croupe de l'animal.

Affolée, la jument passa comme une flèche devant le cottage, pour s'engager dans l'allée.

Un cri de rage retentit aussitôt. Augusta entendit la porte s'ouvrir à la volée et vit un jeune homme, encore vêtu de la livrée des Graystone, courir après sa monture.

— Espèce de sale bête ! Reviens ici tout de suite !

Robbie siffla la jument jusqu'à en perdre le souffle.

Augusta, cachée par le coin du mur, le visa soigneusement.

— Sacrée... Satanée bestiole !

Robbie hésitait visiblement sur la marche à suivre, puis finit par décider qu'il ne pouvait se permettre de perdre son seul moyen de locomotion.

Augusta l'entendit s'éloigner. Il ne cessait de jurer, tout en courant après la jument.

Elle attendit qu'il fût hors de vue pour se précipiter. Tenant fermement le pistolet, elle pénétra dans la petite pièce.

Meredith, ligotée et bâillonnée, était allongée sur le sol et fixait la porte, terrorisée. Quand elle reconnut Augusta, elle poussa un cri étouffé

— Tout va bien, Meredith. Je suis là, chérie. C'est fini maintenant...

Augusta ôta rapidement le bâillon, puis les cordes qui entravaient les poignets de la petite fille.

Dès qu'elle fut libérée, Meredith se jeta au cou d'Augusta.

— Maman ! Je savais que vous viendriez, maman. J'avais si peur !

— Je sais, chérie. Mais nous devons nous presser. Il faut partir d'ici au plus vite.

Augusta la prit par la main et sortit du cottage. Claudia se précipita vers elles, tirant la jument d'Augusta.

— Dépêchez-vous ! haleta-t-elle. J'ai entendu du bruit... Robbie a dû récupérer sa monture.

A son tour, Augusta perçut un martèlement de sabots. Mais l'animal qui arrivait au galop n'avait rien à voir avec la vieille rosse qu'avait empruntée Robbie. C'était la course d'un cheval de race, comme seul en monte un gentleman. Et elle ne pouvait deviner si le cavalier était un ami ou un ennemi.

Augusta pensa aussitôt à éloigner Meredith.

— Vite, chérie, monte avec miss Ballinger.

Elle installa la fillette sur la selle, et Claudia la maintint avec fermeté. Augusta recula.

— Pars maintenant, Claudia. Sauve-toi !

— Augusta, et toi ?

— Tu dois protéger Meredith ! Et je dois pouvoir me servir de mon pistolet, si c'est nécessaire. Nous ne savons pas qui arrive. Pars, Claudia ! Je te suis...

Claudia fit tourner son cheval, saisie par l'inquiétude.

— Très bien, mais ne tarde pas ! lança-t-elle.

— Soyez prudente, maman, recommanda Meredith.

Puis elles disparurent au grand galop sous les arbres.

Augusta enfourcha sa jument à son tour et se prépara à les suivre. Elle ne voyait toujours pas qui approchait, le cottage lui barrant la vue.

Augusta, le pistolet au poing, partit au galop.

A cet instant, un coup de feu retentit, si près que la jument, prise de panique, se cabra. Dans un effort désespéré pour maintenir son équilibre, Augusta lâcha son pistolet pour s'agripper à l'encolure de l'animal. Mais il était trop tard, le cheval glissait sur le sol humide.

Augusta réussit à sauter, juste avant la chute. Elle atterrit sur un tas de feuilles mortes, la respiration coupée, empêtrée dans les plis de son habit d'amazone, mais sans blessures apparentes. La jument se releva péniblement et s'enfuit, affolée, en direction du manoir de Graystone.

Lorsque Augusta retrouva son souffle, un homme, aux épais favoris et aux cheveux poudrés, se tenait au-dessus d'elle. Il tenait une arme pointée sur sa poitrine.

Augusta, malgré son déguisement, le reconnut sans peine. Elle aurait identifié Lovejoy n'importe où, ne serait-ce qu'à cause de ses sournois petits yeux verts.

— Vous êtes arrivée un peu trop tôt, ma chère, ricana-t-il en la relevant. Je ne pensais pas que vous remarqueriez si vite l'absence de la petite Graystone, ni que vous organiseriez les recherches avec une telle rapidité. Mais cette stupide petite bonne vous a avoué exactement ce qu'elle était supposée vous apprendre. Cet imbécile de Robbie en était sûr.

— Est-ce moi que vous vouliez, Lovejoy ?

— Je vous voulais toutes les deux, rétorqua-t-il. Mais vous m'avez privé de Meredith, et je me contenterai de vous... Espérons que Graystone aime suffisamment sa nouvelle épouse... Car dans le cas contraire, vous me seriez totalement inutile. Et je n'ai aucune patience avec ceux qui me sont inutiles ! Votre frère l'a appris à ses dépens...

— Richard ? Vous l'avez tué... Comme vous avez tué Sally !

Augusta se précipita sur lui, aveuglée par la rage, mais Lovejoy l'écarta d'une gifle formidable qui l'envoya, une nouvelle fois, mordre la poussière.

— Levez-vous, imbécile ! Nous partons. Je ne sais pas combien de temps il faudra à Graystone pour comprendre qui je suis et quitter Londres...

— Il vous tuera, Lovejoy ! Il sera sans pitié.

— Cela fait longtemps qu'il essaie de me tuer et, jusqu'ici, il a échoué. Je vous accorde que Graystone est intelligent, mais moi, j'ai la chance de mon côté.

— Votre chance va tourner, Lovejoy.

— Pas avec vous, madame... Quel plaisir de vous prendre à Graystone... J'ai pourtant essayé de dire à cette buse que vous n'étiez pas l'épouse idéale.

Lovejoy saisit Augusta par le bras pour l'aider à se relever. Mais celle-ci, sans se soucier du pistolet braqué sur elle, parvint à échapper à son emprise et se mit à courir. En deux enjambées, Lovejoy fut sur elle et la frappa de nouveau. Puis il l'attrapa par le cou et lui colla son arme contre la tempe.

— Une autre tentative de cette sorte et je vous fiche une balle dans le crâne ! Compris ?

Elle ne daigna pas lui répondre. La tête lui tournait sous la violence du coup. Elle devait attendre le moment propice.

Lovejoy l'entraîna vers l'étalon, qu'il avait laissé devant le cottage.

— Que vouliez-vous dire, lorsque vous avez essayé de prévenir Graystone que je n'étais pas la femme idéale ? le questionna-t-elle alors qu'il l'obligeait à monter sur l'animal, avec lui.

— Je ne voulais pas de ce mariage. J'avais peur que Graystone, en vivant à vos côtés, ne découvre une preuve dans le passé de votre frère qui puisse le mener à moi.

— D'où cette partie de cartes ?

— Exactement, admit Lovejoy en lui collant le canon de son arme dans le dos. Je désirais vous compromettre. Une reconnaissance de dette aurait été parfaite, mais mon plan a échoué... Et ce fils de... vous a épousée tout de suite après.

— Où m'emmenez-vous ?

— Nous allons faire une agréable traversée, tous les deux... Puis nous nous cacherons en France, jusqu'à ce que Graystone en crève de rage et de frustration !

— Je ne vous suis pas... Qu'est-ce que je viens faire dans l'histoire ?

— Vous servez de monnaie d'échange. Avec vous comme otage, je peux atteindre la France en toute impunité. Graystone payera cher pour vous récupérer. Si ce n'est par amour, ce sera par devoir... Je l'attirerai alors dans un piège et le tuerai.

— Et ensuite ? dit Augusta avec insolence. Tout le monde connaît votre identité ! Mon mari a des amis partout.

— En effet, mais pour eux je serai bel et bien mort. Tué par ce brave Graystone qui donna sa vie en tentant de délivrer sa malheureuse femme... laquelle succomba elle aussi dans la bagarre. Quelle tragédie ! Bien sûr, une nouvelle identité est toujours une source de contrariétés, mais elles demeurent minimes, et ce ne sera pas la première fois que cela m'arrivera.

— Pourquoi avoir tué Richard ?

— Votre imbécile de frère jouait un jeu beaucoup trop dangereux pour lui. Il est entré au *Club de l'épée*, attiré par l'endroit, comme tous les garçons de sa trempe, et a découvert par hasard qu'un espion du nom de Spider s'y cachait. Il en a déduit qu'il utilisait le club pour obtenir des informations. Ces jeunes officiers parlaient trop lorsqu'ils étaient saouls... Une jolie fille, quelques bouteilles de vin, et le tour était joué.

— Ils étaient en confiance.

— Exactement. Tout marchait bien, jusqu'à ce que votre frère ne vienne se mêler de ce qui ne le regardait pas. Bien que je ne pense pas qu'il m'ait pris pour Spider, je ne voulais pas courir de risques. J'ai su qu'il avait l'intention de prévenir les autorités, et un soir, je l'ai suivi jusque chez lui...

— Et vous lui avez tiré dans le dos, avant de laisser sur lui des documents qui l'incriminaient, n'est-ce pas ?

— C'était plus simple ainsi. J'avais mis le feu au club pour que toutes les archives disparaissent en fumée. Et cette histoire a vite été oubliée... Mais trêve de souvenirs ! Nous avons encore un long chemin devant nous.

Lovejoy arrêta l'étalon près d'un petit pont et mit pied à terre. Avec brusquerie, il délogea Augusta de la selle. Elle trébucha. Une voiture attelée à deux puissants chevaux bais les attendait, camouflée sous les arbres.

— Pardonnez-moi, madame, mais je crains que ce voyage ne soit guère confortable, expliqua Lovejoy en ligotant les mains d'Augusta et en la bâillonnant avec une cravate. Et le pire est encore à venir... La Manche peut être terriblement agitée à cette époque.

Il la poussa dans la voiture, tira les rideaux des vitres et ferma la porte. Quelques instants plus tard, Augusta l'entendit grimper à l'avant et prendre les rênes.

Les chevaux partirent à vive allure. Perdue, les yeux ainsi bandés, Augusta n'avait aucun moyen de savoir où ils allaient. Lovejoy avait bien parlé d'un voyage en mer...

Le port le plus proche était Weymouth. C'était bien audacieux de la faire embarquer dans un endroit aussi populeux, mais force lui était de reconnaître que Spider était aussi téméraire que vicieux !

Il ne lui restait plus qu'à ronger son frein et attendre l'occasion propice pour s'évader, ou au moins attirer l'attention, à Weymouth. Elle tenta de lutter contre le désespoir qui l'assaillait. Meredith était saine et sauve... Mais l'idée de ne plus jamais revoir Harry était plus qu'elle n'en pouvait supporter.

L'odeur de la mer, les charrettes qui passaient et les craquements des madriers réveillèrent Augusta. Elle écouta attentivement, essayant de comprendre où elle était. C'était sans conteste un port. Lovejoy l'avait bel et bien conduite à Weymouth.

Augusta se redressa, tout ankylosée. Les liens avaient entaillé la peau de ses poignets. Elle tenta de desserrer son bâillon en coinçant le tissu dans l'une des poignées en cuivre des portières et tira dessus.

La voiture fit halte. Augusta entendit des voix, sentit brusquement de l'air frais. Lovejoy se pencha, un grand manteau et un chapeau, drapé d'un voile épais, à la main.

— Un moment, mon brave, ordonna-t-il par-dessus son épaule. Je dois m'occuper de ma pauvre femme qui est malade.

Augusta se débattit, mais Lovejoy lui fit sentir la lame d'un couteau pour la dissuader de faire des histoires. Elle se laissa faire, sachant qu'il n'hésiterait pas une minute à s'en servir.

En moins de temps qu'il ne faut pour le dire, elle fut habillée, voilée et sortie de la voiture. Lovejoy passait pour un mari prévenant qui la guidait sur le quai de pierres, en direction d'un des bateaux. Personne ne pouvait voir le couteau dans sa main, parfaitement dissimulé par les plis de son manteau.

Augusta essayait de percer l'épaisseur du voile pour voir s'il y avait la moindre occasion de s'enfuir.

— J'vais chercher vot' bagage, m'sieur, dit brusquement une voix rauque qui lui parut familière.

— Mon bagage doit être déjà à bord, répliqua sèchement Lovejoy.

Il mit pied sur la passerelle du bateau.

— Avertissez votre capitaine que nous partons immédiatement. La marée est favorable.

— Bien, m'sieur, reprit la voix. Y vous attendait. J'vais lui dire que vous êtes là.

— Dépêchez-vous. J'ai payé ses services assez cher pour être bien servi.

— Oui, m'sieur. Mais je dois vous montrer vot' cabine. Vot' dame a l'air d'avoir besoin de s'étendre.

— Alors, montrez-nous la cabine ! s'énerva Lovejoy. Puis dites au capitaine de larguer les amarres. Qu'est-ce que vous faites avec cette corde ?

— Elle est dans le chemin. Le capitaine aime pas ça. Il aime un bateau propre. Il va me botter le derrière si je range pas. Je ferais mieux d'enlever ce satané machin.

Lovejoy poussa un cri en perdant l'équilibre : la corde enserrait sa botte comme un serpent. Il lâcha Augusta.

Celle-ci saisit aussitôt la chance qui lui était offerte et s'écarta promptement de Lovejoy. Elle entendit le hurlement de rage de son ravisseur lorsque celui-ci perdit prise, et, au travers de ses voiles, elle vit l'homme à la voix rauque tenter de l'attraper et trébucher dans les plis du lourd manteau.

Peter Sheldrake lança un formidable juron quand il tomba à la renverse avec Augusta, par-dessus bord, dans l'eau glacée du port.

Harry vit toute la scène et comprit que sa femme était sauvée. Peter prendrait soin d'elle. Lui était trop occupé avec un Lovejoy furieux et vociférant.

— Votre pseudonyme vous va comme un gant, Némésis ! hurlait ce dernier. Mais telle l'araignée tapie dans l'ombre de sa toile, je finis toujours par boire le sang de mes victimes !

— Plus pour longtemps, Spider.

Lovejoy s'élança pour porter un coup bas à son adversaire. Harry esquiva l'attaque et saisit le bras de Lovejoy. Les deux hommes perdirent l'équilibre, Lovejoy entraînant Harry dans sa chute. Ils tombèrent lourdement et roulèrent jusqu'au bord de la passerelle.

— Vous êtes allé trop loin, cette fois, Spider !

Harry lui tordait le bras. La pointe du couteau dansait devant ses yeux.

— Mais c'est votre gros défaut, reprit-il en haletant. Il y a eu trop de morts, trop de sang... Vous vous êtes cru trop intelligent ! Vous allez perdre...

— Bâtard ! cria Lovejoy tandis qu'il tentait d'enfoncer la lame dans l'œil de Harry. Je ne perdrai pas cette fois non plus...

Harry sentit toute la force du désespoir dans l'étreinte de son adversaire. Il réussit de justesse à échapper au coup fatal et parvint de nouveau à agripper le poignet de Lovejoy.

Il le tordit de toutes ses forces. Quelque chose se brisa. Lovejoy poussa un cri de douleur et s'empala sur son propre couteau. Il eut un spasme et roula sur le côté, tentant de sortir la lame de sa poitrine.

Le sang s'écoulait, rouge comme le rubis.

— Spider... ne perd jamais, hoqueta-t-il en regardant Harry avec incrédulité... ne peut pas perdre.

— Vous aviez tort, dit Harry en essayant de reprendre son souffle. Nous devions fatalement nous revoir, Lovejoy. Pour un ultime rendez-vous !

Lovejoy ne répondit pas. Les yeux fixes, il bascula par-dessus la passerelle et disparut dans la mer, rejoignant dans son dernier voyage ses innocentes victimes.

Harry entendit Augusta l'appeler, mais il ne trouvait pas la force de se relever. Il resta allongé sur la passerelle, exténué, à écouter ses pas qui se rapprochaient.

Lorsqu'il sentit des gouttes d'eau sur son visage, il ouvrit les yeux et sourit. Elle était trempée, mais tout son amour et son angoisse se lisaient dans son regard. Elle n'avait jamais été aussi belle.

— Harry, tout va bien ? Dites-moi que vous n'êtes pas blessé...

— Je vais bien, mon amour. Tout va bien, puisque vous êtes là, indemne.

— Mon Dieu, j'étais terrifiée ! Comment avez-vous compris qu'il m'emmenait à Weymouth ? Comment connaissiez-vous le nom de ce bateau ?

— Spider a toujours eu une chance de tous les diables, expliqua Peter. Mais Graystone a toujours su anticiper ses mouvements.

Augusta frissonna et regarda le corps de Lovejoy qui flottait à la surface des vagues.

— Vous avez froid, chérie, constata tendrement Harry. Vous devriez mettre des vêtements secs.

Il se releva pour l'éloigner de cette vue macabre et la conduire se changer dans une auberge.

Ils arrivèrent à Graystone en fin d'après-midi. Tous étaient là pour les accueillir. Les domestiques ivres de joie clamaient qu'ils savaient bien que leur maître délivrerait madame. Clarissa Fleming rayonnait de bonheur, en haut de l'escalier, et Meredith courut vers ses parents.

— Maman ! Vous êtes sauvée. Je savais que papa vous délivrerait. Il me l'avait dit. Vous avez été si courageuse, maman...

Elle prit Augusta dans ses bras avec ferveur.

— Toi aussi, Meredith. Je n'oublierai jamais quelle brave petite fille tu as été, quand je t'ai retrouvée. Tu n'as même pas pleuré !

Meredith secoua la tête, le visage caché dans les jupes d'Augusta.

— Non. Mais j'ai pleuré plus tard, quand miss Ballinger s'est aperçue que vous ne nous suiviez pas !

— Je ne savais pas quoi faire, dit Claudia qui tenait la main de Peter. J'ai entendu le coup de pistolet et j'ai cru perdre la tête. Je ne pouvais pas risquer la vie de Meredith, alors je suis retournée au manoir. Graystone et Peter venaient d'arriver. Ils avaient déjà deviné où Lovejoy se rendait.

— Lorsque nous avons su qu'il était trop tard pour vous sortir de ses griffes, nous nous sommes rendus directement à Weymouth. Spider s'était souvent enfui par la mer. Il ne nous restait plus qu'à trouver le *Lucy Ann*, expliqua Harry.

— C'était un vieux rafiot de contrebande, reprit Peter. Le capitaine avait travaillé pour Spider pendant la guerre. Nous l'avons persuadé de nous prêter son bateau.

— Persuadé ? ironisa Claudia.

— Disons qu'il a fini par entendre raison. Ah ! Graystone et son implacable logique...

— Peter a raison, reprit Harry. Je suis un homme de logique.

Augusta lui sourit, blottie dans ses bras, dans le grand lit. Elle se sentait bien, en sécurité, et désirée. Elle avait enfin l'impression d'être chez elle.

— Tout le monde sait cela, Harry.

— Mais parfois, je manque sérieusement de sens commun ! admit-il en la serrant plus fort contre lui. Je n'ai pas su reconnaître l'amour quand je l'ai rencontré.

Augusta se redressa sur un coude pour le regarder.

— Essayeriez-vous de me dire que vous m'avez aimée, dès le début ?

— C'est ce qui a dû se passer. C'est la seule explication rationnelle à ma conduite imbécile.

— C'est une façon de voir les choses, dit-elle en faisant la moue. Oh, Harry ! Je suis si heureuse...

— Cela me réjouit plus que tout, ma chérie. Mon bonheur est pour toujours lié au vôtre.

Il l'embrassa, puis la dévisagea, les yeux mi-clos.

— Tu as risqué ta vie pour Meredith aujourd'hui.

— C'est ma fille.

— Et tu es farouchement loyale à ta famille, n'est-ce pas ? constata-t-il en lui caressant les cheveux. Une véritable tigresse !

— C'est si bon d'avoir à nouveau un foyer...

— Tu m'as dit à Londres que Meredith était ma grande faiblesse. Mais j'en ai une autre. Toi. Je t'aime, Augusta...

— Moi aussi, Harry, de toute mon âme.

Les cheveux d'Augusta se dénouèrent et tombèrent en cascade, lorsqu'il l'attira contre lui.

Harry se réveilla brusquement en entendant sa femme sauter du lit et se précipiter vers la cuvette de porcelaine.

— Excusez-moi. Je crains d'être malade.

— Les nerfs, sans doute, dit-il quand la crise fut passée. Trop d'excitation hier. Vous devrez rester au lit, ma chérie.

— Ce ne sont pas les nerfs, protesta-t-elle. Aucune Ballinger du Northumberland n'a jamais souffert de ses nerfs.

— Alors, répondit Harry calmement, dans ce cas, vous devez être enceinte.

— Mon Dieu ! s'étonna Augusta en s'asseyant sur le lit. Est-ce possible ?

— Mais oui ! lui assura Harry avec une certaine satisfaction.

Augusta réfléchit quelques instants. Puis sourit malicieusement.

— La combinaison Ballinger du Northumberland et comte de Graystone risque de s'avérer fort intéressante !

— Je le crains ! dit Harry en riant.

21

Trois mois plus tard, alors qu'Augusta recevait Claudia, de retour de son voyage de noces, Harry entra dans leur salon londonien. Il jetait des regards furieux sur la lettre qu'il tenait à la main.

— Votre éditeur aurait-il rejeté votre manuscrit sur les campagnes militaires de César ? s'enquit Augusta non sans ironie.

— Non. Ceci vient du notaire de Sally.

— Quelque chose ne va pas ? s'étonna la jeune femme en parcourant rapidement le document officiel.

— Vous remarquerez que vous êtes citée dans ce testament !

— Comme c'est délicat... J'ai toujours désiré garder un souvenir de Sally. Je me demande ce qu'elle m'a légué ? Un tableau ? Nous l'accrocherons dans la salle d'étude. Meredith et Clarissa apprécieront beaucoup.

— C'est une excellente idée, acquiesça joyeusement Claudia. Je me demandais ce qu'il était advenu de toutes ces peintures...

— Il ne s'agit pas de cela, dit Harry avec humeur.

— Non ? D'argenterie alors... ou de l'une des statues, peut-être ?

— Nenni ! Sally n'a rien fait moins que de vous léguer son satané club ! explosa Harry.

— Quoi ! s'écria Augusta. Elle m'a laissé *Pompeia*...

— Et son hôtel particulier, pour que ce club puisse servir à réunir des femmes ayant les mêmes opinions et le même caractère que vous... C'est ce que dit le testament. Et elle souhaite que votre cousine en accepte la présidence.

— Moi ? s'exclama Claudia. Mais quelle idée extraordinaire ! Nous pourrions en faire le salon le plus brillant de Londres. Fascinant ! Miss Fleming sera enchantée d'apprendre cela.

— Sir Thomas s'opposera, sans aucun doute, à ce que sa future femme fasse partie de ce club, riposta Harry avec aigreur. Ce mariage est pour le mois prochain, rappelez-vous !

— Oh ! Papa ne trouvera rien à redire... dit Claudia avec un petit sourire en coin. Il faut absolument que je l'annonce à Peter !

— Oui, je serais intéressé de connaître la réaction de Sheldrake, dit Harry. Après tout, maintenant qu'il est marié, il commence à adhérer à mes principes !

— Un parfait petit puritain, répliqua Claudia en riant. Mais cette idée-là lui plaira, j'en suis certaine.

Harry, en désespoir de cause, se retourna vers sa femme.

— Je n'aime guère l'expression que je lis sur votre visage... Seriez-vous déjà...

— Graystone ! Cela ne prendra pas longtemps. Nous allons avoir besoin de personnel, il est vrai... mais les domestiques doivent être encore disponibles. Et Clarissa nous aidera. Nous préviendrons toutes les anciennes du club pour qu'elles amènent leurs amies. Ce sera follement passionnant ! J'ai hâte de commencer. *Pompeia* sera plus beau qu'auparavant...

Harry leva la main pour couper court à son enthousiasme et prit un ton grave.

— A nouveau *Pompeia*, nouvelles règles.

— Voyons, Harry, le taquina Augusta. Ne vous abaissez pas à de tels détails.

— En premier, vous devrez prohiber le jeu.

— Graystone, vous êtes par trop collet monté !

— Ensuite, vous présiderez un salon pour dames, pas une parodie de club de gentlemen.

— Harry, vous êtes positivement vieux jeu.

— Enfin, *Pompeia* n'ouvrira qu'après la naissance de mon héritier !

Augusta baissa les paupières, parfaite image de la femme docile et vertueuse.

— Oui, milord.

Harry leva les yeux au ciel.

— J'abdique !

Le fils de Harry était un bébé en excellente santé, doté de cordes vocales qui ne pouvaient venir que du côté Ballinger du Northumberland.

Harry regarda l'enfant, puis sourit à la mère épuisée, mais heureuse. Il était presque aussi exténué qu'elle. La nuit dernière avait été éprouvante, bien que la sage-femme lui eût assuré que tout allait bien.

Harry était resté aux côtés de sa femme durant l'accouchement. Il s'était demandé pourquoi il n'était pas resté célibataire, à chaque fois qu'il lui avait épongé le front ou qu'elle lui avait enfoncé les ongles dans la paume. A présent que tout était terminé, il se sentait heureux comme jamais auparavant.

— Nous pourrions l'appeler Richard, proposa-t-il.

Elle était belle et rayonnante, à reposer ainsi sur les oreillers de dentelle.

— Oh ! Merci Harry.

— J'ai une petite surprise pour vous, reprit-il en s'asseyant sur le lit et en ouvrant un pochon de velours. Le collier de votre mère est revenu de chez le bijoutier ce matin. Il l'a nettoyé et poli. Je pensais que cela vous ferait plaisir.

— Il a fait un excellent travail, constata Augusta en regardant les rubis se répandre sur la couverture.

Les pierres brillaient de mille éclats, sous le soleil matinal. Mais brusquement, la jeune femme fronça les sourcils.

— Quelque chose ne va pas, mon cœur ?

— Il est différent... murmura-t-elle en le ramassant. Mon Dieu ! Milord, on vous aura roulé.

— Roulé ? répéta Harry.

— Oui, ce ne sont pas les rubis de ma mère. Ils sont plus sombres et plus brillants. Harry ! Le bijoutier a changé les pierres...

— Calmez-vous, Augusta.

— Non, j'en suis sûre. J'ai déjà entendu parler de ce genre d'escroquerie. On envoie un bijou de valeur pour le faire réparer et le bijoutier remplace les joyaux par du verre coupé. Harry, vous devriez aller vite réclamer nos pierres !

Harry ne put s'empêcher d'éclater de rire. L'histoire était trop drôle.

— Qu'y a-t-il de si amusant ? protesta sa femme.

— Augusta, je vous assure que ces rubis sont vrais.

— Impossible ! Bien, j'irai moi-même, puisqu'il en est ainsi... Harry, vous savez quelque chose !

— Je ne voulais pas vous en parler, mais puisque vous insistez... L'un de vos illustres ancêtres a dû vendre les pierres d'origine. C'est Sally qui s'en est rendu compte.

— Vous en êtes certain ? demanda Augusta, choquée.

— Pour m'en assurer, j'ai fait estimer le collier. Je suis désolé, chérie...

— Harry, ceci a dû vous coûter une fortune !

— Certes. Mais cela en valait la peine. Après tout, j'ai épousé une femme vertueuse, et cette qualité n'a pas de prix. Si vous devez porter des rubis, autant qu'ils soient vrais.

— Oh ! Harry, je vous aime tellement ! dit-elle avec un sourire très tendre.

— Je sais, ma chérie. Vous aussi, vous êtes toute ma vie, déclara-t-il avant de l'embrasser.

Augusta lui prit la main.

— En vous, j'ai trouvé un foyer, mon amour.

— Je suis le plus comblé des hommes, murmura-t-il. J'ai découvert un trésor sans prix.

— Une femme vertueuse ? s'enquit Augusta avec un brin d'ironie.

— Non. Une femme aimante...

Achevé d'imprimer en janvier 1995
sur presse CAMERON
dans les ateliers de B.C.I.
à Saint-Amand-Montrond (Cher)